迦陵书系

说陶渊明饮酒及拟古诗

[加] 叶嘉莹 著

中华书局

图书在版编目(CIP)数据

叶嘉莹说陶渊明饮酒及拟古诗/(加)叶嘉莹著. —北京:中华书局,2024.10(2024.12重印). —(迦陵书系:典藏版). —ISBN 978-7-101-16805-1

Ⅰ.I207.22

中国国家版本馆 CIP 数据核字第 202422KS99 号

书　　名	叶嘉莹说陶渊明饮酒及拟古诗
著　　者	[加]叶嘉莹
丛 书 名	迦陵书系(典藏版)
责任编辑	周　璐
装帧设计	刘　丽
责任印制	陈丽娜
出版发行	中华书局
	(北京市丰台区太平桥西里38号　100073)
	http://www.zhbc.com.cn
	E-mail:zhbc@zhbc.com.cn
印　　刷	北京盛通印刷股份有限公司
版　　次	2024年10月第1版
	2024年12月第2次印刷
规　　格	开本/880×1230毫米　1/32
	印张11½　插页2　字数255千字
印　　数	6001-16000册
国际书号	ISBN 978-7-101-16805-1
定　　价	58.00元

出版说明

　　2006年，叶嘉莹先生写毕"迦陵说诗"系列丛书的序言，连同书稿交给中华书局，开启了与书局的合作，至今已历一十八载。在这十数年间，书局先后出版了《叶嘉莹说汉魏六朝诗》《叶嘉莹说阮籍咏怀诗》《叶嘉莹说唐诗》《叶嘉莹说诗讲稿》《迦陵诗词稿》《迦陵讲赋》等十余部作品。这些作品不仅涵盖了先生的学术专著、教学讲义和她个人的诗词作品，也有先生专门为青少年所写的普及读物，是先生一生的学术造诣、教学生涯、人生体悟的全面展现。这些图书在上市之后行销海内外，深受读者喜爱，重印数十次，并经历数次改版升级。其中，《叶嘉莹说唐诗》后因体量较大，拆分成两部——《叶嘉莹说初盛唐诗》与《叶嘉莹说中晚唐诗》。《迦陵诗词稿》则以中华书局2019年增订版为基础，收入叶先生截至2018年的诗词作品，并经作者本人审定。

　　今年迎来先生百岁诞辰。在先生的期颐之年，我们特将先生在书局出版的作品汇于一系，全新修订，精益求精，采用布面精装，并将更新后的先生年谱附于《迦陵诗词稿》之后，以期为读者朋友们提供一个更加完善的版本。

《楞严经》中有鸟名为"迦陵"，其仙音可遍十方界，因与"嘉莹"音颇近，故而叶嘉莹先生取之为别号。想必此鸟之仙音在世间的投射，便是叶先生之德音。有幸，最初先生讲述"迦陵说诗"系列的录音我们依然留存，并附于书中，虽因年代久远，部分内容或有残损，且因整理与修订幅度不同，录音与文字并不完全吻合，但今天我们依然能聆听先生教学之音，本身便不失为一大乐事。愿此音永在杏坛之上，将古典诗词感发的、蓬勃的生命力，注入国人心田之中。

中华书局编辑部
2024年8月

原"迦陵说诗"系列序言

中华书局最近将出版我的六册讲演集,编为"迦陵说诗"系列,要我写一篇总序。这六册书如果按所讲授的诗歌之时代为顺序,则其先后次第应排列如下:

一、《叶嘉莹说汉魏六朝诗》

二、《叶嘉莹说阮籍咏怀诗》

三、《叶嘉莹说陶渊明饮酒及拟古诗》

四、《叶嘉莹说唐诗》

五、《好诗共欣赏》

六、《叶嘉莹说诗讲稿》

这六册书中的第二种及第五种,在1997及1998年先后出版时,我都曾为之写过《前言》,对于讲演之时间、地点与整理讲稿之人的姓名都已做过简单的说明,自然不需在此更为辞费。至于第一种《叶嘉莹说汉魏六朝诗》与第四种《叶嘉莹说唐诗》,现在虽然分别被编为两本书,但其讲演之时地则同出于一源。二者都是二十世纪八十年代中我在加拿大温哥华不列颠哥伦比亚大学讲授古典诗歌时的录音记录,只不过整理成书的年代不同,整理讲稿的人也不同。前者是九十年代中期由天津的三位友人安易、徐晓莉和杨爱娣所整理写定的，后者则是近年始由南开大学硕士班的曾庆雨同学写定的。后者还未曾出版过，而前者则在2000年初已曾由台湾之桂冠图书公司出版，收入在《叶嘉莹作品集》的第二辑《诗词讲录》中，而且是该专辑中的第一册，所以在书前曾写有一篇长序，不仅提及这一册书的成书经过，而且对这一辑内所收录的其他五册讲录也都做了简单的介绍。其中也包括了现在中华书局即将出版的《叶嘉莹说阮籍咏怀诗》和《叶嘉莹说陶渊明饮酒诗》，但却未包括现在所收录的陶渊明的《拟古》诗，那是因为"饮酒"与"拟古"两组诗讲授的时地并不相同，因而整理人及成书的时代也不相同。前者是于1984年及1993年先后在加拿大温哥华的金佛寺与美国加州的万佛城陆续所做的两次讲演，整理录音人则仍是为我整理《叶嘉莹说汉魏六朝诗》的三位友人。因此也曾被桂冠图书公司收入在他们2000年所出版的《叶嘉莹作品集》的《诗词讲录》一辑之中。至于后一种《拟古》诗，则是晚至2003年我在温哥华为岭南长者学院所做的一次系列讲演，而整理讲稿的人则是南开大学博士班的汪梦川同学，所以此一部分陶诗的讲录也未曾出版过。

回顾以上所述及的五种讲录，其时代最早的应是二十世纪六十年代中我在台湾为教育电台播讲大学国文时所讲的一组阮籍的"咏怀"诗，这册讲录也是我最早出版的一册《讲录》。至于时代最晚的则应是前所提及的2003年在温哥华所讲的陶渊明的《拟古》诗。综观这五册书所收录的讲演录音，其时间跨度盖已有四十年以上之久，而空间跨度则包括了中国台湾、美国、加拿大及中国大陆四个不同的地区和国家。不过这五册书所收录的讲演却仍都不失为一时、一地的系列讲演，凌乱中仍有一定的系统。至于第六册《叶嘉莹说诗讲稿》则是此一系列讲录中内容最为驳杂的一册书。因为这一册书所收的都是不成系列的分别在不同的时地为不同的学校所做的一次性的个别讲演，当时我大多是奔波于旅途之中，随身既未携带任何参考书籍，而且我又一向不准备讲稿，都是临时拟定一个题目，临时就上台去讲。在这种情况下就不免会出现了不少问题。其一是所讲的内容往往不免有重复之处，其二是我讲演时所引用的一些资料，既完全未经查检，但凭自己之记忆，自不免有许多失误。何况讲演之时地不定，整理讲稿之人的程度不定，而且各地听讲之人的水平也不整齐，所以其内容之驳杂凌乱，自是必然之结果。此次中华书局所拟收录的《叶嘉莹说诗讲稿》原有十三篇之多，计为：

1.《从中西诗论的结合谈中国古典诗歌的评赏》（这是我二十世纪八十年代初在四川成都所做的一次讲演，由缪元朗整理，讲稿曾被收入在河北教育出版社所出版的《古典诗词讲演集》。）

2.《从几首诗例谈中国古典诗歌中形象与情意之关系》（这是二十世纪八十年代初我在天津师范大学所做的一次讲演，由徐晓莉整理，讲稿亦曾收入在《古典诗词讲演集》。）

3.《从形象与情意之关系看三首小诗》（这是1984年在北京经济学院所做的一次讲演，由杨彬整理，讲稿亦曾被收入《古典诗词讲演集》。）

4.《旧诗的批评与欣赏》（这是我在二十世纪九十年代中在南开大学所做的一次讲演，此稿未曾被收入我的任何文集。）

5.《从比较现代的观点看几首旧诗》(这是二十世纪六十年代中我在台湾大学为"海洋诗社"的同学们所做的一次讲演,讲稿曾被收入台湾桂冠图书公司所出版的《迦陵说诗讲稿》。)

6.《漫谈中国古典诗歌中的感发作用》(这应是二十世纪八十年代末或九十年代初的一次讲演,时地已不能确记,此稿以前未曾出版。)

7.《从中西文论谈赋比兴》(这是2004年在香港城市大学的一次讲演,曾被收入香港城市大学出版之《叶嘉莹说诗谈词》。)

8.《古诗十九首的多义性》(这是2003年在香港城市大学的一次讲演,曾被收入《叶嘉莹说诗谈词》。)

9.《诗歌吟诵的古老传统》(同上。)

10.《杜甫诗在写实中的象喻性》(同上。)

11.《从西方文论看李商隐的几首诗》(这是2001年我在南开大学所做的一次讲演,未曾收入我的任何文集。)

12.《一位晚清诗人的几首落花诗》(这也是2003年在香港城市大学所做的一次讲演,曾被收入《叶嘉莹说诗谈词》。)

13.《阅读视野与诗词评赏》(这是2004我在一次会议中的发言稿,未曾收入我的任何文集。)

以上十三篇,只从讲演之时地来看,其杂乱之情形已可概见,故其内容自不免有许多重复之处。此次重新编印,曾经做了相当的删节。即如前所列举的第一、第二、第四与第五诸篇,就已经被删定为一篇,题目也改了一个新题,题为"结合中西诗论看几首中国旧诗中的形象与情意之关系";另外第六与第七两篇,也被删节成了一篇，题目也改成了一个新题，题为"从'赋、比、兴'谈诗歌中兴发感动之作用"。我之所以把原来十三篇的内容及出版情况详细列出，又把删节改编之情况与新定的篇题也详细列出，主要是为了向读者做个交代，以便与旧日所出版的篇目做个比对。而这些篇目之所以易于重复，主要盖由于这些讲稿都是在各地所做的一次性的讲演，每次讲演我都首先想把中国诗歌源头的"赋、比、兴"之说介绍给听众，举例时自然也不免谈到形象与情意之关系。而谈到形象与情意之关系时，又不免经常举引大家所熟悉的一些诗例，因此自然难以避免地有了许多重复之处。然而一般而言，我每次讲演都从来没有写过讲稿，所以严格说起来，我每次讲演的内容即使有相近之处，但也从来没有过两篇完全一样的内容。只是举例既有重复，自然应该删节才是。至于其他各篇，如《叶嘉莹说汉魏六朝诗》、《叶嘉莹说唐诗》、《叶嘉莹说阮籍咏怀诗》、《叶嘉莹说陶渊明饮酒及拟古诗》等，则都是自成系列的讲稿，如此当然就不会有重复之处了。

除去重复之缺点外，我在校读中还发现了其中引文往往有失误之处。这一则是因为我的讲演一向不准备讲稿，所有引文都但凭一己的背诵，而背诵有时自不免有失误，此其致误的原因之一。再则这些讲稿都是经由友人根据录音整理出来的，一切记录都依声音写成，而声音往往有时又不够清晰，此其致误的原因之二。三则一般说来，古诗之语言自然与口语有所不同，所以出版时之排印也往往有许多错字，此其致误的原因之三。此次校读中，虽然对以前的诸多错误都曾尽力做了校正，但失误也仍然不免，这是我极感愧疚的。

回首数十年来我一直站立在讲堂上讲授古典诗词，盖皆由于我自幼养成的对于诗词中之感发生命的一种不能自己的深情的共鸣。早在1996年，当河北教育出版社为我出版《迦陵文集》时，在其所收录的《我的诗词道路》一书的《前言》中，我就曾经写有一段话说："在创作的道路上，我未能成为一个很好的诗人，在研究的道路上，我也未能成为一个很好的学者，那是因为我在这两条道路上，都并未能做出全心的投入。至于在教学的道路上，则我纵然也未能成为一个很好的教师，但我却确实为教学的工作投注了我大部分的生命。"关于我一生教学的历程，以及我何以在讲课时开始了录音的记录，则我在1997年天津教育出版社为我出版《阮籍咏怀诗讲录》一书及2000年台湾桂冠图书公司为我出版《诗词讲录》一辑的首册《汉魏六朝诗讲录》一书时都曾先后写过序言，而此两册书现在也都被北京中华书局编入了我的"迦陵说诗"系列之中。序言具在，读者自可参看。回顾我自1945年开始了教书的生涯，至于今日盖已有六十一年之久。如今我已是八十三岁的老人，仍然坚持站在讲台上讲课，未曾停止下来。记得我在1979年第一次回国教书时，曾经写有"书生报国成何计，难忘诗骚李杜魂"两句诗。我现在仍愿以这两句诗作为我的"迦陵说诗"六种之序言的结尾，是诗歌中生生不已的生命使我对诗歌的讲授乐此不疲的。

是为序。

叶嘉莹

2006年12月

前　言

本书共收录有关陶渊明诗的讲录两种,其一是《饮酒诗讲录》,这一组诗一共是二十首,由于我在金佛寺最早的一次讲演讲的就是其中的第五首"结庐在人境",所以在后来的系列讲演中就没有再专讲这一首,只是在开始介绍《饮酒》组诗的时候对这一首诗回顾了一下。因此,在讲完第四首"栖栖失群鸟"之后接下来就讲第六首"行止千万端"了。我希望保持这一系列讲座原有的脉络风貌,所以就没有改动原讲演的次序,因此这一组诗的目录中没有第五首"结庐在人境"。

关于这二十首饮酒诗讲录的前后经过,我在本书开端的《〈诗词讲录〉序》中曾有详细说明,读者可以参看。

至于《拟古诗讲录》,则是迟至2003年的暑期我在温哥华为岭南长者学院所做的另一次系列讲座的录音整理稿,虽然时空及听讲者已完全不同,但都是我对陶渊明诗所做的系列讲座,因此合编为一册,题名为"叶嘉莹说陶渊明饮酒及拟古诗"。

叶嘉莹

2007 年 1 月

目　录

《诗词讲录》序

"诗词讲录"编目内，收录了六种我讲课录音的整理稿，其中有三种分为上、下两册，故共有九册之多。记得1996年我在为《我的诗词道路》一书所写的《前言》中，曾经自我反省说："在创作的道路上，我未能成为一个很好的诗人；在研究的道路上，我也未能成为一个很好的学者。那是因为我在这两条道路上，都并未能做出全心的投入。至于在教学的道路上，纵然我也未能成为一个很好的教师，但我确实为教学的工作投注了我大部分的生命。"我自1945年大学毕业开始教书的生涯，至今已有五十四年之久，不仅从来未曾间断过，而且往往同时在多校兼课。即如我在二十世纪四十年代中，刚从大学毕业，就在北平担任了三个中学的五班国文课；五十年代以后，我又在台湾的台大、淡江、辅仁三所大学担任了诗选、文选、词选、曲选及杜甫诗等多科的教学，还同时担任了教育电台大学国文课的广播教学；至六十年代中，教育电视台成立，我又兼任了古诗的电视教学；七十年代到加拿大任教后，虽然不再有兼课的情况，我却又开始了每年利用假期回国讲学的忙碌生活，曾先后在大陆十余所大学讲过课。九十年代退休后，更曾应邀赴台湾地区各大学、大陆各大学及新加坡国立大学进行全年或者半年的客座教学。近年又应天津南开大学之邀聘筹建了中华古典文化研究所且担任了所长，并亲自带领研究生。

不过，我教学讲课的时间虽已有五十四年之久，但讲稿之被录音且被整理发表，则是二十年前由于一些特殊情况才开始的，关于这些情况，我在《阮籍咏怀诗讲录》一书的《前言》中，已曾有简单的记述。总之，我早年在台湾教书时，可以说从来没有过要将之录音并整理成书的念头。《阮籍》一书存有录音，是因为那原是当年在台湾教育电台播讲大学国文时的录音。不过其被整理成书则已是三十余年以后的事了。至于我的讲演之第一次被录音整理发表，则是由于在1978年的夏天，我曾应邀参加了美国东岸一些爱国的文艺工作者所举办的一个夏令营的聚会，在聚会中我所做的题为《旧诗的批评与欣赏》的一篇讲演，曾被录音并整理发表于一册题名为《海内外》的杂志（详情可参看《阮籍咏怀诗讲录·前言》），自此以后，《海内外》的编者尹梦龙先生遂要求我把所有的讲课都做成录音交由他们去整理发表。这实在是我之所以有这些录音讲稿的最早的缘起。在《诗词讲录》这一部分中所收录的《迦陵说词讲稿·下卷》内的大多数文稿就都是当年在《海内外》所发表的录音整理稿。此外《汉魏六朝诗讲录》上、下两册，原也是为应《海内外》编者之要求而做的讲课录音，但因这一系列的录音带数量极多，直到九十年代后期才被陆续整理完稿，而那时《海内外》杂志已经停刊了。适值台湾的《国文天地》向我约稿，于是我遂将这一部分讲稿交给了他们去分期刊载，直到最近才全部刊完。此外在《诗词讲录》这一部分所收录的作品中，还有一册较具系列性的录音整理稿，那就是分为上、下两册的《唐宋词十七讲》。原来在1987年的2月，我曾应北京五个文化单位的联合邀请，为他们所举办的"唐宋词系列讲座"做了十次讲演，讲了五代及北宋一些名家的词。结束以后因主办人及一些听众意犹未尽，遂又由沈阳及大连的两所院校邀我去继续讲了七次南宋名家的词。其后由三地的主办人分别将各次录音整理合编成书，那就是分为上、下两册的《唐宋词十七讲》（请参考该书《前言》）。而与此《十七讲》相配合的，是由北京师范大学出版社音像部出版的题为《唐宋词系列讲座》的一套录音带和一套录像带。私意以为如果能配合录音带或录像带去阅读《十七讲》一书的话，也许更能体会到一种如我在《作品集·序言》中所说的"感发的效果"。因为增加了声音和形象，较之纯然只用文字传达的效果一定更好，不过如此有心的读者可能并不多就是了。

除去以上所叙及的四种《讲录》之成书的特殊情况以外，还有一册成书情况更为特殊的讲稿，那就是《陶渊明饮酒诗讲录》。原来在二十世纪八十年代初，我在不列颠哥伦比亚大学所教的学生中，有一位从香港来的名叫蔡宝珠的女同学。她既喜爱诗词，同时也笃信佛教。每逢学校放了寒暑假，她就到加州一处名叫万佛城的法界大学去静修，有时她也携带一些我讲课的录音去聆听。她学佛的师父就是开创万佛城的宣化上人。宣化上人在北美创建有多处佛寺，温哥华也有他所创建的一所金佛寺。1984年夏天，宣化上人到金佛寺来讲道，我就随蔡宝珠同学一起去听讲，谁知上人登上讲坛后，却一定要邀台下的我上去讲话，我推辞说我对佛法并无深知，不敢妄言。上人说不一定讲佛法，随便你讲什么都可以。在坚辞不获下，我只好登上了讲坛。我心中自忖在佛寺中该讲些什么才好呢？由于金佛寺坐落在温哥华的中国城地区，寺中的清修者竟能对外在喧闹杂乱的环境充耳不闻，于是我就想到了陶渊明的"结庐在人境，而无车马喧"两句诗。这两句诗出于陶公《饮酒二十首》中的第五首诗。于是我当时就把这一首诗做了简单的敷衍讲述。岂料由此一讲，遂被宣化上人邀定每周两次要到金佛寺去讲陶诗。于是我就只好重新开始把陶公的《饮酒二十首》从头讲起。讲到第十八首时，因为我要回中国讲学的日期已经到了，于是就把课程停止了没有再讲下去。九年以后，那位蔡宝珠同学已经正式在万佛城受戒，她又坚邀我去加州万佛城把余下的两首《饮酒》诗也讲完了。从开始到结尾，他们在温哥华与万佛城两地都做了录音。现在这一册《陶渊明饮酒诗讲录》就是由此一因缘而获致的结果。在《迦陵诗词稿》中曾编录有我在万佛城讲陶诗时所写的四首绝句，记述了我在佛寺中讲《饮酒》诗的这一段超然于形迹之外的殊胜因缘。其中有一首诗是这样写的：陶潜诗借酒为名，绝世无亲慨六经。却听梵音思礼乐，人天悲愿入苍冥。

宣化上人之所以肯邀我在佛寺中讲授以"饮酒"为题的陶诗，那当然就正因为陶公此一组诗虽以"饮酒"为名，而其所写者实在乃是对东晋衰乱之世礼崩乐坏六经不亲的一份深慨。如果从悲天悯人之想要挽救颓风的一点心意来看，则当日写诗的陶公，和此日邀我去讲授陶诗的宣化上人，以及肯到佛寺中去讲陶诗的我自己，也许我们可以说是都共同怀有一种人天之悲愿吧。我粗浅的讲述，当然未必能传达出陶公深远幽微的意蕴，但我却确实曾经诚挚地为此献上了我的一份心力。

以上五种较具系列性的《讲录》，其所以成书的因缘，既各有一段特殊的情况，固已如前所述。至于《迦陵说诗讲稿》及《迦陵说词讲稿》（上卷）两册书中所收录的文稿，则除去《说诗》一书中所收录的《旧诗的批评与欣赏》一篇，原为我在前文所曾提到过的1978年在美国东部夏令营中的一次讲演，乃是最早的一篇从录音被整理出来的讲稿以外，其他各篇大都是二十世纪八十年代以来，我在两岸各大学或学术会议中的讲演记录。关于这些讲演的年代和地点，出版者赖阿胜先生都已在各篇文题之后分别加以注明，所以在此不拟更为辞费。不过此一编目内所收录的却并非我的被整理写定的讲稿之全部，除此以外，还有台北大安出版社于1988年出版的《唐宋名家词赏析》四册，及三民书局于1996年出版的《清词选讲》一册，与1997年出版的《好诗共欣赏》一册，这六册书也都是依据我的讲演被整理出来的文稿，但因为所属版权之关系，所以并未收录在桂冠所出版的《作品集》中《诗词讲录》此一部分之内。至于这些年来我在各地讲学时，被主办单位录制的录音带、录像带其未被整理出版者还有很多，即如我于1990至1991年在台湾"清华大学"与台湾大学讲课的全部录音，1993及1994年在马来西亚与新加坡两地巡回讲演及讲课的录音，历年来每次至美国哈佛大学做研究时，为当地各学术及文艺团体所做的多次讲演之录音，1997年春季在美国明尼苏达大学讲课三个月之系列录音，1998年春季在美国加州万佛城讲授杜甫诗之系列录音，近年在港台两地之讲演录音，还有多年来为加拿大之温哥华中华文化中心所举办的各种诗词讲座之录音，与在渥太华为旅加大学校友及中文学校所做的多次讲演之录音。其中有些主办或邀请单位，除录音外且还制有录像带，我对所有主办和邀请的主人之盛意，都极为感激。

至于有些音带被整理出来，有些音带则没有被整理出来，这其间也各有一些偶然之机缘。一般说来，现存的讲稿大抵总是由于有人索稿，而仓促被整理出来的，这些机缘既并非出于我自己的安排和选择，而我也更未曾想到这些临时为应付稿债而被整理出来的散乱的篇章，有朝一日竟会被汇集起来而编订成书，因此现在看来，这些讲稿实在显得浅薄、零乱，而且往往有相互重复之处。这是我个人对之极感汗颜的。如果允许我在此做一反省，我想这些缺点之出现，主要自然是由于我个人学识的浅陋，其次则是由于我个人之不肯事先准备讲稿。我之不肯事先准备讲稿，也有两个原因：其一是因为我的天性既疏懒，而工作又非常忙碌，因此无法抽时间去准备讲稿；其二则是由于我一向极注重诗歌中之感发作用，我总以为一定要讲诗的人先有所感动，然后才可以使听者也有所感动。如果把讲稿先写好了，则纵使字斟句酌写得极为仔细认真，等到临场再按照写定的稿子来读诵时，那也已经是一个死板固定的成品，而不再是一个正在成长中的生命了。所以我宁愿事先不写讲稿，等到在现场讲演时，才透过我自己当时的感发，来带动听众们的感发。我以为如此才能真正使诗歌获致一种不断在生发成长中的活泼的生命。记得著名的解析符号学的女学者茱莉亚·克利丝特娃（Julia

Kristeva），曾经将诗歌语言的作用分为两种：一种是被约定俗成的关系所束缚住的"被限制的作用"（restrictive function）；另一种则是不被束缚的不断在生发变化的"成长中的作用"（productive function）。我所向往的诗歌讲授的最高境界，就应该也是同样带有不断生发成长之作用的一种境界。而这种境界既带有一种不能事先固定的质素，因此是否能完美地达成，自然就带有了许多不稳定的性质。

　　就以我个人讲演与讲课之经验而言，往往我所讲的虽是同样的题目和作品，但在不同的场合面对不同的听众，所讲的结果必然会产生许多并不能由我自己完全控制的临场的差别。我个人以为我这种不备讲稿的习惯，虽有其可取之处，但也有其不可取之处。其可取之处主要固在于富有生发感动之作用，而且纵然所讲的是相同或相近的题目，也不会有完全重复相同的内容。我想这很可能也就正是河北人民出版社及桂冠图书公司两地的编者何以竟都决定不加删落便把一些题目相近似的讲录都编入了一本书中的缘故。至其不可取之处，则是因为我之讲演既注重感发之作用，因此在讲演开始后，总要经过一段酝酿培养的时间，才能够把我自己和听众都带入到一种感发的意境中来，而如果讲演所规定的时间太短，则往往在进入到此种意境情况之后不久，便已经到了结束的时间，所以与我熟识的朋友常会笑我每次讲演总觉得时间不够用，常不免有虎头蛇尾之病。这是我的一个最大的缺点。所以比较而言，我更喜欢系列的讲座，因为一定要有较充裕的时间，我才能够畅所欲言。不过虽然同是系列的讲课，但场合与听众不同，也会产生不同的结果。即如此一编目内所收录的《阮籍咏怀诗讲录》一书，虽也是系列的讲课，但因是在录音室中的播讲，缺少了现场的听众，因此就形成了较为偏重考证和诠释，而缺少了直接感发的气氛。又如《陶渊明饮酒诗讲录》一书，虽然有了现场的听众，但因听众们大多是出家人，使我总是感到有些拘谨，所以就不免也减少了一种任意发挥的乐趣。比较而言，我以为在这些系列讲座中，《唐宋词十七讲》可以说是我自己较为满意的一次讲座。这与主办者的安排、听众们的品质，以及讲演的场地等都有着密切的关系。总之，我是在一进入当时的场地之中时，就感到了听众们对古典诗词的一种热爱和理解的气氛，一千五百人的大礼堂，满座的听众不分年龄和职别，似乎极迅速地就都进入了感发的情况。关于此次"唐宋词系列讲座"之主办，及录音与录像之编排及整理的情况和过程，我在《唐宋词十七讲》一书之《自序》中，已有较详的叙述，兹不再赘。我现在只不过是由于面对今日即将出版的几册《讲录》的书稿，遂使得我对于自己一向讲课所表现的得失利弊，不免又引生了一些反省和回顾而已。

最后我更想借此机会对于邀请我讲演并做出录音的所有朋友们，都在此表示深挚的感谢。其中特别值得一提的，首先是《海内外》的编者尹梦龙先生，因为若不是由于他的要求，我根本不会想到要为自己的讲课和讲演做出录音，并整理成为文稿去发表。这自然是要特加感谢的。其次则是坚邀我去举办唐宋词系列讲座，并为此讲座安排录音与录像的辅大校友马英林学长，若不是他的热心邀请和安排，根本就不会有《唐宋词十七讲》这一册讲稿的出现，这自然也是要特加感念的（只可惜英林学长已于1992年病逝，我曾写有一篇《悼念马英林学长》的文稿，已收入《杂文集》中，读者可以参看）。至于为我整理录音的友人，则自《海内外》陆续刊出我的录音整理稿开始，以迄今日盖已有二十年以上之久，曾经参与整理讲稿的友人也已有将近二十人之多。有些系列讲座的整理者，如《十七讲》及《阮籍咏怀》诸讲稿，在出版时我已曾在《前言》或《自序》中对整理者分别表示了感谢之意。至于一些单篇的由不同友人整理出来的讲稿，则我已要求编者在每一篇后都注明了整理者的姓名，我在此也一同表示感谢之意。但其中有两册《讲录》乃是以前既未曾单独出版过，我也未曾为之写过任何《前言》或者《自序》的文稿，那就是《汉魏六朝诗讲录》与《陶渊明饮酒诗讲录》。这两册书的数量极大，为整理这两册讲稿而付出了不少时间精力的三位友人，她们乃是目前在南开大学中华古典文化研究所担任秘书工作并在中文系兼课的安易女士，在天津电视大学担任中文系主任的徐晓莉女士，在天津铃铛阁中学担任教师的杨爱娣女士。她们都是自从1979年开始就来旁听我讲授的诗词课，二十年来一直在各方面都不断给予我支撑和协助的诗词爱好者。她们不仅为我整理写定了《汉魏六朝诗》与《陶渊明饮酒诗》两册《讲录》，其他《讲录》中一些文稿，也有不少出自她们三人的手笔。因此我在这里要对她们三人特致感谢之意。记得我在《作品集·前言》中，曾经提到过《作品集》之编辑出版，其间曾牵涉到许多使人感念的因缘和情谊，这些《讲录》从录音到整理写定，更是牵涉到不少使人感念的因缘和情谊，我对此都将铭感不忘。至于这些《讲录》之不免于浮浅荒疏之病，则如前文我对自己讲课所做的反省与回顾之所言，我对此实极感汗颜，惟是披沙拣金，或者亦可偶尔见宝。惟在读者之善于别择去取而已。

　　是为序。

叶嘉莹

（注：此为台湾桂冠公司出版的叶嘉莹《诗词讲录》系列的序言。）

一
*

陶渊明的时代

陶渊明有一句诗，讲到人心的问题，就是"问君何能尔？心远地自偏"，是说你为什么能够不受到世俗的扰乱呢？因为你的心距离那些世俗的扰乱比较远，所以你自然就会觉得你住的地方是很安静的。

　　我记得以前看过一段禅宗的语录。说是有一位佛教的大师，有一天他讲经时，风吹动了幡。佛教的寺庙门前常常挂有幡，就像旗杆倒垂下来的很长的条幅，那上面有的写着"阿弥陀佛"之类的文字。于是大师便问大家，是风动还是幡动，一个说是"风动"，另一个说不是风动，而是"幡动"。正在争论不休的时候，惠能说，既不是风动，也不是幡动，是心在动。所以，我就想到陶渊明的那首诗，讲到"心远地自偏"的问题。

　　陶渊明这个诗人生在中国历史上充满了战乱、黑暗、灾荒的时代。处在这样的时代中，怎样才能保持自己内心的一份安宁，这是这位诗人他终生努力的，而且他最终也果然做到了。

　　早在南宋的时代，中国有一个很有名的词人，名字叫辛弃疾，他有一个别号，叫稼轩。他是一个文事与武功都很好的人，还会带兵打仗。他曾经写过一首词，这首词里边就讲到陶渊明，里边有这样几句话：

老来曾识渊明，梦中一见参差是。

后边还有两句：

须信此翁未死，到如今凛然生气。(《水龙吟》)

这是说辛弃疾在他年老以后，方才真正认识了陶渊明。陶渊明是晋朝人，辛弃疾是宋朝人，中间隔了很多的朝代，他怎么会认识了陶渊明呢？后面他又说"梦中一见参差是"，"参差"是好像、仿佛。是说，我梦中看见的陶渊明不一定就跟他活着的样子完全一样，可是大概差不多吧，所以说是"参差是"。下面"须信此翁未死"，"须"就是应该，"此翁"指陶渊明，他说，我们这代的人，凡是读了陶渊明诗的人，就应该相信，这位老先生好像没有死。"到如今凛然生气"，直到现在，到辛弃疾的时代，仍"凛然"，就是令人生畏的样子。这个"生气"不是跟别人发脾气，而是说很有生命力的样子，好像真的是活了一样。所以不但是南宋的辛弃疾感觉到了陶渊明的生机与活力，一直到现在，我们讲陶渊明的诗时，我们还能感觉到陶渊明的"凛然生气"呢。这不是我的讲演使他复活了，而是他的精神本来就没有死，千百年来都具有一种感动人心的力量。有的人即使活在世上，也吃饭，也睡觉，我们说他像行尸走肉一样，他活着的时候就没有劲头了，何况他死了以后呢？可是陶渊明死后千百年来，人家念他的诗，还觉得他跟活着一样，这是因为陶渊明活在世上的时候，他的感情、他的思想、他的生活都是真正地以真诚的面目与世人相见的，所以我们才能感觉到他那种真诚的感情、真诚的思想和真诚的精神。

这组以"饮酒"为名的诗一共有二十首，要想真的了解陶渊明及他的《饮酒》诗，只讲一首是不够的，所以我就将这二十首都讲解一番。这二十首《饮酒》诗是陶渊明为什么缘故而写作的呢？他的真正意思是什么？在我们正式讲他的诗之前，我们应对陶渊明他所生活的那个时代，以及他所经历的事情做个简单的介绍。

陶渊明生活在东晋时代，那是个怎样的时代呢？我想大家都知道《三国演义》这本小说，现在很多地方的中国城还有"刘关张"什么的一些社团组织，那就是东晋之前的三国时代的人，那现在我就从三国时代接下来说。

所谓"三国"，指的是魏国、蜀国，还有吴国。在三国时代以前是汉朝，汉朝最后一个皇帝是献帝，他的名字叫刘协。汉献帝是一个很无能的皇帝，曹操在汉献帝时代是做丞相的，大家都知道唱戏的时候脸上画着很多白粉的那个人，那就是曹操。那么，蜀国呢？大家都知道，那是刘备以及诸葛亮所代表的一方。吴的国君呢？就是孙权。后来蜀国最先灭亡了，吴是较后灭亡的。魏是曹操死了以后，他的儿子曹丕废了汉献帝，自己做了皇帝后的国号。后来到他孙子那一代的时候，手下有一家姓司马的人家，掌握了魏国政权，你如果看过中国的京戏《空城计》就知道了，那里就有司马懿一家。司马懿有两个儿子，一个叫司马师，一个叫司马昭，司马昭的儿子叫司马炎，就是这个司马炎把曹魏的皇帝推翻了，自己做了皇帝，然后就改自己国家的称号为"晋"，这就是晋朝的开始。好，大家现在就有了一个印象：就是从曹操、刘备、孙权那里下来的三国，后来被司马氏的晋统一了。

然而晋朝的政治非常不好，他们常常自己发动内战。那时候，朝廷中的皇帝、官吏、大臣、将军以及贵族们，他们的道德都很败坏、很堕落，只知道追求自己的权力和地位。他们不但要想方设法从人家异姓手里抢来政权，由自己取代人家做皇帝，甚至他们自己家里的兄弟、叔侄之间也相互争夺，彼此互相杀戮。那个时候历史上曾经发生过"八王之乱"，他们都是司马家族的人，因为争权夺位而相互打仗引起战乱。既然他们自己朝廷内部的政治是这样败坏，于是许多异族的敌人也乘虚而入，于是这就出现了中国历史上叫作"五胡乱华"的时代。

"胡"是中国历史上对于外族的称谓，就是把外族人叫作"胡人"。一些胡人在中原建立了一些小国家。后来这些小国的势力慢慢强大起来，其中有一个匈奴族建立的国家就把晋朝的皇帝给推翻了。晋朝最后一个皇帝是晋愍帝。晋朝的首都起初是在洛阳，当洛阳被匈奴占领，晋怀帝被俘虏去之后，当时晋朝的皇帝还有一个子孙在长安承继了皇位，这就是晋愍帝。后来长安也被外族占领，愍帝被俘虏，而且受了很多侮辱，最后被杀死了。这个时候，中国的北方就都被外族占领了。

与此同时，在南方也有司马家族的人，这个人叫司马睿，他当时是在建康，建康就是今天的南京。司马睿看到黄河流域的大片国土都被胡人占领了，所以他就在南方又建立起自己的国家，他的首都就在建康，他的朝代也还叫作晋，不过为了与原来灭亡的晋朝有所区别，所以后人就称这个建都在中国东南的建康的晋朝为"东晋"，把原来建都在建康西北方向的洛阳的那个晋朝叫作"西晋"。好，现在我们已经来到东晋了，我们下面要讲的这个诗人陶渊明就是东晋这个时代的人。

上面我们说了，自从西晋开始，中国朝廷里边的那些皇族、做大官的就都彼此争夺残杀，西晋如此，东晋也仍然是这样。

东晋的时候，有几个人都是想要夺权的，一个人的名字叫桓温，他是很有叛乱野心的，因为他的军事实力很强大。一个人有了权力，特别是有了兵权，就容易生出野心，想要自己打出一片天地，尝尝做皇帝的滋味。可是桓温没有成功，后来他的儿子桓玄倒真的把东晋的安帝废掉了，自己做了皇帝。不过他当皇帝的时间不长，就又被另外一个有野心的带兵的人打败了，这个人的名字就叫刘裕。总而言之，中国历史从晋朝以来，不止从晋朝，应该说从三国以来就充满了"篡"与"乱"的争夺战争。

当刘裕自己有了权力，军队越来越强大了，他就把晋朝的皇帝推翻，自己又建立了一个新的国家。他把他的国家称为"宋"。在中国历史上有两个叫作宋的朝代，其中一个是刘裕建立的；后来，中国还有一个叫作宋的朝代，它的皇帝是姓赵的，开国皇帝叫赵匡胤，这就是唐朝以后的宋代。为了区别这两个宋朝，就把刘裕建立的宋朝叫作刘宋，把赵匡胤建立的宋朝叫作赵宋。也就是说，东晋最终是被刘裕的宋朝给灭亡的。刘裕先把东晋最后的两个皇帝废掉，然后又想办法把他们杀死，这样，晋朝就彻底灭亡了。

这一切都发生在陶渊明所生活的时代。

那么，陶渊明又是如何经历、如何记述这样一个乱世的呢？

写陶渊明的传记有很多，所以关于陶渊明的名、字，还有他的年寿，在中国历史上有很多不同的说法。

陶渊明生在东晋的哀帝兴宁三年（365），根据什么说他是生在这个年代的呢？在《晋书》上有陶渊明的传记。后来晋朝灭亡了，刘裕建立了新的朝代，陶渊明是经过了晋朝的灭亡，一直活到刘宋的宋文帝时才去世的，所以刘宋的史书《宋书》上也有他的传记。除了《晋书》《宋书》以外，《南史》上也有他的传记。

关于《南史》的名称，那是由于我们刚才说过的，从西晋时，中国的北方就被外族占领了，所以到了东晋时，中国的汉族政权所占有的地方就只剩下长江以南的地域了，所以记载南方几个朝代的历史，就叫《南史》。

东晋灭亡以后的刘宋朝廷，其政治也是极其混乱的，所以刘宋以及之后的朝代寿命都很短。既然你可以抢别人的国家和政权，那我也可以抢你的。于是在刘裕抢了东晋的皇帝宝座之后，萧道成又抢了刘宋的政权而建立了齐国，萧衍又抢了齐的政权建立了梁。梁朝的皇帝也姓萧，但是另外一家萧姓。然后是陈霸先抢了梁的政权建立了陈。总之，宋、齐、梁、陈这几个朝代都很短，这是它们的政治都很不稳定所造成的。因为这四个朝代都在中国的南方，所以就管它们叫南朝。与此相对，在许多异族彼此争夺征战的北方也建立了很多朝代，那些就叫北朝。

　　陶渊明是一直活到南朝的第一个朝代宋时才去世的，所以《晋书》《宋书》《南史》上都有陶渊明的传记。历史传记说他是刘宋的文帝元嘉四年（427）死去的，如果依从这个说法，他去世的时候是六十三岁。刚才我们说他是生在公元365年，宋文帝元嘉四年是公元427年，由此往上推六十三年，那正好是公元365年，即东晋哀帝的兴宁三年。这是我们根据《宋书》上的陶渊明的传记所下的结论。关于陶渊明究竟活了多少岁，还有一些不同的说法，但比较可信的还是《宋书》的说法。

　　陶渊明在短短的六十三年里，曾亲身经历了几次篡逆的变乱，亲见了东晋的灭亡。不但如此，那时还出现过平民的革命，就是有一个叫孙恩的，他起兵反抗朝廷。所以陶渊明所生活的六十三年，是一个"篡"与"乱"交替的动荡不安的时代。他的传记上记载，他的曾祖父陶侃是西晋时代一位很有名的将军，在那变乱频仍的时代，陶侃曾带兵平定过叛乱，因有功而被朝廷封为长沙郡公。可是陶渊明没有继承长沙郡公的爵位，他生下来的时候，家境已经非常贫穷了，这从陶渊明的文章里可以看出。他的祖父做过地方太守的职务。可是陶渊明很不幸，当他只有八岁的时候，他的父亲就去世了，所以他是在比较艰苦的环境中成长的。这期间，国家还发生过一些大事情，刚才我说得还不够完全。东晋除了官僚、军阀等人彼此争夺砍杀，以及平民孙恩等也起兵造反以外，还有一次跟外族的战争。那时北方有一个叫作前秦的国家曾攻打东晋，在一个很有名的地方叫淝水，展开了大战。幸亏那时晋朝还有一个很好的官员，就是谢安，谢安的侄子叫作谢玄，由谢玄亲自带兵打败了外族胡人的进犯。这件事发生在陶渊明十八九岁的时候。

此外，我还要介绍一点东晋时佛教的情况，因为陶渊明是受到佛教思想的影响的。陶渊明是江州浔阳柴桑人，这个地方在今天的江西，你如果看地图就知道，那里不远处有一座中国的名山，就是庐山，庐山上有一座东林寺，东林寺有一位在中国佛教历史上非常有名的高僧，就是慧远大师。据说当时中国历史上的两位文人都与慧远有过来往，一个是我们现在要讲的陶渊明，还有一个人的名字叫作谢灵运。

谢灵运是信佛的，他是贵族，家里很富裕，跟陶渊明的家庭、身份是不一样的，他的祖先也被封为公爵，他真正继承了公爵的地位，称为康乐县公。历史记载慧远在东林寺里边开辟了一片很大的水池，养了很多白莲花，他们信佛的人就结了一个社来拜佛，这就是"白莲社"。谢灵运很想加入"白莲社"，可是慧远大师不喜欢谢灵运，说他这个人心里太杂乱，不清静。

但慧远很喜欢陶渊明。有一本《莲社高贤传》，就是记载当时与慧远相往来的那些品行、学问兼优的高贤们的故事的。其中有一段记载，说是慧远在东林寺内居住时，他送客从来不过虎溪桥。有一次，陶渊明与另外一个也是很有学问的人一同来拜访慧远大师，大概是因为慧远大师与陶渊明谈话很投机缘，所以在送陶渊明二人出门后还一直不停地边走边谈，后来竟不知不觉地走过了虎溪桥。那些养在山上的老虎看到了平时从不走过桥的慧远大师从桥上经过，也觉得很奇怪，就叫了一声，这时慧远大师才发现他居然破例地过了这个桥，于是三人就大笑起来。为此后来有人还特意画了一幅画，叫"虎溪三笑图"。

陶渊明没有正式皈依佛教，但从他的诗里我们可以看到他明显地受到了佛教的影响。陶渊明的思想是儒家的、道家的、佛家的三种思想精华的结合。比如陶渊明《饮酒》的第十六首诗中的两句："少年罕人事，游好在六经。"他说"少年罕人事"，"罕"就是稀少的意思。那时没有繁杂的、乱七八糟的事情来打扰我，我可以专心地念书。他念什么书呢？他说："游好在六经。""好"就是喜欢、爱好，他爱好什么？是"六经"。"六经"就是儒家的经典，一般说是《诗》《书》《礼》《乐》《易》《春秋》。《乐》现在失传了，有人说《乐》应该是跟《诗》《礼》结合的。总而言之，"六经"是儒家的经典，他说他少年的时候很少有世俗上的交往，非常喜欢读儒家的经典。什么叫作"游"呢？你们以为游戏的时候才是"游"吗？你们觉得念书是很苦的，可是你要知道，人家爱念书的人是在念书的同时能享受到一份游戏般的乐趣。由此可以看出陶渊明确实是受了儒家思想的影响。

此外他也有道家的思想。他的诗里边曾经有这样的诗句："久在樊笼里，复得返自然。"（《归园田居》之一）这是说他在做官的时候受到许多约束，就像一只鸟长久地被关在笼里边。所以他后来弃官不做了，又归田去种地了。他说，当我又回到自然的生活中时，就像笼中的鸟又重新获得了自由一样。陶渊明有一篇很有名的文章，叫作"归去来兮辞"，也表现了他爱好自然的这种天然本性和思想情趣，而这些都是道家的思想。道家认为，人世之间不应有限制，不应有约束，应该返璞归真，顺应自然。

此外他还受到佛家思想的影响。他的《归园田居》之四里有过这样的句子说："人生似幻化，终当归空无。"他说，人生就好像是幻影一样，佛经上说的"如梦如幻"，就是说世间万象如同梦幻一样，都是虚无的、空幻的，转眼就消失不见了。"终当归空无"是说最终结果都是空无，所谓"四大皆空"。

以上可以看出他有儒家的思想，有道家的思想，也有佛家的思想。但无论哪种思想影响了陶渊明，他都会立刻与他自己的思想结合起来，他内心之中有一种自然的定力与持守。守是操守，许多人没有恒定的自我把持的能力，自己守不住自己，所以常常随波逐流，被引诱、被转移。在中国诗人里边，内心最有持守的、最能够掌握自己的诗人就是陶渊明，而他内心持守的力量便来自对儒家、道家、佛家各种思想中最宝贵之精华的接受与吸收。他不但是掌握了那些外表的言辞、道理、形式，而且他真正地在内心掌握、接受各种思想里面最好的、最有价值的东西。所以，陶渊明才能够在那种黑暗、混浊，充满战乱、痛苦的时代里，不被迷乱，不失去自我。这一点是陶渊明很了不起的地方。我们以后会从他的诗里边慢慢地，一点一点地证明的。

（徐晓莉整理）

二

*

陶渊明的思想

历史上有许多陶渊明的传记，这些传记对陶渊明的名字也有很多不同的说法。有人说他的名字叫"潜"，号"渊明"。有人说他名字叫"渊明"，字"元亮"。一般比较令人信服的是说他本来叫"渊明"，字"元亮"，这是考证他自己所写的文章得出的结论。关于"陶潜"这个名字，是东晋灭亡到刘宋时，他才改名叫"潜"的。另外还有一种说法，说他也叫"深明"，那是因为要避唐代的第一个皇帝，高祖李渊的讳的缘故。古代，皇帝的名字是不允许别人随便叫、随便写的，这叫避讳。所以唐代人当他们写到陶渊明的名字的时候，就改写"渊明"为"深明"了，因为"渊"也是深的意思。还有的就写成"泉明"。总之，"深明"跟"泉明"都不是陶渊明本来的名字。

　　我上次还讲了陶渊明生活的时代的几件大事。说他是在东晋哀帝兴宁三年（365）出生的。他八岁时父亲去世了。他十八九岁的时候发生东晋跟北方外族前秦的淝水之战。后来，当时一位很有名的高僧慧远来到江西的庐山。孝武帝太元年间，高僧慧远在东林寺成立了一个"白莲社"，当时不仅有僧人参加了这个"白莲社"，还有很多文士、诗人也都参加了。我还提及有一本《莲社高贤传》，是记载当时参加白莲社的一些贤人的，这里面也有陶渊明的名字。陶渊明参加他们的聚会，他和高僧慧远是很要好的朋友，但陶渊明并没有真正地皈依佛教，他只是和这些高僧、高贤们一起谈话，讨论些佛理、玄理中的问题。

其实，按照中国佛教历史发展来说，东晋是从印度传过来的佛学跟中国本土的玄学的交融的时代。陶渊明虽然没有正式皈依、信奉佛教，但在他的诗里却反映出佛教的空观思想。前面我举了"人生似幻化，终当归空无"两句，现在我还想再补充他另外的一组诗来说明这一点。他写过一组叫作"形影神"的诗，共三首。

我说过，陶渊明是中国诗人里边最有思想性的诗人。一般的诗人写诗，他们常常是见景生情，就是说看到什么景物，引起他们什么感情，就写下一些诗句，像李后主看到"春花秋月"，就想到"往事知多少"了。一般人所写的诗大都是因景生情：悲欢离合呀，伤春怨别呀。可是陶渊明的很多诗都不是像一般人所表达的那种见景生情的偶然的感情，陶渊明是一个最有思想性的诗人。

他这《形影神》三首诗反映出他对人生很多重要问题的思考。因为人生是短暂的，那么在这短暂的有限人生中，你生活的目的、你存在的价值和意义在哪里呢？有的人是只具有"形"体上的意义的，行尸走肉，酒囊饭袋而已，他们生存的目的只是追求身体、肉体上的享受；另一些人是追求"影"响的，他们注重的是名誉、声望。人生是很短暂的，有很多哲学、宗教都是要回答和解决人生的这样的一些问题。因此，有的宗教说人有永生，佛教说人有来生，中国的儒家因为它不是宗教，所以它没有说人有永生，也没有说人有来生。那么，儒家追求什么呢？儒家所追求的是不朽。所以《左传》说，人类的肉体生命虽然是短暂的，但是你的精神、你的事功可以流传下来，可以影响后代人，对他们有贡献，有好处。所以它说"太上有立德"，"德"是好的品德；"其次有立功"，留下功业；"其次有立言"，"言"是指留下好的言语教训、思想。所以"影"就是儒家所说的身后的名。

杜甫有一首怀念李白的诗说"千秋万岁名，寂寞身后事"（《梦李白二首》之二），就是说你即使留了名，就算是你有了千秋万岁的声名，可是，那个时候你在哪里呢？那不也是"寂寞身后事"了吗？所以"影"也是空幻的。从陶渊明的思想来看，"立善常所欣，谁当为汝誉"（《神释》），是说儒家说的"立德""立功""立言"当然是不错的，是"立善常所欣"，是我所喜欢的，可是"谁当为汝誉"呢？谁会给你一个美好的赞誉呢？因此你所追求的名——"影"，岂不也是空幻的吗？

我们现在只是简单地介绍他的思想，关于他的这些思想，当我们正式讲到他的《饮酒》诗的时候，都会仔细地讨论的。总之，他的意思是说我们人生的意义在于精神上要自由，既不为肉体、形体、欲望所拘束，也不要为自己后世的声名，或者别人的赞誉所拘束。芸芸众生不是为了利，即物质上、身体上的所得，就是为了名；不是形，就是影。你如果被"名缰利索"、被虚浮的名声所束缚，你就会为名利做奴隶，这个名就像马的缰绳一样把你捆起来了。你要是追求物质上的财、利，它就像一条绳索把你纠缠住了，你的精神就没有自由了。所以陶渊明最后说，你所得到的不应是"形"与"影"，而应该是"神"，即精神上的自由。一旦你精神上获得自由了，你不但不被名所拘束，也不被利所拘束；你不但不被名利所拘束，你也不被生死所拘束了。正如他在《归去来兮辞》中说的"乐夫天命复奚疑"，又如《神释》最后所说"应尽便须尽，无复独多虑"，"尽"是终了，什么时候你的生命应该终了，便须任随其终了。不但名利之间你不再执着了，在生死之间也无需执着了，这样子就"无复独多虑"，你就不会再单单地顾虑、忧愁与烦恼了。这就是陶渊明所追求的人生意义。

其实陶渊明的思想从整体上来讲还是以儒家思想为主的，他同时受到了道家和佛家的思想影响，要知道东晋那个时候，佛学是很流行的，尤其是在陶渊明的故乡。

陶渊明的诗里边曾经写过这样的话：

少时壮且厉，抚剑独行游。
谁言行游近？张掖至幽州。（《拟古九首》之八）

他说，当我年少的时候，我是"壮且厉"，这个"壮"是两方面的壮：首先是年少力壮；其次是说精神上也是强壮的。"厉"是性情刚烈。他说，我"少时壮且厉"，曾经"抚剑独行游"，我的手按着宝剑的把柄，独自去四方周游。去哪里周游呢？"谁言行游近？张掖至幽州。"他说，我曾经去过很远的地方，从张掖到幽州，张掖在今西北的甘肃一带，幽州在今北京、天津、河北北部和辽宁一带。可是你以为陶渊明真的去过那些地方吗？没有，他从来没到那么远的地方去过。我们讲东晋时代的背景时讲过，当时中国的北方被外族占领了，建立了多个小国家，就是说，那个时候的北方是在外族的手里，陶渊明没有机会到北方的黄河流域。可他诗里却说"谁言行游近？张掖至幽州"。

陶渊明是在说谎吗？是在说大话骗人吗？不是的。在中国所有的诗人里边，话说得最真诚的，从来也不讲夸大欺骗的话的，就是陶渊明，他是最真诚的诗人。古人就十分赞赏陶渊明的这一点，在中国金代时有一个很有名的诗人，叫元遗山，也就是元好问，他曾经写过一组诗，一共三十篇，题目叫"论诗绝句"，其中有一首是说陶渊明的诗。他曾经说过这样的话："一语天然万古新，豪华落尽见真淳。""一语"是指陶渊明随便的一句话，写的都是这样的"天然"。刚才我说，在中国所有的诗人里边，如果说是作诗的态度最真诚的，不雕琢，不修饰，不夸大，不自欺欺人的，那便是陶渊明。所以他的诗是很自然的，他的思想在他的脑子里边怎样运行，他就很自然地把它流露、表现出来。不像有些作者雕章琢句，拼命地找一些漂亮的字写出来，为了让大家赞美他，陶渊明没有这样的诗。上次我提到宣化上人说我好像把陶渊明讲活了，我说不是我讲得好，而是陶渊明自己的精神、感情本身就是活的，所以他才会感动人。所以他是"一语天然""万古常新"，使我们千百年之后读了他的诗，感觉还是新鲜的、充满活力的，所以是"一语天然万古新，豪华落尽见真淳"。很多人写诗都讲雕琢，讲修饰，逞才、使气，找漂亮的字，用典故，这都是外表的豪华装饰，陶渊明是将这些外表的豪华装饰都摆脱了，以他最真诚的本色与世人相见，所以是"豪华落尽见真淳"。

南宋时有一个有名的词人辛弃疾，他也曾写过赞美陶渊明的话。他说："千载后，百篇存，更无一字不清真。"（《鹧鸪天》）意思是说，千百年之后我们再读到陶渊明留下来的一百多篇诗，才真正体味出他没有一个字不是最清纯的，没有渣滓的，没有混杂着杂质的。

以他这样一个真淳的人，难道要说谎吗？他为什么要说他去过张掖和幽州呢？要知道，陶渊明是一个非常妙的人，他一方面是个哲人，是极有哲思、极富智慧的一个人，他考虑的都是人生的问题，可他同时也是一个诗人。也曾有一些人，不管是学玄学思想，或是佛学的思想，他们总喜欢在诗歌里说一些哲理，这样一来，有一些说哲理的诗就不大像诗了，因为它们大多都是空口在那说道理。

在中国南北朝的梁朝时期，曾经出了一个很有名的文学批评家，叫钟嵘。他曾经写过一本批评诗的书，叫作"诗品"，把中国的诗歌分成几个不同的等级：有上品、中品和下品。《诗品》的序文中写道，永嘉年间，那是西晋快要灭亡的时期，那个时代的诗里喜欢谈论道家的黄、老哲学。"黄"是我们说的轩辕黄帝，"老"就是老子。钟嵘说，在永嘉时期，"诗贵黄老"，诗里总要谈一些道家的哲理。他们的诗是"理过其辞，淡乎寡味"，他们讲的道理很多，但那些哲学的道理远远超过了他们诗歌文字所传达出的感动人的力量，所以越念他们的诗，就越觉得平淡，是空口说道理，不能给人兴发感动的力量。而诗的一个最重要的特征，就是要带给人一种兴发感动的力量。

陶渊明之所以了不起，就在于他不只是一个哲人，同时也是一个真正的诗人，他把那些哲学的思想都形象化了，他不是空口地说一个道理，而是用极为生动的形象来表现那些深刻的人生哲理。刚才我们引的那首诗，"少年壮且厉，抚剑独行游。谁言行游近？张掖至幽州"，就正是他诗中常常使用的一种象征手法。他所说的行游到张掖，到幽州，其实不是他身体远游的经历，而是他精神远游的经历，是他的一种精神境界。你也许会以为陶渊明是在做白日梦吧？其实不是的。陶渊明有很多诗，里面也有类似"抚剑独行游"这样的豪壮精神。他曾经写过一首诗是赞美荆轲的，荆轲是战国时代的游侠和刺客。当时的秦国凭借着武力要去侵略别的国家，燕国很怕被秦国吞并侵略，于是燕国的太子丹就找到了荆轲，让他去行刺那个有野心的秦王。由此我们知道了荆轲的典故和出处，陶渊明《咏荆轲》的诗里赞美了这位仗义行侠的荆轲的英勇行为，由此可见陶渊明的胸中也有这种激昂慷慨的悲壮气概。

陶渊明并非生来就是恬淡平静的，特别是处在那样一个彼此争夺、刀兵相见的动乱时代，不但西晋如此，东晋依旧如此，甚至更加动乱不安，不但北方完全沦陷在异族手里，南方也有许多战乱。开始有苏峻的叛乱，陶渊明的曾祖父陶侃就参加过平定苏峻的叛乱，后来有桓玄的叛乱，再后来又有刘裕的叛乱，此外还有孙恩起义等等。陶渊明不仅身经了这些叛乱，而且他眼见那些人不择手段地用极残忍的方式杀死许多人。东晋的最后两个皇帝都是被害死的。当建立刘宋的刘裕逼迫晋恭帝禅位之后，他又派了一个人拿着一瓶混有毒药的酒去给晋恭帝喝。拿酒的人觉得这是不应该的，怎能拿毒药去害一个人呢？何况要杀的这个人还是从前的皇帝，但是他如果不把这瓶毒酒灌到皇帝的嘴里，他自己就活不成了，在进退两难之间，他就自己把毒酒喝了。他因为不愿意去做他以为不应该做的事而自杀了。即使如此，刘裕仍不死心，他就又派了另外一个人再去用毒酒害恭帝，皇帝不肯喝那毒酒，随去的兵士便变换手段，最终将皇帝杀死了。这就是陶渊明所生活的时代和社会。两个篡位的人，一是桓玄，一个就是杀死皇帝的刘裕，陶渊明都曾在他们手下工作过，由此我们就明白了他为什么会辞官不做了。后来多少人请他出仕，他都不出来。陶渊明有一首叫作"述酒"的诗，主要就是写东晋亡国的这段事情的。

他另外还写过一组诗《读山海经》。《山海经》是中国古代的一本书，它是把中国的地理和神话传说结合起来写的，里面说了很多的神话故事，陶渊明就是借这些神话故事抒写自己愤世嫉俗之感慨的。其中有一首赞美"刑天"的诗说：

刑天舞干戚，猛志固常在。

有一位英雄叫"刑天"，他的头被打掉了，可是他手里还能拿着一个武器跟敌人顽强战斗。

他还写了很多神奇怪异的事情，而且这里面的主人翁大多是些有冤屈的、失败的英雄。他之所以写了很多这样的诗，都是因为陶渊明所经历的时代使得他内心有如此抑郁不平的愤慨。刚才我们讲的那首诗，"少时壮且厉，抚剑独行游。谁言行游近？张掖至幽州"，就是表现他内心深处曾经有过的这种愤慨不平，欲仗剑奋起的悲壮精神的。

前面我们引了金朝人元遗山赞美陶渊明的诗，还引了宋朝辛弃疾赞美陶渊明的词，现在我还要引清朝龚自珍的话。龚自珍曾经写过这样两句诗：

> 陶潜诗喜说荆轲，想见停云发浩歌。（《舟中读陶诗三首》之一）

龚自珍还有另外两句诗：

> 莫信诗人竟平淡，二分梁甫一分骚。（《舟中读陶诗三首》之二）

这都是清人龚自珍《舟中读陶诗三首》中的诗句，诗的意思是说，陶渊明不是在诗里赞美荆轲吗？我们知道荆轲是被司马迁列在《史记·刺客列传》里的人物，所以你不要只看陶渊明隐居田园、躬耕陇亩的一面，他的诗里有时也表现出这种慷慨不平的悲壮精神。"想见停云发浩歌"是说我们由此可以想到陶渊明的《停云》诗。《停云》是陶渊明一首诗的题目，诗中说："霭霭停云，濛濛时雨。八表同昏，平路伊阻。""霭霭"是浓云密布的样子。"停云"是留在天上不动的云。"濛濛"是迷迷蒙蒙的一片。"八表"就是八方之外很大、很远的地方。"同昏"即同样都是阴沉昏暗的。陶渊明觉得那八方之外的地方都是昏暗的。好好的一条平路上出现了阻障。好好的世界，好好的人类，为什么有那么多的阻碍，那么多的罪恶，使人民痛苦，给人民带来灾害呢？你看陶渊明的诗里有多么深沉的愤慨和悲哀！

处在这样黑暗的时代，满怀如此沉郁深重的感慨与悲哀的陶渊明，后来又是怎样使自己的身体与心灵都获得了宁静与平衡的呢？他所经历的将是怎样的一段心理历程呢？龚自珍说："陶潜诗喜说荆轲，想见停云发浩歌。"他说每当我们读到陶渊明的诗，总好像是看见他在写《停云》诗发出来的"浩歌"，那么大声、那么悲哀、那么愤慨。

龚自珍又说："莫信诗人竟平淡，二分梁甫一分骚。"前面我们说过的，陶渊明是把"名缰利索"都挣断了，不管是名、是利，这些缰索再也束缚不住陶渊明了。他不仅摆脱了名利的缰索，甚至连死生也都看开了。他说："应尽便须尽，无复独多虑。"（《形影神三首》之三）他在《归去来兮辞》里说，我是"乐夫天命复奚疑"。他好像是平静了，可是龚自珍说，他是经过了一个矛盾困苦的挣扎过程才得以平静下来的。所以龚自珍说："莫信诗人竟平淡，二分梁甫一分骚。"你们不要相信陶渊明这个诗人完全是这样平静的，像一潭死水没有波澜，其实他内心还有"二分梁甫"与"一分骚"呢。

什么是"二分梁甫"与"一分骚"呢？说三国时候辅佐刘备

的丞相，也就是诸葛亮。当诸葛亮还没有遇到刘备的时候，他喜欢念一篇叫作"梁甫吟"的诗。关于《梁甫吟》，前人有很多不同的说法，大致归纳起来有两种：一种认为它是在丧葬的时候所唱的歌曲；还有一种说法认为，东汉时代有一个很有名的学者叫张衡，他既是文学家，又是科学家，他曾经发明了浑天仪和地动仪，又会写诗作赋。他写过一组《四愁诗》，诗的第一首说："我所思兮在太山，欲往从之梁父（甫）艰。"张衡是说，我所思念的那个人在泰山，我要到她那里去。"从之"是跟随她。可是，我要从这里到泰山去的途中被一座名叫"梁父"的大山挡住了，而梁父山是很不容易爬过去的。张衡思念、寻找、怀念的是什么人？这完全是在用比喻，表示的是希望得到君主的任用。而梁父所代表的，正是那些阻碍贤臣进用的邪恶的力量。

后来唐朝的诗人李白也写过一首《梁甫吟》，他开头就说："长啸梁甫吟，何时见阳春。""啸"在古代与吟同称，即吟啸。中国古人吟诗很像念佛经，有一个固定的调子，好像唱歌一样地依调吟诵，也就是说吟诵都是有字的。可是有的时候，你心里有一种感情，不管是悲哀，是感慨，或是别的什么感情，这时你还没有作成一首诗来，还没有字，可是你却情不自禁地发出一种声音来表达你的感情，这就叫作啸。不过古人常常把吟啸结合起来，不管你是有声，还是有字，都可以称为吟啸。

李白说的"长啸梁甫吟"，是说大声地吟诵《梁甫吟》这首诗时，所想的是"何时见阳春"。李白觉得自己很有才能，他说"天生我材必有用"，他说像我这样有才能的人，什么时候才能够遇到一个温暖的季节，就是指一个好的机遇，被明君贤主所发现、任用的机会。这些就都是"梁甫"二字所包含的意思。

接下来，我们再看龚自珍说陶渊明的诗"莫信诗人竟平淡，二分梁甫一分骚"时，就自然会体会到陶渊明内心中的那一份"我所思兮在泰山，欲往从之梁父艰"，以及"长啸梁甫吟，何时见阳春"等诗里所深含着的悲慨与感动了。要知道陶渊明在年轻的时候也是"游好在六经"的，他读过孔子的书，也曾经希望有所作为，当他看到世界的败坏与丑恶，也曾愤慨不平：怎么没有一个机会能够施展才能和抱负呢？这就是"二分梁甫"的意思。

"骚"是指屈原写的《离骚》。屈原是战国时候的楚国人，当时的楚王是楚怀王，那时国家中有两派在争论，有的人说是应该跟齐国结交；有的人说要跟秦国结交。秦国是有野心的，跟秦国结交最后有可能被秦国灭亡。屈原主张要跟齐国结盟，但是楚怀王不听他的话。结果楚怀王被骗到秦国，最后果然就死在了秦国，此后楚国就一步一步走向了灭亡的道路。屈原是楚国的宗室，他亲眼看到自己的国家走向灭亡，而他那些出自肺腑的忠心劝告却没有一个人肯听从接纳，且他还被楚国后来的顷襄王给放逐了。

陶渊明虽与屈原的时代不同，但他眼睁睁地看着国家的政治一天天败坏下去，而他自己虽欲有所作为，却无从施展，因而内心也充满了《离骚》中的悲愤感慨，所以龚自珍说"莫信诗人竟平淡，二分梁甫一分骚"。

因为要介绍陶渊明的生平，我就引了他的诗篇来说明。我主要是说陶渊明写过《形影神》这几首诗，他对人生曾经有过很仔细的反省与考虑。一般的人不是追求名，就是追求利，而陶渊明能够超脱名利的缰索，在精神上得到解放和自由。可是我们要知道，他这种精神上的自由和超脱是经过一段矛盾、一段挣扎以后才得到的。

（徐晓莉整理）

三
*

陶渊明的经历

上一讲我们简单地介绍了陶渊明的生平事迹。我们说陶渊明在中国的诗人里面，是内心最为平静的一个诗人，可是他不是单纯的平静，他是经过许多心灵的矛盾冲突之后才得以平静下来的。那我们就要说明陶渊明是为什么有的这些矛盾和冲突。他受到中国传统儒家思想的影响，本来也是想做一番事业的。儒家总是讲"修身、齐家、治国、平天下"，要为国家、为百姓做一些有益的事情。陶渊明也曾有过这样的理想，可他所处的那个时代，政治腐败，官僚、军阀彼此之间杀伐争战，以致夺权篡逆等事时常发生，由于这种社会时代的原因，使陶渊明原来的那种从儒家思想出发的理想不能得到实现。既然儒家的理想不能够实现，于是陶渊明便借助道家的思想，以及佛学的思想来求得他内心的平静。我们这样说，只是一个很简单的概括，这里我就要把陶渊明一生的仕宦生活做一个比较系统的介绍。

陶渊明最后是回到田园去隐居种田了。他也曾有过几次出仕的经历，"出仕"就是出来做官。他为什么要出来做官呢？儒家的孟子曾经说过这样的话："仕非为贫也，而有时乎为贫。"（《孟子·万章下》）出来做官本来是不应以赚钱为目的，不完全是因为家里穷才出来做官。儒家的思想一般都是为了治国平天下的，所以出仕的人并不是因为贫穷。可是"有时乎为贫"，有的时候也是因为贫穷才出来做官的。出来做官的人可以分为这两种情形：一种不是因为贫穷，是为了他的治国平天下的理想；另一种，有的时候也是因为要缓解他贫穷境况。

陶渊明一生究竟做过一些什么官呢？他到底是由于什么原因才出来做官的呢？我上次说过历史上记载他生平的传记有好几种，这些传记对他出入官场的情况说法也不尽相同。较为可信的说法是他一生做过五次官，有的时候是因为贫穷，有的时候是为了理想。

关于他的第一次出仕，历史传记中说法较为一致，说他年轻时曾任过州祭酒。陶渊明是江州人，他曾经做过江州的祭酒。

之前我介绍过《晋书》《宋书》《南史》上都有他的传记，不但如此，后来的人还给陶渊明编了年谱，据这年谱记载，陶渊明是在二十九岁左右做过江州的祭酒。历史上说他做州祭酒"不堪吏职，少日自解归"。"不堪"就是不能忍受。"吏职"，就是做官所应承担的职责。他不能忍受这样的约束。"少日"是指时间很短。"解"是辞职，"自解"是自行辞职。

那么陶渊明这一次出来做官是为什么原因呢？历史传记中记载，他是因"亲老家贫"才出来的。陶渊明八岁的时候他父亲就死了，他家里很贫穷。这里的"亲老"是说他的亲人年岁大了。孟子所说的做官"有时乎为贫"，不是说因为你自己贫穷，你想有更好的物质的享受。孟子所说的贫穷是你家里的贫穷，你需要对父母尽"孝养"的责任。"养"字这里不应该读"yǎng"，我们今天都很通俗地读"yǎng"了。在古代是有分别的，对于父母双亲不能说"yǎng"，应该叫作"yàng"，是孝养。孟子说的"有时乎为贫"是说不能看着你的父母与你一同忍受贫穷，饥寒交迫，那就是你的不孝了。所以有的时候是因"亲老家贫"才出来做官。陶渊明在他大约二十九岁的时候因其"亲老家贫"而出来做了江州的祭酒。可是他不能够忍受做官的束缚，所以不久他就自行辞职回家去了。这是他第一次出来做官的情况。

关于他第二次、第三次出仕的时间，历史上有许多不同的说法。根据近代学者逯钦立先生所编的《陶渊明年谱》记载，大约是在东晋安帝的时候。晋安帝的年号叫隆安，在隆安三年（399），陶渊明三十五岁的时候，浙江的会稽有一个叫孙恩的人起兵叛乱了。

那时有一个军阀叫作桓玄。陶渊明二十几岁时，江州刺史是王凝之，到陶渊明三十五岁时，江州刺史已换成桓玄了。桓玄当时的力量很大，他想进一步扩充自己军队的力量，就把荆州刺史殷仲堪杀死了，将荆州刺史的势力也夺取过来，他就自任江州与荆州两州的刺史。陶渊明的故乡在江州柴桑郡，那时的桓玄还没有表现出要篡位的野心，他只是军事力量很强大。桓玄曾经上表给晋安帝，说他具备充实的军事力量，愿意带兵去讨平孙恩的叛乱。

根据逯钦立《陶渊明年谱》中的推测，在桓玄做江州刺史的时候，替桓玄到皇帝那里上表的就是陶渊明。当时晋安帝在建康，陶渊明替桓玄到建康上表，请求讨平孙恩。刚才我们说过，做官可以是为理想，也可以是为缓解家里的贫穷，陶渊明第一次出来做官是由于"亲老家贫"的缘故，那么这一次呢？很可能他是有理想的，他觉得孙恩是叛乱，我如果替桓玄上表给皇帝，为讨平叛乱、安定天下尽一点力量，也未尝不是一件好事。

可是，桓玄的势力更加壮大之后，桓玄就开始有了野心，想要自己做皇帝了。晋安帝元兴元年（402），桓玄带兵打下了建康，并使晋安帝成为自己掌中的傀儡。那个时候陶渊明就已经不在桓玄的手下做事了。

与此同时，刘裕的势力也开始强大起来。陶渊明的传记上说，他曾经做过镇军参军，参军就像军队的参谋。而刘裕是做过镇军将军的，所以后来有研究考证的人就说，当刘裕做镇军将军时，陶渊明给他做镇军参军的职务。那个时候，陶渊明为什么要加入刘裕的幕府，给他做参军呢？因为当时桓玄已经叛乱了，他当年加入桓玄的军队时是孙恩在叛乱，现在是桓玄自己叛乱了，而刘裕要讨平桓玄，所以陶渊明就又加入了刘裕讨伐桓玄的军队，做了镇军参军的职务。这是他第三次出来做官。

然后陶渊明还第四次出来做过官。其实，他每一次出来做官的时间都不长，我想陶渊明曾经有过理想，希望在这样的战乱年代也能够为国家的安宁做一点事情。可是他每一次出来都失望了，所以每一次出来的时间都很短暂，然后就辞职不干了。之后当他看到又有机会，就又出来了，不过紧接着又是失望，又是辞职，又是归去。在晋安帝义熙元年（405），刘牢之的儿子刘敬宣做了建威将军的职务，他又把陶渊明请了出来，陶渊明又在刘敬宣的幕下做参军，这是他第四次出来做官。那一年他四十一岁了。不久刘敬宣辞职了，陶渊明也就不做了，而这一次又是很短暂的。

陶渊明的最后一次出仕是做彭泽县令。义熙元年（405）三月，陶渊明随着刘敬宣一起解职；这一年的八月，陶渊明第五次出来做官，他做的是彭泽县令，这一次他只做了八十几天就决志不做了。他写了一篇表示彻底告别官场之决心的文章——《归去来兮辞》。在这篇作品里他表示要回去种田，再也不出来做官了。而且从此之后，陶渊明果然到死也没有出来做官，刘裕当皇帝后曾经多次请他，征聘他出来做官，他都没有出来。

《归去来兮辞》的前边有一篇序文，说到他出任彭泽县令的原因和辞职回家的因由。说"幼稚盈室"，小孩子太多，家里贫穷，无以为生。从陶渊明的诗里看，他至少有五个儿子，还没有算女儿，因为中国古代只重视男孩子。陶渊明先后结过两次婚，第一个妻子大约在他三十岁时就去世了，他又结了第二次婚。在这样沉重的家庭负担下，他自己表示愿意出来做官。所以宋朝的著名文学家苏轼说陶渊明是"欲仕则仕，不以求之为嫌；欲隐则隐，不以去之为高"（《书李简夫诗集后》），意思是说陶渊明非常真诚坦率，他要出来做官就亲口说希望有一个机会，不把求官做看成不好的事情；如果他觉得不合适做了就辞职归去，也不把隐逸看成是什么高雅脱俗的事情。在《归去来兮辞》的序文中，他就说我家里很穷，小孩子又多，所以亲戚都劝我出来找官做，我也正好有了想要出来的念头，于是考虑到彭泽县，这个地方离家不算太远，"去家百里"，不过只有百里左右，所以就欣然答应出来就任彭泽县令了。

至于他后来为什么又不做了呢？他的传记记载是有两个方面的原因，一是他自己在《归去来兮辞》的序文中提到的，说他有一个嫁给姓程的人家的妹妹，"程氏妹"突然在武昌死了，他要赶去奔丧，因此辞职了。这是他自己能够公开向外人说出的理由。其实，传记中还记载着另外的一个原因。以前我说过，不仅《晋书》《宋书》《南史》上有他的传记，在他死后，第一个给他整理作品集子的梁朝的昭明太子，也就是后来编选中国最早的一部诗文选集——《文选》的昭明太子萧统，也写过陶渊明的传记。在他所写的陶渊明的传记中说，陶渊明辞去彭泽县令是有这样的缘故：当时"郡遣督邮至"。彭泽是一个县，比县更高一级的是郡，当时比县更高一级的政府派遣了一个督邮，就是政府派下来的督察，来考察地方上的政治得失利弊，检查地方官吏治绩行为。本来政府派人下来实地考察政情民风是件好事，可是要知道，在官僚腐败的社会里，上边派下来的并非都是清廉公正的人民公仆，他们其中绝大多数人到了下面就置公务于不顾，只知道劳民伤财，喝酒、吃饭、索贿、受礼。你如果侍奉得令他满意，那他回去后就说你什么都好；如果你不请客送礼，远接高迎地让他满意而归，不管你把当地治理得再好，他也会说你的坏话。总之陶渊明在彭泽县令的任上，有这样一个上边派来的官吏到他所在的治所考察。当时有人就提醒陶渊明，一定要好好地款待他。历史上记载说"应束带见之"。"带"就是腰带，在中国的京戏里我们经常可以看到，凡是上面钦差、上司来了，下级的官吏都要穿上非常正式的官服，束好佩饰腰带前来拜见。当时陶渊明很厌恶官场上的这一套虚伪的规矩，所以就随口说了一句："吾不能为五斗米折腰向乡里小人。"意思是我不能为五斗米就向一个不值得尊敬仰慕的人把腰弯下来。"折腰"是把腰弯下来，这里有卑躬屈膝的意思。"小人"是指学问道德都不好的人。中国后来有许多学者考察这句话的意思，一般直觉的理解"五斗米"一定是指他的俸禄，也就是今天所说的薪水或报酬。可是经他们的考察，东晋时代的俸禄不止是五斗米，五斗米连一个人吃都不够，又怎能解决"亲老家贫"的困难呢。"五斗米"究竟是多少我们可以不去管他，大概就像我们所说的，我不能为了一碗饭就做这样的事情，其实你不止是吃了一碗饭的。总之，"五斗米"是极言其少。陶渊明的意思是说，我不能为了这么一点俸禄就违心地卑躬屈膝向那贪官污吏去折腰，所以他就辞职不做了。这是陶渊明一生的第五次，也是最后一次的仕途经历。

通过上面的介绍，我们可以看到陶渊明出仕是出于两方面的原因。他最初一次出来是因"亲老家贫"，他要奉养他的母亲；他最后一次出来是因为他"幼稚盈室"，他要抚养他的子女。而中间他出来的几次，可能是因为他看到当时天下大乱，他也想如果能够平定这些叛乱，能够使国家安定，能够使人民安居乐业，未尝不是一件好事情。

前文讲过陶渊明的一首诗，他说："少时壮且厉，抚剑独行游。谁言行游近？张掖至幽州。"他提到曾出游到中国北方的张掖及幽州。而当时中国北方正是"五胡乱华"，大片国土完全被外族占领了，陶渊明根本就没有可能去到那里，可为什么他非要特别提出北方的这些地名呢？我想在陶渊明的理想之中，他不仅有要出来做一些事情，使偏安江南的东晋的政治与人民生活有所改善的愿望，同时他还有一个理想，那就是希望有朝一日我们能够把北方的大片国土也收回，统一起来。所以那首诗中的"张掖""幽州"完全是他当时理想的象征。可他没能够完成这个理想。

下面我还要再说说《归去来兮辞》，因为这篇文章与他这组《饮酒》诗关系很密切。《归去来兮辞》中所表达的决志隐居、不再出仕的真正原因，以及思想矛盾的心路历程，我们都会在下面要讲到的《饮酒》诗中看到的。

《归去来兮辞》是一篇很重要的作品，陶渊明在其中表达了他再也不出来做官的决心，从此以后，他果然就再也没有出来。他不是说家里很穷吗？他不是总因为穷困才出来做官的吗？可是他后来又说了："饥冻虽切，违己交病。"饥饿是切肤的痛苦，寒冷也是切肤的痛苦，这都是身体、肉体上的痛苦，但尽管这些肉体上"饥冻"的痛苦是很难以忍受的，可是如果你让我违背了自己的理想，让我只为了吃得饱、穿得暖，使肉体上免除痛苦就去做一些在我品格上、道德上、理想中都不愿意做的事，我身上就会像生了许多种病一样难过，也就是说，这是比"饥冻"一类的肉体痛苦更加难以忍受的心灵的痛苦。陶渊明曾经给他儿子留下一封信——《与子俨等疏》。他的大儿子叫"俨"，"疏"就是短信。他说，我很对不起你们，由于我不能勉强自己去做违背自己理想和良心的事而牵连了你们，"使汝等幼而饥寒"，让你们从那么小就随着我在饥饿与寒冷中过日子。由此可知，陶渊明他是很不容易才做出这个辞官归隐的决定的。而且，他除了饥饿和寒冷的痛苦之外，同时也要付出劳动的代价。

（徐晓莉整理）

四

*

陶渊明的饮酒组诗

前面我们给大家介绍了陶渊明生活的时代、他的生平、思想，以及他的仕宦经历。现在我们就来看他这一组《饮酒》诗。在正式讲《饮酒》诗之前，我们应当先来看一看这二十首诗前面的序文，因为这个序文对以后了解诗歌很重要。

　　陶渊明这二十首诗是一组诗，这个题目虽然是"饮酒"，可它里面的内容不是都说的是喝酒的事情，也讲到人生的很多问题。宋朝的苏轼，苏东坡曾经说过这样一句话："正饮酒中，不知何缘记得此许多事。"（《书渊明饮酒诗后》）"何缘"是为什么缘故。苏东坡说我不知道陶老先生正在饮酒的时候，为什么会想起这么多的事情来？这是苏东坡读这组诗时提出的问题。这确实是一件很奇怪的事情，他诗的题目叫"饮酒"，可是诗中讲到的许多问题却与饮酒无关，那么他写这组诗的动机、背景以及缘由是什么呢？这些陶渊明虽然从来没有明白地说出来过，因为他有不能说出来的苦衷，但在他诗前的序文里，却很隐约、很含蓄地为我们透露出一些消息，所以这个序文和其中少数几首诗是我们特别应该注意的，因为从这里面，我们可以窥见陶渊明写这组诗的思想背景与真正动机。他的序文是这样的：

> 余闲居寡欢，兼比夜已长，偶有名酒，无夕不饮。顾影独尽，忽焉复醉。既醉之后，辄题数句自娱。纸墨遂多，辞无诠次。聊命故人书之，以为欢笑尔。

他说我"闲居寡欢"，他不是辞官不做了吗？他在家里没有工作，当然要种田的，种田本来是很忙的，可当他写这二十首诗的时候，已经是秋冬之际了，田里的事情都忙完了，比较清闲了。秋冬收获以后他就闲居在家，没有什么消遣的活动，也没有什么值得欢乐的事情，这就是"余闲居寡欢"的意思。还不止如此，人们常说"欢娱嫌夜短，寂寞恨夜长"，是说你欢喜欢乐的时候常常会觉得日子过得很快，而你不快乐的时候就觉得时间过得很慢。陶渊明说他不但觉得每天白日闲居无聊，而且是"兼比夜已长"。"比"是近来的意思，这个字当"比较"讲时读成"bǐ"，而当"近来"讲的时候应该读成"bì"。他说本来我每天白日里闲居无聊，没有什么快乐的事情可以消遣，更何况近来的夜晚一天比一天长了。就像温哥华，夏天夜很短，到了冬天，很早天就黑下来了。我们说他这一组诗是写在秋冬之际，就正是从这里看出来的。

后边的一句话就是最应注意的了，"偶有名酒"，这里透露了一个消息，就是他为什么写这二十首《饮酒》诗，为什么以"饮酒"为题，而诗之内容又不关饮酒，纵谈很多人生问题的缘由。根据陶渊明的传记来看，他辞官回乡种田，家里很贫穷，他喜欢喝酒，可是却没有钱买酒。他的传记里有许多这方面的记载，比如说，他本来不愿意与那些做官的人相往来的，可是如果那些人准备了好酒，在他经过的路上请他喝，他也不推辞。据说有一次秋天九月九日重阳节时，大家都饮酒欢庆，可他没有酒喝，有一个穿白衣服的人给他送来了酒，那人就是江州的刺史。还说他有一个朋友叫颜延之，有一次送给他很多钱，他把这些钱都存在酒铺，他说，你们替我保存，我在你们这里喝酒。因此可见，陶渊明虽然没有钱买酒，但还是时常有酒喝的。他现在就不但有了酒，而且还是名酒，是最贵、最好的酒。他这次的"偶有名酒"是从哪里来的呢？这的确是很成问题的一件事。如果想要弄清楚陶渊明在诗中说了那么多人生话题的原因，就必须要注意序文中的这一句话。

与序文中这句话可以相互印证的还有他这组诗里的第九首，这首诗里提到有人给他送酒喝的事情。我们现在还没正式讲这首诗，我先简单地念一遍，我只是为了证明有人给他送酒来这件事。他说："清晨闻叩门，倒裳往自开。问子为谁欤？田父有好怀。壶浆远见候，疑我与时乖。褴缕茅檐下，未足为高栖。一世皆尚同，愿君汩其泥。深感父老言，禀气寡所谐。纡辔诚可学，违己讵非迷！且共欢此饮，吾驾不可回。"他说，有一天早晨，有人敲门，他慌忙穿上衣服，开门一看，是田父，提着一壶酒从很远的地方给他送来了，这个人不但给他送来了酒，还送给他一些忠告与规劝：他说你回家种田这种生活是不合乎这个时代潮流的，人家都出来做官，人家都不认为仕途、官场有什么不好的地方，你为什么偏偏跟人家相违背，而不一起在官场里面混日子呢？于是陶渊明就回答说：

"深感父老言，禀气寡所谐。"对于你的劝告我深表感激，但我这个人天生的禀性就是不能随俗沉浮，所以我无法接受你的劝告，也不想改变我的选择，不过你既然给我送酒来了，我还是很高兴的，好吧，我们姑且不谈那些不一致的看法了。"且共欢此饮"，让我们暂且在这里欢欢喜喜地开怀痛饮吧，至于你要让我改变我所走的道路，那是不可能的，"吾驾不可回"。陶渊明这首诗里有很多的比喻与象征，他诗里说他车马走的路，并不是真的在地上驾车行走的路，而是说他选择的人生之路。关于详细内容，将来我们讲到第九首时再做仔细介绍。我只是说明这诗里提到有人给他送酒的事情。

不但这一首提到有人给他送酒来，这组诗后面，也就是第十八首也提到有人给他送酒的事情。在这首诗里边，陶渊明举了一个古人来做例证，他说："子云性嗜酒，家贫无由得。时赖好事人，载醪祛所惑。觞来为之尽，是谘无不塞。有时不肯言，岂不在伐国。仁者用其心，何尝失显默。""子云"就是汉代的扬雄，他是很有学问、赋写得很好的一个人。他天性喜欢喝酒，但与陶渊明一样，也是"家贫无由得"，自己没有钱买酒来喝，时常靠那些好事人给他送酒来喝。"好事人"是指那种好问问题的人。这就是"时赖好事人，载醪祛所惑"，那些好事人他们用车装着酒，同时还带着疑惑来找扬雄。"祛惑"就是去除疑惑，他们提出许多问题，希望扬雄能给以满意的答复。那么扬雄是什么态度呢？扬雄是"觞来为之尽，是谘无不塞"。你们不是拿酒来了吗？那好，我就拿起酒杯来为你们一饮而尽；你们不是有问题，有疑惑吗？好，凡是你们问的问题，我没有不给满意的答复的。"塞"是足的意思，是满足你们的要求。但也不是所有的问题都能做到有问必答的："有时不肯言，岂不在伐国。"为什么扬雄有时不肯回答呢？那是因为他们所问的问题关系到"伐国"的事情了。"伐国"是去攻打讨伐一个国家。为什么问到攻打、讨伐一个国家的事情，扬雄就不肯回答了呢？这里面还有一个故事。在春秋时代，有一个人叫柳下惠，历史上记载说他是"圣之和者"，说他在圣人里面，跟人相处最谦和，对人态度最为平和。有一次鲁国的国君向柳下惠说"吾欲伐齐"，你看可以吗？柳下惠回答说不可以，你不应该发动侵略的战争。事后柳下惠回到家里就很难过，他想，为什么鲁国的国君要就发动侵略战争的事情问我呢？我听说过古代圣贤的话："伐国不问仁人。"是说，你要发动侵略战争，去攻打别的国家就不应该去问有仁心、有爱心的人。而如今国君来问我"伐国"的事，那一定是觉得我是一个没有仁爱之心的人。为此柳下惠就很烦恼。那么陶渊明在这首诗里用了扬雄的典故，用了柳下惠的典故，实际也是在表明自己的态度：你们送酒给我，我是欢迎的，我可以和你们任何人在一起开怀畅饮，但要我做出违背我心愿的事，或说出违背我心愿的话来，我是不肯，也不会答应的。

总之，这组诗的第九首与第十八首都提到了有人给陶渊明送酒的事，而这两次送酒来的人都是带有附加条件的，一个人是要劝陶渊明改变他所选择的归隐的生活道路，他说，我不能改变。另一个人是要他回答问题，他说，我能回答的尽量满足你们的要求；不能回答的，我绝不会说的。由此可见，他的酒的来源都是很不平常，很不简单的。我们说陶渊明虽然把他们送来的酒喝了，但是当陶渊明喝着这些并不平常、并不简单，甚至可以说是大有来头的酒时，他怎么能不想到那些送酒人的"忠告"与"要求"呢？而这些"忠告"与"要求"所涉及的又全都是人生的问题，这就是为什么陶渊明这二十首诗题为"饮酒"，而实为探索、思考人生的原因所在。而这一结论的推导又正是因其序文中"偶有名酒"一句引出来的。

现在我们还回到序文上来，他说"偶有名酒，无夕不饮"。没有一天晚上我不喝酒，喝酒的时候，我没有一个伴侣，看一看我的身边只有我的影子，即"顾影独尽"。接下来就是"忽焉复醉"，"忽焉"就是很快地。有人说你快乐地喝酒不容易醉，如果抑郁烦恼地喝闷酒就很容易醉。"既醉之后，辄题数句自娱"，当我喝醉了之后，我就随便写几句诗，完全是为了自我消遣娱乐。后来一天一天过去了，"纸墨遂多"，我写下来的自我解闷的诗已经很多了，它们是"辞无诠次"，"诠"是选择，"次"是次序。因为我是喝醉之后写的，随便想到哪里就写到哪里，因此诗中的言辞是非常随意的，既无选择，又无次序。关于这一点，在陶渊明《饮酒》这组诗的第二十首中也可得到印证和补充，这首诗的最后两句说："但恨多谬误，君当恕醉人。"是对不起的意思。他说，你们看我这些诗千万不要认真，我说的话大多是不全正确的，你们要原谅、宽恕我这个喝醉酒的人所说的醉话。这就是陶渊明自己解释他这二十首诗之所以"纸墨遂多，辞无诠次"的原因。可是，既然他已经写成这么多首了，于是就"聊命故人书之"。他说我本来也没有一定要保存、收集的打算，不过既然有了这些诗，姑且就请我的一个老朋友把它们抄下来，"以为欢笑尔"，用来闲时取乐之用罢了。"尔"是如此而已，意思是说你们不要追求什么深意，我不过自娱自乐，如此而已罢了。

好，读了陶渊明这组诗前的序文，我们就知道陶渊明写这二十首《饮酒》诗的背景和缘由了。

在正式讲陶渊明这组《饮酒》诗之前，我想我应该再简单地说一说如何欣赏陶渊明的诗，特别是他这组《饮酒》诗。因为陶渊明的诗中到处都是哲理，可如果只是说道理的话，能不能写成诗，算不算是好诗？前面我们介绍陶渊明的时候曾经提到过钟嵘的《诗品》，他说如果你"理过其辞"，讲道理的话超过了文辞的美丽，那你的诗就会让读者感到"淡乎寡味"，因为诗中的道理是要用理性去了解的，可诗歌本来是要用我们的感性去感受的。所以从表面上看，好像那些说道理的话是不容易写成诗的。说到这里，我很想用一个例证来说明这一点。二十世纪六十年代早期，在美国有很多青年人都很喜欢中国唐代一个僧侣诗人寒山的诗，加州大学有一位教中国文学的教授Birch，他编过一本中国的诗文集子，其中选了许多首寒山的诗。可中国的学者他们并不以为寒山是一个很好的诗人。为什么寒山的诗被西方人所喜爱，甚至连日本人也喜爱，而中国的学者与诗人却并不欣赏呢？对于外国人来说，当他们做翻译的时候，喜欢那些比较容易翻译的作品，但是诗的感觉是很不容易翻译的，因此中国人觉得好的诗，翻译成外国的文字之后，人家就未必也觉得出好来。所以从翻译的角度上说，也许寒山的诗更容易得到一般外国读者的了解，而中国人觉得他的诗无论从哲理到境界或给人的直觉感受上都不能算是最好的。我这样说也许太空洞了，所以我来举一个例子看一看。

　　寒山写过一首诗，从他诗中所说的道理来看，与陶渊明《饮酒》第五首"结庐在人境"非常相似。可是我们将这两首诗加以比较的话，就会发觉这两诗所传达出的感受是极为不同的。寒山的诗说："人问寒山道，寒山路不通……似我何由届，与君心不同。君心若似我，还得到其中。""寒山"本是他的名字，他住的地方也叫寒山，诗里边的寒山是指他住的地方。他诗里说，你问我通往寒山的路在哪里，我的回答是，对于你们来说，根本就没有路可以通往寒山。如果说到我是如何来到寒山的，那是因为我的心跟你们的心不一样，假如你的心也能跟我的一样，你也就能够到达寒山了。这诗里的"寒山"是一种象征，它指的是一种精神境界，他是说人们能否达到一种精神上的境界，主要在于你的心是否有对于这种境界的追求和向往，如果你有一种执着无悔、坚定不移的追求，那么你总会到达你心灵的境界。同样是写哲理的诗，为什么有的诗就更有一种诗的感觉，而有的诗，虽然它所说的道理差不多，但只是整齐、押韵的句子，却不是真正的好诗。弄清楚这一点，对于欣赏陶渊明的诗非常重要。

　　下面我们来比较一下陶渊明《饮酒》第五首跟寒山的诗究竟有什么不同。他说："结庐在人境，而无车马喧。问君何能尔，心远地自偏。采菊东篱下，悠然见南山。山气日夕佳，飞鸟相与还。此中有真意，欲辩已忘言。"

　　陶渊明诗中的"问君何能尔，心远地自偏"与寒山诗中的"似我何由届，与君心不同"两句的意思是差不多的，都是说心路、心径不同的道理，其实他们所讲的哲理都是很不错的，可是从诗的感觉上来说，陶渊明的诗要比寒山的诗好得多。怎么好呢？这就是我前面说过的，诗歌不是要跟人说道理，让你知道一个结论，它是要让你透过感受来领会这件事情里所包含着的道理。陶渊明的诗之所以能够给读者带来这种诗的感受，原因大致有两个：一个是他形象化的写作手法，他不是简单地说明道理，而是通过形象化的描写来表现道理；还有第二个原因，那就是陶渊明诗中的说理叙写的层次，是跟他的内心活动、内心的感受结合在一起的。如果一个人只是教训人，说你应该这样做才好，可是他自己对于自己所说的道理没有信心，没有兴趣，缺乏一种真实的感受，只是把一个很枯燥的道理叙述出来给别人听，这样的话就不会使人感动。陶渊明的诗在叙述的时候，是带着他心灵的活动，带着他深切的生活经验和感受的，所以他的诗给人的感受是与寒山不同的。寒山说"人问寒山道，寒山路不通"，这是在说一个事件，一个结论；陶渊明的"结庐在人境，而无车马喧"却是他自己的一种生活体会，一种经验感受。他说我住的茅草房就建造在"人境"，人间的世界里，然而我并不感觉到有人间车马的喧哗干扰。这是他的真实感受和经验。"问君何能尔？心远地自偏"，"问君"，表面意思是问你，实际上是在自我叙述的意思。在中国的文学传统中，常常会有这种情况，他不直接说我怎样，而用"你"来代替我，实际是在说他自己。比如有一个大家都熟悉的例子，南唐的后主李煜是中国古代有名的词人，他的《虞美人》词最后有两句是："问君能有几多愁，恰似一江春水向东流。"是说问你一共有多少忧愁，而这里的"问君"就是自问，是问他自己。类似这样的写法在中国文学语言的修辞中叫作设问，它是假设有一个人问你，由此引出你的回答。陶渊明"问君何能尔，心远地自偏"是说，如果有问我怎么样才能够做到"结庐在人境，而无车马喧"的，我就以我生活中的切身体会和感受经验真诚地回答他：是我的心远离了繁华嘈杂的人间干扰，所以我所居住的地方也就自然变得偏远、僻静了。

我们在第一次讲这首诗的时候就说过，陶渊明这首诗有两层意思：一是说你的心如果不被外物干扰，那你就不觉得外边的事情喧嚣和烦恼，心就自然是很安静的了。这完全是心理的感受；还有一个原因，是因为陶渊明自己说他住的地方是"穷巷隔深辙"，是远离大马路的穷巷子里，这句诗所包含的言外之意是，我不追求名利，我的心也不慕恋虚荣与繁华，所以我所选择的住处本身就是偏远清静的。你看陶渊明的这些诗句所说的都是他的实际生活，是他的真实感受。他不是在空口说白话，像父母告诫小孩子说：你要安心读书呀，不要受外界的干扰。不是这样子的教训和讲道理，而是真正有生活、有感受和经验才写出来的，因此我们读起来才会有诗的感觉。

接下去陶渊明又说："采菊东篱下，悠然见南山。山气日夕佳，飞鸟相与还。"这几句还是根据他的生活感受来写的。他说我在东边的篱笆下采集菊花，悠然地看见了南山。这两句话是很不容易讲明白的，他将自己跟大自然中的景物结合起来，当他这样做（采菊、见山）的时候，内心之中自然而然地就涌起一种感受。陶渊明的诗看上去好像很简单，但却很不容易讲明白，因为他内心意识的活动完全是随着感觉的变化而流转。菊花是他的诗中常常出现的植物，在所有的植物之中，他最喜欢说的，除了菊花，还有松树。

这里我还要再补充一点，就是我们应该怎样欣赏一个好诗人的诗。一个伟大的诗人跟一个普通的诗人，他们之间的区别在哪里呢？如果他是一个普通的诗人，他可以写出一些美丽的诗句，比如把花草、树木写得很美，或者偶尔写出来两句很好的诗。可是如果是一个真正伟大的诗人，那么他的诗就不仅是文本，不只是这些构成诗句的文字里包含着他的种种真实感受，中国真正伟大的诗人，他们是用自己的全部生命去写诗，用自己的整个一生去实践他的诗的。这是中国诗的一个很重要的特色。这也是西方人很不容易接受的，他们认为诗歌的文本才是重要的，至于作者的人格品质对于作品的艺术创作来说不是很重要。可是中国的诗一定不是如此，从《诗经》开始，就有一个传统，"情动于中而形于言"（《毛诗·大序》），你内心要有真正的感动，你才会通过诗句把它表现出来。所以真正好的诗人，你不能只读他一首诗，就想懂得他，知道他的好处在哪里。你必须要看他的全部创作，他的每一首诗都可以相互注释，相互印证。要从他整个的人生和他全部的诗篇来看，才能知道他真正要说的是什么。

陶渊明很喜欢写松树，写菊花，他曾经有几句诗一同写到松树和菊花，如《和郭主簿二首》中的"芳菊开林耀，青松冠岩列。怀此贞秀姿，卓为霜下杰"。是说芬芳的菊花开放了，在一片丛林里显示出很有光彩的样子。菊花都是浅色的，而且以黄色居多，看上去非常鲜艳而有光彩。松树是绿的，如果山上长满了松树，仿佛是给山石戴上了一顶顶的帽子，它们在山上很整齐地排成一排，显得非常有生气。"怀此贞秀姿"，"怀"是说菊花与松树的魅力与色彩是由内而外的，不是外表涂上去的黄、绿的颜色。"贞"，是不改变的意思，我们常常说坚贞、贞节，就是坚定、坚强、永不改变内在的品质。在深秋和冬天，当别的花都凋谢了，别的叶子都黄落了的时候，菊花开了，松叶也还依然保持长青不凋的生命姿态。正因为它们有这种坚强的、贞节的美丽姿态，越是在寒冷的冰霜的打击、摧伤的考验中，才越显得杰出、了不起！正因为陶渊明对松树，对菊花有这样的感觉和认识，所以当他"采菊东篱下"时，才有这诸多思考。他或许想到了世界上很多人追求外表的浮华，追求世界上的名利，追求虚荣，可是他与那些人不同，他在远离尘世喧哗的地方，在自己草庐东边的篱笆下，面对着盛开得那么美丽的菊花，他内心完全是一种"怀此贞秀姿，卓为霜下杰"的感受。

这还不算，接下来一句"悠然见南山"，他又把自己与自然界中的事物所包含的意义结合起来了。"悠然"在这句里应该有两个意思，一个是"远"，另一个是"闲"。南山在很远的地方，假如你每天匆匆赶路，你就看不见这座山的美丽，只有在你的心里很平静的时候才能看到。这个"闲"不是说身体上的闲，有的人身体很闲，可心里忙得不得了，整天胡思乱想很多事情，一点也不闲。这里的"闲"，是内心真正有一种安闲、恬然的闲趣。就在这种悠然、安闲的感觉之中，一抬头看见远远的南方那座山。

这句话还没说完，他不只是远远地、悠然地蓦然之间发现了南山，他还看到了南山被"山气日夕佳"的景象所笼罩。"山气"是指山上的烟霭，峰峦与云气在夕阳下交织在一起所构成的朦胧绚丽的样子。他说当我采菊的时候，我就发现南山上的烟岚在太阳落山时特别美丽，它们像雾一样在晚霞的映照下忽明忽暗，如梦如幻。不仅如此，山还常常带给人另外一种联想。《论语》中有这样的话："知者乐水，仁者乐山。知者动，仁者静。"（《论语·雍也》）孔子认为每个人的性情、品格都不相同，有些人很聪明，很机智，反应很快，他们就喜欢水；而那些天性与感情上都很淳厚的人就很喜欢山。水给人的感觉是波浪起伏、动荡不平的，一阵风过，就会掀起很多波纹。而山给人的感觉是安静的、稳重的，特别是那些大山，看起来是非常深沉、稳重地矗立在那里的样子，所以说智者喜欢水随物赋形的动态，仁者喜欢山安稳深沉的静态。知道了这些，我们就不难推知陶渊明在说到"采菊""见南山"的时候是什么意识活动和心理感觉了。

下面的"飞鸟相与还"这句就更重要了。山上有许多树木，鸟的巢穴都在其中，到了黄昏的时候，鸟就要回去休息了，陶渊明的《归去来兮辞》中说"鸟倦飞而知还"。安静的山林是可以休息的地方。黄昏的时候，不是一只鸟，而是成群结队的鸟一起飞回来投巢归宿了。陶渊明这里写的不仅仅是大自然的景象，这里面也隐含着他自己切身的感受。他在决定告别官场、辞职归隐时写的《归去来兮辞》里不是说"鸟倦飞而知还"吗？这只倦飞的"鸟"，以及他在《归园田居》之一里说的"羁鸟恋旧林"中的"鸟"，其实都是他心灵的象征。这只由陶渊明的心灵而幻化成的"鸟"，在经过了"日暮犹独飞。徘徊无定止，夜夜声转悲。厉响思清远，去来何依依。因值孤生松，敛翮遥来归"的一番经历之后，"托身已得所，千载不相违"（《饮酒》之四）。

我现在引的这首以后会仔细讲的，这里我只是要说明大自然中的每一种形象都有陶渊明的深切感受在里面，因此当他采菊、见南山，以及看到"飞鸟相与还"之后，他内心的诸般感受便一齐涌上心头，所以最后他才说出"此中有真意，欲辩已忘言"的。这里的"真意"，不是西方所谓的真理，而是他生活中所体味到的一种意趣或意味，是他在那样的情景中油然而生的一种感受和感觉。这样的"真意"，他说我不知道该用什么样的话才能给你解释清楚，虽然我很愿意告诉你，但我找不到合适的言辞。"忘言"两个字有一个出处，中国诗人作诗不仅跟自己的生活结合在一起，还常常跟古人的经验结合在一起。中国诗歌喜欢用典故，每一个典故都有一个出处，这样一来当他说的时候，就会带给读者很多联想。"忘言"两个字是出于《庄子》。庄子是中国战国时代的一位思想家。在《庄子·外物》中有这样的话："荃者所以在鱼，得鱼而忘荃……言者所以在意，得意而忘言。""荃"是一种捕鱼用的篓子，既然你把鱼抓到了，这个作为工具用的篓子就不重要了；而语言是用来表达意思的，如果这个意思你已经懂了，领会了，那么语言对你来说还有什么意义呢？这里陶渊明说他在与大自然景物的融合之中体味到了一种人生的意味，这时候他已经达到了一种"忘言"的境界，至于用什么语言来说明这一切，过程已经不重要了。生活中经常会有这样的情形，当你没有得到对一件事的真感受、真体验时，你总是不停地说，可是当你真正得到它的时候，你就不需要说了。所以陶渊明这时候要说"欲辩已忘言"。

好，我们把陶渊明这首诗与寒山的诗一比较，你就明白了，一首好诗，特别是一首好的哲理诗，它在有哲理的同时，还要有诗意，还要有诗人在生活中体验出的哲理与大自然或者人世间的物象组合在一起而产生的真切感受。我们说陶渊明的诗好就好在他这样做了，而且他是把两者结合得最好的典范。

（徐晓莉整理）

衰荣无定在

衰荣无定在，彼此更共之。

邵生瓜田中，宁似东陵时。

寒暑有代谢，人道每如兹。

达人解其会，逝将不复疑。

忽与一觞酒，日夕欢相持。

陶渊明这一组诗的题目叫"饮酒"，所以他在第一首诗里就提到饮酒的事情，"忽与一觞酒"，是说快给我一觞酒。"觞"是一种装酒的容器。陶渊明这二十首诗中有很多并没有提到饮酒的事，但是这一首提到了饮酒。

凡是在中国诗歌里边称为组诗的，每首诗之间的顺序关系并不是固定的，有些是有明显的次序排列的，而有的则是无序的。比如唐代杜甫写过一组诗，叫《秋兴八首》。这八首诗之间的次序是固定的，它们不能相互颠倒。而陶渊明这二十首诗，我认为其中一部分是有一定次序的，而另一部分可能不一定有次序。这一首诗说快给我来杯酒，这一定是第一首。还有他的最后一首诗说"君当恕醉人"，你应该宽恕一个喝醉酒的人所说的醉话。由此我们可以判定第一首和最后一首次序是固定的。至于其他的诗，我觉得前五首是比较有次序的，后面几首就不一定有次序了。

前五首诗有什么次序呢？在这五首诗中，他思考了人生的很多重大问题，对于人生的意义、价值以及目的等等都做出了深刻的反思。前面我在介绍这组诗的序时说过，陶渊明所饮的这些酒都是有来头的，那些给他送酒的人，送给他的不单单是酒，还有一些额外的要求：或是劝他"一世皆尚同，愿君汩其泥"，或是要他回答一些类似"伐国"的问题。总之这些都是要他做随波逐流的事，要他说随声附和的话。那么陶渊明的态度是如何的呢？陶渊明委婉而果决地拒绝了他们的要求，却留下了他们送来的酒。那么现在当陶渊明独自一个人喝着那些人送来的酒的时候，便自然而然地想到了那些连同酒一起送来的"忠告"与要求，而这些对于陶渊明说来，都是关系人生选择的重大问题，于是陶渊明边饮酒，边思考，故而写下了这组诗。我说前五首诗是有次序的，就是因为这五首诗的内容恰恰与陶渊明此时此刻"忽与一觞酒，日夕欢相持"的思考轨迹相吻合。

我们以前说过，当年苏东坡也曾提出过疑问："正饮酒中，不知何缘记得此许多事？"陶渊明的饮酒不同于那些我们在路上看到的不省人事、横卧街头的酒鬼。梁代昭明太子萧统在《陶渊明集序》中曾经说过："有疑陶渊明之诗，篇篇有酒，吾观其意不在酒，亦寄酒为迹焉。"这是说虽然陶渊明诗里往往说饮酒，可他真正的意思却并不在于喝酒，他不过是把喝酒作为一个思考的线索罢了。

一般说来，饮是在闲暇的时候，所以当陶渊明独自一人"闲居寡欢""顾影独尽"之际，千思万绪，诸般人生感受都涌上心头，涌向笔端，他自知有许多思想和感受都是不被别人理解的。比如在出仕做官的问题上，他本来可以去做官，可以使他的妻子、儿女都过上比较富裕的生活。陶渊明的文章和诗里都曾提到过，他家里有时候吃饭都困难，比如他写过的《乞食》诗。我们前面也提到过，他写给儿子们的《与子俨等疏》说他不愿意和那些腐败的官僚们在一起，以至于使他们从那么小就跟着挨饿受冻。为什么天下的人都追求物质享受，希望过更好的生活，可陶渊明宁可挨饿受冻？他做出这样的选择，他的思想、他的感情一般人都不理解。不仅外边的人不理解，连他家中的妻子都不能理解，陶渊明还曾说过"但恨邻靡二仲，室无莱妇，抱兹苦心，良独罔罔"（《与子俨等疏》）。他说我很遗憾在我的邻居中没有像求仲、羊仲那样的人，我的家中也没有像老莱子妻子那样的人。求仲、羊仲是中国古代很清高的隐士，他们宁肯过隐居的清贫生活，也不肯做官。老莱子的妻子则是一个非常理解支持丈夫坚守品节的人。据说老莱子曾与妻子一起隐居，过着非常清贫的生活，后来官府邀请老莱子出来做官，老莱子不能决定，可老莱子的妻子马上就说：你不要出去做官，咱们宁愿贫苦，也不要到那污秽的官场之中去。陶渊明感慨自己家中没有像老莱子妻子那样能够理解支持丈夫坚守节操的妇人。连周围亲近的妻子和邻居都不能了解自己，所以陶渊明就只有"抱兹苦心，良独冈冈"了。"抱"是内心怀抱。是说我选择了这种躬耕的生活有我的良苦用心，可是朋友家人都不理解我。"良"是非常，"独"是独自一人。是说我内心之中是非常地寂寞、孤独和苦闷。我刚才说过陶渊明饮酒是在闲暇之时，他没有一个知己可以谈心，可以把他的思想感情表达出来，所以只好把这份内心的感受与感慨写下来，这就是他诗中有那么多思想的原因。

那么，他这第一首诗所考虑的是什么问题呢？是人生最重要的问题，即人生观的问题。一般人在世界上所考虑的只是自己的得失、荣辱，在做事之前总要想：我做了这些事情能得到什么好处？现在很多人做事不是先考虑正义、真理，而是效益和名利，考虑的是能否有人称赞我，能否出名显贵。前些时候我碰到几个从台湾来的朋友，他们说现在在台湾流行着一句话：年轻人出来做事情都要打一张牌。这不是我们说的扑克牌或麻将牌，而是一张名牌，是要打出一个知名度。他们急于要出名，追求荣誉。那么，这样的东西果然就是真实的，果然就是可靠的吗？陶渊明就考虑到这样的问题，人生究竟是为了什么？是为了这得失、荣辱吗？

陶渊明说："衰荣无定在，彼此更共之。"不要以为你今天很得意，你要知道眼前这一切都是不稳定的，就像那些做股票生意的，可能今天一下子赚很多钱，但是明天一下子就破产了。所以他说"衰荣无定在"，"衰"是衰败，"荣"是繁荣，陶渊明是用形容植物、草木的形容词来喻说人世间的道理，其实不但是草木植物有花开花落、兴盛和衰败的时候，人生也有花开花落、兴盛与衰落，而什么时候衰败？什么时候成功？哪些人成功？哪些人失败？陶渊明说这是"无定在"的，是没有定数的。不是说注定了姓张的人家都兴旺，姓李的人家都衰败，或者说姓李的人家都荣华，姓张的人家都衰败，从来没有这样的事情。没有一个人能够永久地荣华或衰败，这就是下一句所说的"彼此更共之"。"彼此"，一是指衰败，一是指荣华。"更"在这里读作gēng，不是gèng，是相互更替的意思。"共"是共同结合在一起，这句话的意思还不只是说衰败和荣华的相互交替，而是说当你衰败的时候，可能就已经种下了荣华的种子；而当你繁华荣耀的时候，也可能埋下了衰败的因由了。古代思想家老子就说过这样的话："祸兮福之所倚，福兮祸之所伏。"（《老子》第五十八章）是说福与祸是相互依存的。中国古代还有个谚语说："塞翁失马，焉知非福。"有些事情从表面上看起来是件祸事，但灾祸往往就是幸福的依托，有时也可能因祸得福。而那些表面看起来幸福的事，实际上往往也已有灾祸的种子潜伏、埋藏在里面了。中国古代还常常这样说："生于忧患，死于安乐。"你不要看眼前是忧愁，是患难，忧愁、患难反而可以使你更加努力，更加知道勤奋，这样反而使你兴盛起来；你看起来是在安乐快活，享福了，可结果就使你懒散了、怠慢了、松懈了、奢侈了、淫靡了，这反而使你渐渐走向衰亡。你说天下什么是幸？什么是不幸？所以陶渊明就说"衰荣无定在，彼此更共之"。这两句本是讲哲理的。

后边陶渊明就拿历史上的故事来做证明，他说："邵生瓜田中，宁似东陵时。""邵生"是一个人，在我们的讲义里有注解。陶渊明诗的最早的注解者是宋朝的李公焕，我们现在用的讲义材料是近代人古直注释的，叫作"陶渊明诗笺注"。笺跟注并不完全一样，如果只是注，它只注明典故出处；如果有笺，就不仅是注明典故出处，它还要有对当时写这首诗时历史背景的说明。李公焕的只是注，我们简称为李注。古直的是笺注。对于这句诗，古直就引用了李注，李注说《史记·萧相国世家》里记载："召平者，故秦东陵侯。秦破，为布衣，贫，种瓜于长安城东，瓜美，故世俗谓之'东陵瓜'。"这是一个历史故事，说邵平这个人曾经在秦朝的时候被封为东陵侯，他是一个贵族，一个侯爵。关于邵平的名字，有的写作"召"。但当秦朝败亡了，朝代改为汉朝之后，以前是贵族的邵平现在也就变成平民了，他的生活便只能靠在长安城东种瓜来维持了。

"瓜美"，是说他种的瓜特别好，这个美有两重意思：一方面是说他种出的瓜颜色鲜美，有记载说，邵平所种的瓜是五种颜色的；另一方面是说他种出的瓜滋味美。总之，这句是说他种瓜的技艺是很高超的。陶渊明举这个例子是要说明，你不要以为那荣华富贵的贵族就注定会子子孙孙都永远做贵族。秦始皇倒是想了，他说要让他的子子孙孙世代都做皇帝，可是很快他的国家就灭亡了。而如今的邵生，"生"是中国古代对于男子的通称，如"庄生晓梦迷蝴蝶"中的"庄生"是说的庄子。陶渊明说，当邵生这个旧日贵族在瓜田辛苦种瓜的时候，他"宁似东陵时"，哪里能够像他做东陵侯的时候呢。

我们上次说陶渊明的诗中所讲的哲理常常是透过他对大自然中的种种形象的感受来传达的，可这些形象不只是限于自然景物，还有我们人类世界中的事象，而人类世界中的事象既可以是现代的，也可以是古典的，这里陶渊明就是把从贵族侯爵沦为瓜田农夫的邵生的故事当作一个古典的事象，借此证明"衰荣无定在，彼此更共之"的哲理的。后面他进一步讲哲理："寒暑有代谢，人道每如兹。"他说这种"彼此更共之"的现象是普遍存在于宇宙、自然中的，不只是自然界植物花草有衰败、荣华的交替，自然气候中的四季也有"代谢"轮回的变化。"代"是更换流转，"谢"就是过去、离开的意思。他说你以为只有春夏秋冬、寒来暑往才是这样流转更换的吗？不仅如此，"人道每如兹"：人间的生活、生命的变化也是如此的，这就是"人道"。总之，无论是天道还是人道，都是"彼此更共之"地代谢更换的。

后边接着说了，对于这样一个道理，是"达人解其会，逝将不复疑"。所谓"达人"，后面注解上引了贾谊《鵩鸟赋》中"达人大观兮，物无不可"的句子。贾谊是西汉文帝时候的人。他很有才学，也很关心国家大事，他看到西汉政治有很多的弊病，就给皇帝上了一个奏疏，他说天下大事"可为痛哭者一，可为流涕者二，可为长太息者六"（《汉书·贾谊传》）。这是说当前国家的大事中可值得我们为此而痛哭的有一件事；可以值得为之流涕的有两件事；可以值得为之长叹息的有六件事。他希望能够引起君主重视，改正弊端，使国家更加强盛。可是凡是爱批评指责国家政治，爱给皇帝提意见的人，都会遭到朝廷反对派的打击和迫害。贾谊后来就被贬出长安，来到长沙，这篇《鵩鸟赋》就是在这种情况下写的。"鵩鸟"相传是一种恶鸟，据说如果谁看到了这种鸟，就会有一些不祥的事情发生。贾谊说他看到了鵩鸟，所以就写了一篇赋。"赋"是中国古代的一种文体形式。在这赋里，贾谊说了两句话，他说："达人大观兮，物无不可。"他说你要是一个达人，你就会大观。什么是"达人大观"呢？"达"是通达的意思。有的人看事情"目光如豆"，是说他的眼界就像"豆"那么微小，只能看到眼前这一点点的范围，没有很广远、很周到的眼光，这绝不是达人大观。所谓"达人大观"，是说他的眼光广远、周到，他不只看到眼前的"衰"，也不是只看到眼前的"荣"，他能够看到宇宙、天道和人道都是"衰荣无定在，彼此更共之"地循环往复的。

我在不列颠哥伦比亚大学讲课时，讲到苏轼。苏东坡曾被贬到海南岛，有一天晚上刮起大风，下起大雨，他写下了一首诗。当然我们现在是在讲陶渊明的诗，可是为了解释"达人大观"，我还是要举苏东坡的诗为例子。因为苏东坡是真正达观的人，他的达观是受了陶渊明的深刻影响的。苏东坡晚年被贬之后曾经写过"和陶诗"。什么叫"和"呢？在这里念hè不念hé。陶渊明的诗写什么题目，他也写什么题目；陶渊明的诗用什么韵字，他也用什么韵字。他把《陶渊明集》中的诗都和过了，由此可见苏东坡是非常欣赏陶渊明的诗的。所以从苏东坡被贬到海南之后所写的这首诗中我们可以看出"达人大观"的人生态度。

这首诗的题目叫"六月二十日夜渡海"，中国旧历的六月十五至二十本应还是月圆之时，可是那天晚上刮风下雨，月亮被乌云遮住了，他的诗中有两句是这么说的：

参横斗转欲三更，苦雨终风也解晴。

云散月明谁点缀，天容海色本澄清。

"参横斗转欲三更"，"参"与"斗"都是天上的星宿名称，由于地球运转，你晚上八九点钟看到这颗星在这里，等到后半夜两三点钟再看，这颗星跑到那边去了，所以"参横斗转"是说从星宿的位置转换上可以看出夜已很深了，已是"三更"的时间了。中国古代用更鼓报时，三更天是后半夜的时候。"参横斗转欲三更"了，前半夜的风雨依然还在继续，但苏东坡坚信"苦雨终风也解晴"。"苦雨"是非常繁密而令人苦恼的雨。"终风"这两个字是出于《诗经》的，是指那种最强劲的疾风。"解"是懂得、知道的意思。苏东坡的"达人大观"就体现在这句诗里，他说，即使是最强劲的风、最繁密的雨，它们不是也知道总要有晴的时候吗？而一旦风住了，雨停了，乌云散去了，月亮又出现了，大自然的一切又恢复、还原它的本来面貌，这时大自然还需要你的人工点缀吗？不需要了，它"天容海色本澄清"，外界变化和影响改变不了宇宙自然的真本色，因此你没有必要因暂时的"苦雨终风"而烦恼、忧虑。

如果说这首诗还不够完全证明"达人大观"的话，我们还可看苏东坡另外一首词牌名为《定风波》的词，这首词也是写有一天他在路上遇到暴风雨的事情。他说当暴风雨突然袭来的时候，他的同伴都一下子慌张起来，可是苏东坡却没有惊慌，他说："莫听穿林打叶声，何妨吟啸且徐行……回首向来萧瑟处，归去，也无风雨也无晴。"当风雨向你袭来的时候，如果你自己先惊慌失措起来，那你有可能在被风雨打倒之前，就先把自己吓倒了，所以他以为应该从容镇定地应付。"莫听穿林打叶声"，你不能让外界这穿林打叶的声势将你的内心打乱。要知道陶渊明的那句诗，我们已经说过两次了，"结庐在人境，而无车马喧"：人世的喧哗不能够扰乱你的心，外界的风雨声也不能扰乱你的心。那你也许会说，我不怕风雨，那我就站在原地顶风淋雨好了。那也不行，那绝不是"达人大观"的做法，苏东坡不是让你做那样的傻瓜。苏东坡知道外界的风雨既然可以穿林打叶，那自然也会打到自己的身上，但是我能够做到不被它所妨碍，我应该走的路继续走，我该去的目的地，也一定要到达，而且我是"吟啸且徐行"，我是一边吟诗，一边从容镇定、不慌不忙地向前走。他之所以能够从容不迫，安闲镇定，就正是因为他是"达人"，他坚信"苦雨终风也解晴"，他知道雨一定会住，风一定会停，天下哪有不更替的阴晴，世间也没有不代谢的衰荣。虽然眼前耳畔依然是"穿林打叶"之声，但当雨过天晴之时，你再回首看看我们刚刚走过的那条因残枝败叶而显得"萧瑟"凄凉的路，已然"也无风雨也无晴"了。

其实苏东坡这一句词写的是他内心的世界，是他心中的"也无风雨也无晴"的一种境界。因为在他的心里边，既没有因"苦雨终风"而产生的慌乱与苦恼，也没有因雨过天晴而产生的欢愉和欣喜，因为他具有一种通透的"达人大观"，他知道应当怎样去应付宇宙万变的道理，这就是"云散月明谁点缀，天容海色本澄清"的通达。"大观"就是达观，就是指达人所具有的那种洞贯万物的能力，一种对宇宙、自然以及人世之间盛衰、兴亡、荣辱、祸福等变化规律的感悟能力。至于接下去的"物无不可"，是指达人以其达观的心态与世间万物协调相处的一种基本态度。既然外物的"苦雨终风""阴晴圆缺""荣衰进退"等等一切都不能对达人产生影响，所以在达人面前，没有什么身外之物是他们不可从容应付、泰然处之的。这就是古直引李公焕注来说明"达人解其会"的用意。

那么什么叫"解其会"呢？刚才我说了"衰荣无定在，彼此更共之"，我还说了《老子》上的"祸兮福所倚，福兮祸所伏"的道理，一般人总是将"衰""荣""祸""福"看成是孤立存在着的，彼是衰，此是荣，这个是福，那个是祸。但是达人不是这样的，达人所看到的是荣衰、祸福彼此会合、相互转换的时机。这就是"达人解其会"，"解"是体会了解。

当了解体会到这些哲理之后，陶渊明就"逝将不复疑"了。"逝"是《诗经》中常用的一个语助词。《诗经》里有一首叫《硕鼠》的诗说："硕鼠，硕鼠，无食我黍。三岁贯女，莫我肯顾。逝将去女，适彼乐土……""硕鼠"是大老鼠，他说你们这些大老鼠，当然大老鼠是听不懂这些话的，作者其实并不是真正说给大老鼠听，他是用大老鼠作为比喻，指斥那些不劳而食、贪得无厌的剥削者。他说你们这些大老鼠，不要再吃我的黍了，不要再来剥削我的劳动果实了。我已经侍奉你们三年了，"三岁贯女"，"贯女"就是为你服务，而你们却"莫我肯顾"，这句话中的宾语提前了，应该是"莫肯顾我"才好理解，是说我给你们服务了三年，你们却一点也不肯顾念我，一点也不替我着想。所以我就"逝将去汝"。这个"逝"字在《诗经》中有两种说法：一是以为它只是语助词，没有什么实在的意义；另一种看法说它有"往"，离开的意思。其实我以为"逝将去汝"中的"去"字本身已经含有离开的意思了，因此这个"逝"字就不应该再是"去""往"的意思，它应该是通"誓"，发誓"我一定要离开你"。陶渊明这里就是用《诗经》上的"逝将"两个字，他说"达人解其会，逝将不复疑"，既然我已体会了解到宇宙、自然、人世之间的盛衰、祸福、进退、得丧，彼此之间的更替代谢的大规律、大道理，那么从此我发誓不会再有什么疑惑和困扰了。

我们一开始介绍他写《饮酒》诗的动机时就说了，是因为有人要请他出去做官，他没有答应，而现在当他放弃了官场的利禄，决定在家种田，挨饿受冻，连他家人、妻子也不谅解时，他思想上产生了疑惑和困扰：我究竟要不要出去做官呢？我所选择的这条道路对不对呢？现在他说他想通了，荣华富贵都是不能够长久的，我不能为了贪图眼前暂时的荣华而违背我天然的本性，所以他才说出了"逝将不复疑"的话：我从此以后将不会再有怀疑了。所以最后就"忽与一觞酒，日夕欢相持"。既然我对天道与人道的大规律、大道理都想通了，有了"达人解其会"的深切体验，那么我就要高高兴兴地来喝个痛快。"欢相持"的"持"是拿、端的意思。

从以上的讲解中我们可以看出，陶渊明的饮酒不是像我刚才说的那些醉鬼喝到人事不知的地步的饮酒，他内心有很多思想，有很多感情，但是没有人体会，没有人了解，因此他就只好用酒来排遣他的寂寞，而且喝过酒之后就将他的思想感情写下来。

（徐晓莉整理）

积善云有报

积善云有报，夷叔在西山。

善恶苟不应，何事空立言。

九十行带索，饥寒况当年。

不赖固穷节，百世当谁传。

前面我们讲过，陶渊明的《饮酒》诗里有对许多人生问题的思考，第一首诗他是要说明，一般人总是要追求荣华富贵，而不喜欢衰败贫穷，可是陶渊明认为，通达的"达人"有一个"大观"的看法，他们知道荣华富贵与衰败贫穷是不可以完全分开的，也不是必然有一个固定的所在的，衰败之中可以产生荣华；富贵之中也同时可能蕴含着贫穷。如果一个人有了这样通达的看法，他就不会常常为了自己的荣华或衰败而烦恼了，这就是他第一首诗所写的内容。

现在我们来看他的第二首诗。

我在念这首诗时，有些字的声音和讲话时不完全一样，因为这里边有平仄的声调要求，而且诗歌是使人感动的一种文字，所以它给读者的感受是很重要的。除了意思之外，每一首诗的声音也能直接带给读者一种感觉。所以"夷叔在西山"里的"叔"，我念成"shù"，因为这里应该是个入声字，我们北方人，不会说入声字，但是我尽量把它读成仄声的声音。还有后边的"不赖固穷节"中的"节"，北方人俗话读作"jié"，如"中秋节""春节"等。可是这个字本身就是入声字，所以我刚才把它念作"jiè"。还有"百世当谁传"的"百"，我也读成"bò"。除了念读中的平仄声调之外，还有一个应该注意的问题。中国的文字有时一个字有几种不同的读音，每一种读法所代表的意义也是不同的。如"善恶苟不应"的"应"，在这里应该读"yìng"，而不是"yīng"，读"yīng"的时候做应该、应当讲；读"yìng"时则是呼应、报应的意思。这是关于诗歌的读音问题，我在正式讲诗之前附带说一下。现在我们就看这首诗。

第一首诗陶渊明所讲的是衰荣无定的哲理，这首诗说的则是天道无常与善恶报应的问题。就是讨论你做了善事或恶事之后，有没有报应的问题。在佛教看来，为善与为恶都是会遭到报应的，因为佛教认为人死之后是有轮回的，人是有前生与来世的。善有善报，恶有恶报，你今生看不到报应，但是你来生是可能得到报应的。可是由于中国过去一直是儒家思想占统治地位，而儒家是没有前生与来世的说法的，如果没有来生的观念，你只就今生一世而言，就会发现善恶的报应之说是不一定灵验的。从这个观念上看，佛家与儒家的思想是有很大不同的。可是讲到这首诗的最后，你就又会发现佛教跟儒家所讲求的有一点是相同的，即无论有没有今生、来世的因果报应，你自己的内心之中都要有一种持守。那么现在我们就来看一看陶渊明是怎样从善恶的报应讲到内心的持守的。

他说："积善云有报，夷叔在西山。"他一开篇就直接提出善恶报应的话题来，他说人们常常说多行善事会得到好报，"云"是说的意思，谁说？是古人、古书上说的。中国古来流传着这样两句话："积善之家必有馀庆，积不善之家必有馀殃。""积"就是累积，极言其多的意思，是说如果是常常行善事的人家就一定会得到很多好的回报；而多行不善或恶事的人家就会遭到灾祸。这是中国流传已久的话，而且不仅古人这么说，连中国的古书上也都有这样的记载。所以陶渊明一开始就以古人、古书的这类说法为根据，提出"积善云有报"这种不容置疑的千古话题。可是下一句，陶渊明自己却对"积善云有报"的说法提出了怀疑：既然是多行善事会有好的回报，那么为什么"夷叔在西山"？"夷叔"是谁呢？这里有一个历史的典故在里面。"夷"是一个名叫伯夷的人，"叔"也是一个人的名字，叫叔齐。在商朝快要灭亡的时候，有一个诸侯国，叫孤竹国，伯夷和叔齐就是孤竹国君的两个儿子，长子是伯夷，三子是叔齐。当时孤竹国王很喜欢他的小儿子叔齐，想要把国君之位传给叔齐，可是按照中国过去封建社会的宗法观念和常规，是应该让长子伯夷来继承国君的地位的。这时伯夷就想了，父亲既然是希望弟弟叔齐来继位，我如果留在这里，那父亲会在礼法与感情之间感到为难；如果父亲依照礼法立我为继承人，那我就会因为有违父亲的心愿而深感内疚。于是他为了体谅父亲的情感意愿，更主要的是出于对父亲的孝顺，就离开他的国家逃走了，他以为由于长子不在了，父亲就可以名正言顺地把君主之位传给叔齐了。可是他的弟弟叔齐也是非常仁义的人，他也想到，本来按照正常礼法，长兄伯夷是应继承父位的，而如今哥哥为了成全父亲的意愿让我继位而离家出走，那么如果我接受了这样的现实，继承了国君的位置就是不义的，因此他很自责，于是也逃走了。这样伯夷、叔齐两个人，一个因不肯做不孝的儿子，一个因不能做不义的弟弟，双双出逃了。

他们逃到哪里去了？他们听说，诸侯中有一个叫作姬昌的领袖，这个人的品德很好，他的国家政治清明，人民安乐，所以伯夷、叔齐就到了西伯姬昌的诸侯国去。这西伯就是后来的周文王。他们到了西岐边境，听说西伯已经去世了。那时商朝的天子是纣王，纣王是一个暴虐无道的国君。武王姬发就想，纣这个国君既然是这样昏庸无道，我就可以从天下人民的利益出发来"伐"他，"伐"就是讨伐，攻打。于是武王就发动了军队去讨伐纣王。这时候伯夷、叔齐得知武王要去伐纣的消息，就一同来到武王马前，"叩马而谏"。他们一同跪在武王的马前劝止武王，你这样以一个臣子的地位去杀害你的国君，是以臣弑君，这是不合道理的做法，是不应该的。武王没有接受他们两个人的劝告继续攻打纣王，果然纣王失败身亡了，武王就做了天子。

武王称王之后，伯夷、叔齐二人就说，武王以臣弑君是不忠、不义的，我们不能在这种不合忠义道德的天子手下做他的臣子，领受他的俸禄是一件可耻的事情。于是他们就"不食周粟"，"粟"就是粮食，这里指做官所得的报酬或俸禄。两个人就去到西山隐居了，西山另外还有一个名字叫首阳山，这一段故事就是伯夷、叔齐不食周粟而到首阳山去隐居的故事，是记载在《史记·伯夷列传》里面的。司马迁在写《史记·伯夷列传》的时候，借着伯夷、叔齐的故事表达了他自己的感慨。司马迁说，古人说过这样的话："天道无亲，常与善人。"（《老子》第七十九章）是说上天的道理是没有亲疏的分别的，它对于世界万物的态度都是公正的，从不偏袒任何一方，这就是"天道无亲"的意思。"常与善人"的"与"是帮助的意思。虽然上天"无亲"，但它常常成全、帮助那些善良的人。这两句话本来是出于《老子》的，司马迁在《伯夷列传》中就引了这两句，他说伯夷、叔齐都是所谓的善人，他们一个不愿做不孝的儿子，一个不愿做不义的弟弟，他们看到武王伐纣就认为以臣弑君是不应该做的。凡是不正当的、凡是不好的事情他们都不去做，他们要保持自己在品格上的一份完美。

那么像伯夷、叔齐这样的好人，他们最后的结果又怎样呢？司马迁说"积仁洁行，如此而饿死"，他们积累了那么多"仁"，"仁"一般人都以为是所谓的仁爱，其实"仁"字还表示一种完美的品格。他们自己品格完美，不孝的事情、不义的事情、不对的事情，他们从来不做，古人称这为"洁行"，是说他们的行为是很清白、干净的，没有一步路走错，没有一件事做错，如此"积仁洁行"的两个"善人"，可结果怎样呢？结果伯夷、叔齐两人居然被活活饿死了。因为他们不肯在周朝做官，不肯接受周武王给他们的俸粮，他们只好在首阳山上"采薇而食"，"薇"是野菜，他们以野菜为食，后来就饿死了。

现在陶渊明也就这个问题提出了疑问，他说："积善云有报，夷叔在西山。"他说，不是说做好事的就有好报吗？那么，伯夷、叔齐难道不是好人，不是善人吗？可是他们为什么在西山上活活地被饿死了呢？这里陶渊明只说"夷叔在西山"，他没有把"饿死"两个字写在诗里面，那是因为陶渊明所写的这段故事是《史记》里边的，而《史记》这本书是中国古代读书人大家都熟知的，是每个人都读过的，所以他只要提到伯夷、叔齐两个人在西山，大家就都会知道伯夷、叔齐是饿死的。

《伯夷列传》是司马迁写得非常好的一篇文章，司马迁一共写了七十篇列传，第一篇就是伯夷、叔齐的列传，这是他写得最好的一篇传记，他提出了一个人生最大的问题，就是善恶有没有报应。在这两句话的后边，司马迁又举出了一个不善的例子，他说："盗跖日杀不辜，肝人之肉……竟以寿终。是遵何德哉？"盗跖是中国古代传说中非常暴戾、非常残酷的一个人。他经常滥杀无罪的人，而且"肝人之肉"，他甚至把人的肝脏都剖出来了，像这样的大强盗，他却享养了天年，非但没饿死，反而生活得很好。这样的人是"遵何德哉"？他们所遵守的是什么样的道德？他根本就没有道德，可为什么那些有道德的人、"积仁洁行"的人饿死了，没有道德的人、杀人的人反而享受了天年？司马迁还不只是提出了这样一个问题，不只是举出古代的伯夷和叔齐这两个人和盗跖做一个明显的对比。他说，我们还看到许多为善者生活很贫苦；许多作恶者却不但自己生活得很好，而且还能令其子孙"富厚累世不绝"，他们也许是贪赃枉法得来的钱财，而他的子孙还能继承他的遗产世世代代享乐下去。所以司马迁就提出了一个疑问，他说："倘所谓天道，是邪非邪？"假如真是上天有一个明辨是非善恶的道理，那么这个天道是可信呢，还是不可信呢？是公平的，还是不公平的呢？这是司马迁在他的《伯夷列传》中提出的一个问题。

陶渊明这首诗完全是用的《伯夷列传》里边的话，它所要表达的也正是与司马迁相同的感慨。所以他说"积善云有报，夷叔在西山"。接下来一转，他又说"善恶苟不应，何事空立言"。"苟"是假如的意思。虽说"积善云有报"，但事实上"积仁洁行"者被饿死，"日杀不辜，肝人之肉"者却享尽天年，这些足以说明善恶有报的说法是靠不住的。可是假如善恶真的是没有报应的话，那么古人、古书里又"何事空立言"？为什么明知善恶没有报应，却还要用"天道无亲，常与善人"的"空言"（空话）来勉励我们为善呢？古人先贤所说的那些劝人为善的话不都是言之不实的空谈吗？如果司马迁的文章停在刚才的那句"倘所谓天道，是邪非邪？"处，如果陶渊明的诗也停在这句"善恶苟不应，何事空立言"处，那好了，大家什么恶都可以去做了。可是司马迁的文章并没有停止在那里，陶渊明的诗歌也没有停止在这一句。他们下面将要说的是什么呢？

司马迁在问完了"倘所谓天道，是邪非邪"之后，紧接着就自己给了自己一个回答：天道虽然是不可知的，可是人道却是你可以去持守的。天道是否能给你一个善恶相应的回报，你也许不知道，当然佛教对此是有明确解释的，佛教说："欲知前世因，今生受者是。欲知来世果，今生作者是。"现在的一切都是你前生做事的结果和报应，这是佛家对天道报应问题的回答，因为佛教是相信前生与来世的，所以他认为报应的显现并不局限在一生一世之中。可是儒家对于没有看到的前生与来世是不妄谈的，所以儒家说天道虽然不可知，可是人道总是可以持守的。所以司马迁在问完了"天道，是邪非邪？"之后就引了儒家圣人孔子的话："子曰'道不同不相为谋'，亦各从其志也。"孔子这句话是在教育他的学生时说的，意思是说，你们各自所走的路，所行的"道"是不一样的，因此是不能互相商量的，他要走这条路，你要走那条道，既然你们各自选择的目标、途径不同，当然就没必要相互协商了，只好"各从其志也"，每个人各自按照你自己的心意，自己的理想去实行好了。引了孔子这段话之后，司马迁继续说："举世混浊，清士乃见。岂以其重若彼，其轻若此哉？""举世"就是全世界。他说，当整个世界的人都混浊，大家都为非作恶、贪赃枉法的时候，那其中的一个清白、高洁，不肯同流合污的人，才会因其与众不同而被大家所认识。那为什么很多人都去走这条混浊的道路，而有的清士不肯走这条混浊的道路，而要自行选择一条清白之路呢？是"道不同不相为谋"，是因为他们"其重若彼，其轻若此"的缘故。也就是说那些"清士"们所看重的，是"彼"，是那品德的美好与高洁；他们所看轻的，是"若此"，是像这些诸如眼前的富贵荣华、功名利禄之类的事情。

这就正是因为每个人的"道"不同所产生的分歧。伯夷、叔齐饿死了，在一般人看来，他们真的是很傻，是一种没有得到善报的结果，所以有人问孔子，伯夷、叔齐饿死在西山上，他们有没有怨恨与不满呢？孔子回答说："求仁而得仁，又何怨？"（《论语·述而》）伯夷、叔齐他们二人所追求、所看重的是品德的完美，而最终他们果然保持了自己的美好品德，没有因为饥饿就放弃自己所要求的"仁"，他们最终实现了自己的追求，得到了他们想要得到的东西。那么他们怎么会有怨恨呢？于是司马迁就在他的《伯夷列传》中，在提出了他对"天道""报应"的有无与"是、非"之后，也给了我们一个类似孔子给他学生的回答，即天道虽然不可知，可是人道是你可以自己持守的，你不用管报应，你应该怎么样做，你就怎么样做好了。

宣化上人讲过，许多人拜佛是认为拜佛就可以求得福泽，如果是用这种态度去拜佛就错了，难道说，佛会像世界上的贪官污吏一样，你谄媚他、恭敬他，他就对你好吗？不是的，主要是看你自己的内心，你自己的行为、持守是如何的，而不是只为了得到某一种回报。是要把这种报应的意识放下来，不管他怎样的报应，你应该怎样去做，就去怎么样做。所以陶渊明就说了"善恶苟不应，何事空立言"，既然没有善恶的报应，为什么说"善有善报，恶有恶报"呢？可见天道是不可信的。

接下来，陶渊明也讲到了人道："九十行带索，饥寒况当年。不赖固穷节，百世当谁传。"

"九十行带索"，这一句中陶渊明又引用了一个历史故事。他这首诗虽然只有短短的几句，可是其中的意思却很丰富，很深刻，而且里边包含着中国历史上很多典故。"九十行带索"出自一部叫《列子》的古籍，说的是古时候有一个与孔子同时代的隐士名叫荣启期。孔子是山东曲阜人，泰山就在曲阜的附近。有一天孔子从曲阜到泰山去，当他走到泰山附近的时候，看到一个九十来岁的老翁，那就是荣启期。据《列子》上记载，当时的荣启期是"鹿裘带索，鼓琴而歌"，说他身上穿着一件粗布衣服，鹿裘乃裘之麤者，陶渊明说荣启期他九十岁了，身上还穿着粗布衣服。本来衣服上是应该系一条腰带的，但荣启期居然连一根腰带都没有，他只绑了一根绳索在腰间。就像我小时候在北平街头看到的那些拉人力车的车夫一样，穿一件狗皮背心，中间绑一根麻绳。总之"鹿皮带索"是形容荣启期晚年的贫寒。要知道，中国古代的传统观念都是特别尊敬老人的，认为应该把最好的衣服给老人穿，把最好的食物给老人吃。孟子说"七十者衣帛食肉"，是说年轻人受点苦没关系，七十岁的老人因为辛苦一生，来日无多了，理应穿丝帛的衣服，吃肉，好好享受一下晚年了。可是荣启期九十岁了，比七十岁还多二十岁呢，他过的还是那么贫苦的生活。

但荣启期一点没有为他的贫穷而感到悲哀，反而还在路边"鼓琴而歌"，在路边快乐地弹琴唱歌。孔子于是就问他：你九十岁了，还如此贫穷，你怎么会快乐得起来呢？荣启期回答说：我从不以为贫穷是一件令人悲哀不快的事，因为贫穷是"士之常"，死亡是"人之终"。他说我现在是"处常得终"。他说，贫苦是一个读书人平常应该持守的，这点孔子在《论语》中常常会说到。孔子常常说这类话："君子固穷，小人穷斯滥矣。"（《论语·卫灵公》）孔子说，如果是一个品德很好的君子，"固"，是安定，君子在贫穷的生活当中也是安定的，决不会不择手段地胡作非为；只有那些品德不好的小人，一旦陷于贫困才会什么事情都做。孟子也说过："无恒产而有恒心者，惟士为能。"（《孟子·梁惠王上》）孟子的意思是说，没有固定的财产，他生活上没有保障，却有能在贫穷困境中坚守品格的操行，只有士才能做到这一点。

中国古时候把读书看得很重要，就因为读书是学做人的道理。所以文天祥说过这样的话："孔曰成仁，孟曰取义……读圣贤书，所学何事。"（《绝笔自赞》）这是说，孔子说过，当你在品格完美与身体健全两者不能同时保有的时候，你宁可"杀身"，也要"成仁"，"成仁"是完成品德道义的美好追求；孟子也说过，当你面对生命与正义的相互冲突时，你就是舍弃生命，也要成全正义，这是所有读圣贤书的人首先要做的一件事情，否则圣贤之书你就算是白读了。所以中国古代的读书人最要紧的是要有仁义的操守。

因此荣启期就回答孔子说，"贫者士之常也；死者人之终也"，我是"处常得终"。他说，贫穷是普遍现象，我活了九十岁了，按说已该寿终正寝了，而我仍然健康地活着，我有什么可悲哀的？

所以陶渊明现在就引用了荣启期这段故事。他说荣启期九十岁了，连根腰带都没有，由此可知他年轻的时候一定是更加贫寒了，但是荣启期丝毫不因贫穷而悲哀，他根本就不指望善恶的报应，也从未想过"善有善报"是不是"空言"的问题。那么是什么东西能够支持他"处常得终"、安于贫贱的？这就是"君子固穷"的儒家的操守。儒家的操守是从不计较善恶的报应的，天道是不可信的，就像是为善的不一定能有善报，那么你就不行善了吗？要知道，我们不是为了"报"才去"善"的，这才是根本。不但儒家的理想以此为根本，佛家也以此为根本的。所以宣化上人才说，如果你拜佛是为了得到福报，那已经是一种错误了，而且你如果为善是为了善报，从佛家来说，这也是一种贪欲。所以做人的最高境界，不管是儒家的，还是佛家的，他们在最高层次上的理想是可以合而为一的，这就是你内心的持守。

所以陶渊明接下去就说了："不赖固穷节，百世当谁传。"他说，如果不是仰仗着世界上还有"君子固穷"的节操，还有像伯夷、叔齐和荣启期这样宁肯饿死在西山、"九十行带索"，也不改变自己内心对仁义的坚持的人，那么我们的历史就真的是一片黑暗、一片混浊与醍醐了！就因为世界上毕竟还有这样有操守的、有理想的人，这些"清士"的存在，我们的历史才有了这一线光明，我们的过去才值得歌颂和流传。如果不是有他们的美好节操，那么我们千年百世的历史还有什么可值得歌颂和传扬的呢！我们人类的前景就真的一点希望和光明也没有了，那将是我们最大的悲哀！这就是陶渊明所考虑的第二个问题。

衰荣虽然是无定的，天道的报应也是无常的，就算没有天道善恶的报应，陶渊明说，我也要持守得住，因为"不赖固穷节，百世当谁传"。因此陶渊明他才宁可放弃荣华富贵，不去做官，而归来种田的。而且有时候遇到天灾人祸，没有收成，在饥寒交迫之中，他内心也是非常苦恼困惑的，陶渊明的另外一首诗中说："贫富常交战，道胜无戚颜。"（《咏贫士七首》之五）他说，我也曾经有过内心的矛盾交战：是宁可贫穷也要持守住自己的品德呢，还是为了衣食之安而到官场上去做贪官污吏？但最后我的"道"终于胜利了。你看儒家讲"道"，佛家也讲"修道"，当你的"道"战胜了各种干扰终于取得主导地位的时候，你内心之中就真的有了一种喜悦和平安的快乐，你自然就会把你的平安和喜乐表现在你的言语、行为、态度中，所以你就没有"戚颜"了。"戚"是悲哀痛苦的样子，"颜"是指容貌表情。如果你的道胜了，那么喜悦就会时常与你在一起了。如果你每天只是向外去追求，而不是你向内去思考，那么你尽管有了富贵利禄，但你还会因为不满足而"戚戚"的，内心之中也不会有平安和喜乐的，因为你只有身外的物质，而没有内心的"道"。说到"道"，我又想起孔子还曾说过"朝闻道，夕死可矣"（《论语·里仁》），他说如果你早晨听说真正的道了，你真正懂了它蕴含的内容了，那么就算你傍晚时就死去了，也一定不会感到遗憾，因为你这辈子没有白来，因为你毕竟认识了道。所以儒家与佛家在这一点上是相通的。他们在最高的境界修养上是相同的。不过佛教常常还能给人一点安慰，今生行善如果没得到善报，可以在来生获得好的报应。可是儒家呢？完全靠你自力更生，你连来世的安慰这一点都没有了，你也要做到"道胜无戚颜"。这就是陶渊明在这首诗里所要表达的思想和感情。

虽然这是很短的一首诗，但是诗里边有陶渊明许多人生的体

验，有他很多人生的哲理，也有许多中国古代传统悠久的思想和
文化。

（徐晓莉整理）

道丧向千载

> 道丧向千载，人人惜其情。
> 有酒不肯饮，但顾世间名。
> 所以贵我身，岂不在一生。
> 一生复能几，倏如流电惊。
> 鼎鼎百年内，持此欲何成。

我想我们既然讲的是诗，除了讲清它的内容、情意、哲理之外，也应该从文字上看一看这首诗算不算一首好诗，或者为什么是好诗。我们本来在讲陶渊明的诗之前就讲过了，说陶渊明的诗很有思想性，但是当他把思想表现在诗里的时候，他不只是说一个道理而已，同时还是非常有味道的诗。那是因为，首先他诗里所说的这些思想、道理是紧密结合着他的生活经验和感受的；第二个原因是他诗里边有许多形象和比喻用得非常好。

除了上述这两点之外，《饮酒》的第二首诗之所以好，还有另外一个缘故。我们上次曾经说过，陶渊明这个"积善云有报"的思想，是来源于司马迁的《史记·伯夷列传》的。《伯夷列传》在《史记》里本来就是非常出色、非常值得注意的一篇文章。它跟《史记》中其他的列传都不一样。为什么不一样？一个非常简单的原因就是，在别的列传里边，都是先写一个传记，然后是司马迁对这个人的评语，即以"太史公曰"为起始的一段评语。《史记》中几乎所有的传记都是"传"与"评"相分离的，只有《伯夷列传》没有把司马迁的主观评语用"太史公曰"分离出来，而是把评论跟传记结合在一起的。他时而论叙，时而批评记述，两者结合得如水乳交融。另外，他不只是把叙述跟批评结合在一起，他还把他的疑问跟感慨也结合在一起了。在整个《伯夷列传》里边，他用了很多问句，表示一种疑问的口气。他先引述古人所说的"天道无亲，常与善人"，然后又举了很多例子，都是善人遭到不幸的结果，反而不善的人过着很好的生活，所以他最后就问"倘所谓天道，是邪非邪？"——假如真有所谓的天道，而且天道是常常祝福行善的人的，那是真的吗？究竟是"是"还是"非"呢？在举例证的时候，他先提出疑问，然后他举了一个例证，他所举的就是伯夷、叔齐，他说像伯夷、叔齐，"可谓善人者非耶？"——他们都是善人，不是吗？可是为什么伯夷和他的弟弟叔齐饿死在首阳山上了呢？我现在说的是《史记·伯夷列传》这篇文章的特色，是它把叙述跟批评两个结合在一起了，把疑问跟感慨结合在一起了。司马迁的《史记》之所以不只是一部历史，也是很出色的文学，就正因为他不只是说一个故事，也把自己的一些感慨、一些评语都写在里边了。

陶渊明的这首诗不仅用了《伯夷列传》里边的思想和感慨，另一个之所以感人的地方是他还吸取了司马迁《伯夷列传》中的叙述方法。他是怎样叙述的呢？他开始说"积善云有报"——行善的人是有好报的，可"夷叔在西山"，伯夷、叔齐为什么饿死在西山了呢？中国古代写诗的人，一般不在诗句之间加标点符号，所以这里没有一个标点，假如我们用新式的方法给他加一个标点的话，"夷叔在西山"这句话后面是应该加个问号或感叹号的。这句话就是我刚才所说的是仿效司马迁的把自己的疑问、感慨与叙述结合在一起的写法：积善如果有好报，伯夷、叔齐这么好的人怎么会饿死在西山呢？这里陶渊明不但用了司马迁《伯夷列传》里的内容，而且他还把司马迁《伯夷列传》里的疑问与感慨相结合的口气也写在里边了。你看他好像没有直接写他的感情，可是在他这样一问一答的感慨之间，已经传达了诗人的感情，既然"积善云有报"，那么夷、叔怎么会饿死在西山呢？这是一个转折。下边"善恶苟不应"，假如这善恶真的是没有一个报应的话，那么"何事空立言"，为什么还要空空地说些让人们去积善的话呢？你看这又是一个转折，这使诗歌的情意也随着叙述口吻的变化而起伏转折，表达出诗人深切的感慨。

下面的"九十行带索，饥寒况当年"，他不但是写了自己的疑问、感慨，而且还运用了意义非常深厚丰富的形象。以前我讲过诗歌中的形象可以是大自然中的景物，像我们讲他第五首诗里的"山气日夕佳，飞鸟相与还"，这是大自然的形象。"九十行带索，饥寒况当年"却是人世间的形象，不是自然界的形象。这种形象的来源，可以是你现在所看到的，眼前发生的人和事，也可以是历史上的人和事。"九十行带索"中说的是荣启期，是跟孔子同时的人，这是历史上的人物，所以是个典故。中国诗歌里常常用典故，用典故的好处是可以把历史上典型的人或事浓缩为一个具体的形象，还不只是一个形象，它其中还包含着一段情节很长、很复杂、很丰富的故事。比如"九十行带索，饥寒况当年"决不只是说一个九十多岁高龄的老翁，穷困得连一条衣带都没有，只得用一根麻绳系在衣服上，这以中国旧的习惯传统看来，晚年尚且如此，年轻时贫穷困苦就可想而知了。当然这在西方是不太真实的。西方是青年人不穷苦，老年人才穷苦。中国人则不然，中国是子女有责任义务奉养父母，让老年人安度晚年。所以荣启期老年还这么穷困，他青年时一定是更加穷苦了。

然而，这个故事还不只是要告诉你，荣启期是一个穷困贫苦的老人，不是的。他要告诉你的是，荣启期这个老人虽然在物质上这么贫穷，可他是快乐的。同时这个典故还要告诉我们一个道理：如果你能够在心中守住"道"，你自然就无忧无惧，既无愧于天，也不作于人。我没有做过任何对不起天，或对不起人的事情，我有什么可忧愁和恐惧的呢？这才是陶渊明用荣启期这个典故的真正用意。所以陶渊明后边就说了："不赖固穷节，百世当谁传。"

我还曾引过《论语》《孟子》上许多谈到君子固穷内容的话，陶渊明之所以能够宁可不做官，不要那么好的物质享受，忍受贫穷，忍受着饥饿，也要回去种田，他为的是什么？就是因为他要求得他内心之中的一份安宁，所以他说："不赖固穷节，百世当谁传。""固穷"是说虽然在贫穷之中，你也能够"固"，就是守住、不改变、不动摇。陶渊明在这些诗里边表现了他对于人生的很多反省、很多思考、很多生活上的体验。

陶渊明的诗都不是很长，你看我们讲"积善云有报，夷叔在西山"这一首，只不过才八句，现在我们讲的这首诗也不过十句而已，都是很短的。但我刚才也说了，像他那首"积善云有报"的诗虽然短，但是他有反复的思考在里面，表现在诗的结构上有许多跌宕起伏的变化。现在我们来看一看这一首诗，他所考虑的是什么问题。

他第一首诗说"衰荣"是无定的，第二首诗里说"天道"是无常的，如果人世之间的"衰荣"与"天道"是完全不可靠的，那么人们所应思索、追求的又该是什么呢？他说："道丧向千载，人人惜其情。"前面我已讲到过，陶渊明的诗里常常用"道"这个字，在《论语》这本书里，也常常用"道"字。"道"的意思很广，不但儒家用"道"字，佛家也用"道"字，道家自然更用"道"字了，连基督教翻译的《圣经》也用"道"字。当然如果详细加以区分，可能不同的宗教，"道"的含义并不是完全一样的，但它们之间也有相通的地方，就是它们都不否定宇宙之间有一个最重要、最宝贵的东西，得到了以后，能够使人们有自己的操守，能够使人不动摇、不忧愁、不恐惧的，这就是"道"。可现在陶渊明就说了"道丧向千载"，本来宇宙之间应该有这么一个"道"的。这就是何以西方、东方，以及中国凡是有思想的宗教家、哲学家都在思索、探求人类最高智慧境界的原因所在。可是后来的人，他们就迷失了，他们不知道，他们把一个最重要、最宝贵的东西丢掉了。"丧"就是丧失、失落。人们找不到这个"道"的时间已经差不多有一千年之久了。从孔子遇见荣启期那个时代算到陶渊明所生活的时代差不多九百年了，这可以说是"向千载"的。一般出现在诗歌里面的数字都是取其近似的整数或总数的，所以他说"道丧向千载"，那个最高的做人道理已经被人们忘记了有一千年之久了，现在的人都不再追求"道"了，那么他们追求什么呢？他说是"人人惜其情"，道已经在世界上失落了，大家不懂得求道了，大家所追求的是什么？是"情"，是那种情欲的享受，是名利、禄位、富贵和荣华。人们不再看重"道"的有无与得失了，只看到眼前的物欲与情欲。

陶渊明后面的两句，我们要深入了解才能读懂，因为他后边说的是："有酒不肯饮，但顾世间名。"这两句很容易被读者误解，他说那些只知"惜其情"的人，他们"有酒不肯饮"，那么他们去追求什么？是"但顾世间名"，"但顾"是只顾念，是说他们心中常常顾念、常常关怀的是世间的名利。有一天我在路上看到一些醉鬼，他们醉倒在路边，一副人事不知的样子。这里陶渊明为什么要说，你不肯饮酒，只去追求世间的名利不好呢？那么在陶渊明看来，饮酒比追求世间的名利会更好吗？如果饮酒都饮到像街头醉倒的人的样子才好吗？梁朝的时候，昭明太子萧统就说过，陶渊明的诗虽然是写酒，但他意不在酒，这是最应该注意的一点，不然就没办法讲通这两句诗。照陶渊明这两句诗的表面意思看来，难道喝成醉鬼一样就比追求名利更好吗？其实陶渊明不是这个意思。陶渊明在饮酒的时候所想到的都是些什么？他想到了"衰荣无定在，彼此更共之"，想到了"不赖固穷节，百世当谁传"，他思索的是"君子固穷"的操守。那些醉倒在街头上的饮酒的人能有固穷的操守吗？而陶渊明怎么就会凭空地想到这样多的人生问题呢？不正是因为饮酒，才引出这些对于人生道理的思索、考虑吗！所以他诗里所说的"有酒不肯饮"的"酒"，并非一般意义上的酒，而是一种引发、触动他思想活动的媒介。

前面我引过苏轼在评陶渊明这组《饮酒》诗时说的话，他说为什么陶渊明在饮酒的时候会想到那么多人生的问题呢？其实是"酒"这一媒介所起的作用，而且我们还讲过那些送酒来的人的真正动机与来意等。除了这些原因之外，我以为陶渊明是把酒作为一种自我解脱、自我释放的工具，使他自己的意志、心愿能够在饮酒的时候解放出来，得到自由，同时找到一种属于他自己心灵深处的东西。你要知道，人生是短暂的，正因如此，人生时常是紧张的，世间的成败、得失、功过、利害时常会困扰着你，使你感到很疲惫、很劳累。可是当你饮酒的时候，突然间，你把这紧张的神经放松了，这精神的重负丢掉了，你会由衷地感到自由、轻松的可贵。我认为陶渊明正是因为这一点才饮酒的，也正是为了这一点他才要说"有酒不肯饮，但顾世间名"的。陶渊明是真正在饮酒的时候体会到了解脱后的自由欢快，并从中得到一种觉悟，获得了一种安慰。这是"酒"对于陶渊明所产生的作用，所以他才写到酒和饮酒的。但是有些人他不能使自己的意志自由，找到自我解脱的机会，这才是"有酒不肯饮，但顾世间名"两句诗的用意所在。

下面他接着说："所以贵我身，岂不在一生。"他说，我们每个人最看重的是我们血肉之躯体，正因为有了这有形之身体，我们才会在这世界上产生了那么多的影响，那么多的问题和关系。"所以贵我身"的"所以"二字，是"为什么"的意思。他说身体为什么是可贵的呢？难道不就在于你一生有这样的一个有形的生命吗？但这生命属于你能有多久呢？

"一生复能几，倏如流电惊。""倏"是倏忽、很快的意思。你身体的可贵之处就在于你有这几十年的生命，可是古人说"人生七十古来稀"，人生很快就过去的，就像天空的一道闪电，转瞬即逝。"一生复能几，倏如流电惊"，这里面有两层意思，一是说，你这一生的可贵在于你有生命，但也有不可贵，甚至是可悲的一面，就是你生命是短暂的，犹如闪电一样空幻虚无，这一点是每个人都应该反省和意识到的。按照佛教来说，你这一生一世做些什么事情，你留下些什么东西，你对人世间有什么样的影响，以及这彼此之间的关系等，都是因果。你不要把你一生的得失、名利、荣辱看得很重要，那些都是空幻、没有价值的。可是你同时也应该认识到你这一生是有价值的，你每一个念头、每一个思想、每一个行动，说不定都在宇宙之间有生生不已的影响。像《华严经》中所说的"犹如众镜相照，众镜之影现一镜中。如是影中复现众影，一一影中复现众影"，假如我们旁边都是镜子，这些镜子互相映照，因此也相互反映。你不要以为你一个人的一句话、一个念头没有什么，可是它就在这彼此的影响中，说不定构成一种连锁的反应。所以人生有非常值得重视的地方，不要疏忽地认为你可以醉生梦死。可是也不要认为眼前的名利禄位的得失都是重要的。总之人生有可贵的一面，也有可贱的一面，陶渊明反复思索、考虑了这人生的许多可贵与可贱的问题："有酒不肯饮，但顾世间名。所以贵我身，岂不在一生。"

最后他说："鼎鼎百年内，持此欲何成。""鼎鼎"两个字历来讲陶渊明诗的人有很多不同的讲法。《礼记·檀弓上》中说："鼎鼎尔则小人。"郑玄注释"谓大舒"。"舒"在《礼记》中本来是懈怠，指做事情马马虎虎、随随便便，很懒散的样子。如果按照这个意思理解也是可以的。陶渊明的诗有时很不好讲，正像宋人陈后山说的："渊明不为诗，写其胸中之妙尔。"（《后山诗话》）他是自己写他的感情和思想，他心里边的思想是怎么活动的，他就怎么写，他内心是起伏变化的，他就把这种起伏变化写出来。后来的人有时看不懂他到底在说什么，他根本就不在乎你懂不懂。这两句诗之所以难懂，是因为他完全是随着他思想意念的流转而写的，是说人生有可贵的一面，也有不可贵的、空幻的一面，大家对这一点不能掌握，于是就有了争论。按照《礼记·檀弓上》的意思讲，是说你应好好地掌握这一生，如果你放松了、懈怠了、堕落了，百年的一生转眼间就成空幻了。"持此欲何成"，"持"是拿着，你拿着这种懈怠的、随随便便、胡作非为的生活态度能够完成什么呢？所以这个"鼎鼎"讲成懈怠也是可以的。可是我们用的是注解材料，陶渊明诗的注释材料很多，就因为表面看起来很简单，只是把他自己内心的活动写下来了，但实际是很复杂的，他的内心活动是那么丰富，那么曲折，就显得很难懂了。我们所用的古直的注解，不同于郑玄的解释，他认为"鼎鼎"是扰攘纷乱的意思，是说你在这样一种扰攘纷乱、乱七八糟的环境中你能够完成什么样的事情呢。还有别的人的注释，他们认为"鼎鼎"是快速的意思，是说在这快速的、转瞬即逝的短暂时间中，你能完成什么样的事情呢。

总而言之，陶渊明这首诗是写得很深刻的，他看到人生有可贵的一面，也有可贱的一面，你怎么样才能在这一生中掌握好、完成好你自己呢？不是说完成了心外的什么东西，比如你做了百万富翁，但百万金钱是身外之物。他说的是你身内的，你内心坚持了什么，这就是"鼎鼎百年内，持此欲何成"的意思。

（徐晓莉整理）

栖栖失群鸟

> 栖栖失群鸟，日暮犹独飞。
>
> 徘徊无定止，夜夜声转悲。
>
> 厉响思清远，去来何依依。
>
> 因值孤生松，敛翮遥来归。
>
> 劲风无荣木，此荫独不衰。
>
> 托身已得所，千载不相违。

陶渊明《饮酒》的第一首诗说，人生的衰荣是没有一定的；第二首诗说，人生的祸福报应也是无常的。那么，在这样一个一切都难以把握的世界里，你所能够把握的是什么？因此他在第三首诗中就提出：人活着就要追求和了解宇宙人生的"道"，这才是最重要的。否则，你这一生就白白地过去了。在中国古代诗人中，也有一些人对人生感到彷徨困惑，找不到一条出路。陶渊明虽然也彷徨，也困惑，可是他这个人之所以了不起，是因为他没有停留在彷徨困惑之中，而是找到了一个立足点，找到了一条他自己要走的路。这第四首诗所写的，就是他摆脱了彷徨困惑，找到自己安身立命之所在的这样一个过程。这段过程，他不是只用叙述来说明，而是用一个形象来表现的。这个形象就是一只鸟。

在陶诗中，最常用的形象有松树、菊花和鸟。一般来说，陶渊明在用松树和菊花的形象时，象征的含义是比较固定的。松和菊都是耐寒的植物，它们能够抵抗寒冷的风霜，保持自己的品格。但陶渊明在用鸟的形象时往往有不同的含义。比如，他说"久在樊笼里"（《归园田居五首》之一），那是一只被关在笼子里不自由的鸟，它被世界上很多事情所约束、限制；他说"望云惭高鸟"（《始作镇军参军经曲阿作》），那是一只高飞的代表自由的鸟，它不受人世间种种事情的限制约束；他说"飞鸟相与还"（《饮酒二十首》之五），那是一只找到归宿的鸟，它正在飞回巢中。而且，陶渊明所用的鸟的形象到底是哪一种鸟？是燕子、喜鹊，还是乌鸦、麻雀？他都没有说。那是一种普遍的、概念中的鸟，而不是现实中特定的某一只鸟。这也是陶诗中鸟的形象的一个特色。

那么陶渊明在这首诗中所说的鸟是一只什么样的鸟呢？是"栖栖失群鸟"。一个人写诗写得好，一定是他通过文字传达情意传达得好。而文字能否传达好你的情意，首先在于你能否选择最适当的名词、动词和形容词，其次在于你叙述的口吻。现在陶渊明用了一个形容词来形容这只鸟，说它是一只"栖栖"的失群鸟。这两个字用得非常妙。一般中国的读书人，看到"栖栖"这两个字，最容易联想到的就是《论语》里的一句话："丘何为是栖栖者与？"（《论语·宪问》）这是微生亩问孔子的话，微生亩是一个不肯出来做官的高隐之士。大家知道，儒家的理想是"学而优则仕"——读书读得好就出来做官。因为，读书是为了明白道理，读书明理之后就有了很好的品德修养，然后就可以齐家、治国、平天下。儒家读书修身就是为了治国平天下的。尤其是孔子所生的那个时代，社会上礼崩乐坏，出现了许多不道德的事情。孔子到各国周游，不是去游山玩水，而是要看各国的君主有没有一个人肯任用他，肯帮助他实现他的政治理想。因此，他总是在各国之间跑来跑去的。

"栖"这个字读xī，不读qī。我们常说"栖栖遑遑"，意思是匆忙的、不安定的。微生亩是个高隐之士，他只要自己生活安定就好了，至于国家和天下怎么样，他不管。所以他很不赞成孔子的作为，就问孔子："你为什么老是栖栖遑遑这么不安定呢？"这是陶渊明很妙的一点：他写的是一只孤独的失群之鸟，可是他所用的这个形容词却是《论语》里边用来描写孔子的形容词。因此，这只鸟的形象马上就有了更深刻的意思，马上就被拟人化了。而且，"失群"这两个字他用得也很好。失群，是脱离了它原来所归属的那个群体，因此就显得与众不同。

我在介绍陶渊明生平的时候曾经说过，陶渊明是陶侃的后代。陶侃是东晋名臣，封长沙郡公。所以陶渊明的家庭曾是有仕宦传统的，这种家庭的子弟一般是走读书和做官的道路。而我们大家都知道，陶渊明最后是辞官回家去种田了。他跟别的隐士不一样，比如唐朝的王维。王维也隐居了，可是他到田里去劳动过吗？他体验过真正的劳苦生活？他从来也没有。陶渊明不是王维那种隐士，他亲自去种过田。如果我们有机会讲陶渊明另外的一组《归园田居》的诗，我们就会看到他是"晨兴理荒秽，带月荷锄归"——天还没亮就到田里去工作，直到月亮都升上来才披着满身的露水回家。一个出身读书仕宦家庭的人回到农村当了农民，这是脱离了他原来所归属的那个阶层的，所以他也是一只失群的鸟。你要知道，人其实常常是很软弱的，如果想要做出一个跟周围的人不同的选择和决定，往往需要很大的勇气。"栖栖失群鸟"，就是脱离了它原来所属群体做出了另外选择的鸟。你不要看这句话这么短，只有五个字，但它包含很多的意思，从用字到口吻都是非常好的。

陶渊明为什么不去做官？那是因为他看到了官僚社会中的黑暗腐败和贪赃枉法。他不愿意跟那些人同流合污，所以就不做官了。可是你不做官到哪里去呢？陶渊明有另外一首诗写得好："人生归有道，衣食固其端。孰是都不营，而以求自安！"（《庚戌岁九月中于西田获早稻》）当然了，人活着应该找到理想的价值和人生的目标。可是，你活在世上最低限度先要穿衣、吃饭，如果只顾追求理想，什么都不干，那么你饿也饿死了，还有什么理想可言？所以，虽然我说失群需要很大的勇气，可是比较而言，失群还算是容易的。

失群之后，你找一条什么样的路走下去呢？天下有很多事情都可以自欺欺人，只有一种工作是既不可以欺人，也不可以自欺的，那就是种田。教书可以骗人，做买卖可以骗人，可是种田你能够欺骗土地吗？土地不受你的欺骗。一分耕耘一分收获，你欺骗它，它不给你生长粮食。陶渊明最后就选择了这种不欺人也不自欺的躬耕生活。不过，这种选择是要付出代价的：第一，你要付出艰苦劳动的代价；第二，农田收获没有保障，遇到灾荒时你要付出饥寒的代价。所以，陶渊明虽然不喜欢贪赃枉法的官僚社会，但他在决定自己的生活道路时，也经过了一段很艰难的选择。

他说："栖栖失群鸟，日暮犹独飞。"为什么说"日暮"？因为日暮是大家都应该休息的时候了。一个人，在暮年时应该已经找到自己人生的归宿了。可是陶渊明说，我现在还没有找到我的归宿，就像那只栖栖失群之鸟，在日暮的时候还独自飞来飞去，找不到一个可以落下来的地方。

"徘徊无定止"是说，他一开始也曾经彷徨过：到底要不要选择耕田的生活呢？到底值不值得付出劳苦与饥寒的代价呢？"徘徊"，是来去不定的样子，它和"彷徨"都是叠韵的词，意思也相近。这只鸟，因为找不到一个安身立命的所在，所以"夜夜声转悲"。"转悲"者，是说每一夜鸟叫的声音都比前一夜更悲哀。

那是一种什么样的声音呢？是"厉响思清远"。"厉"是强烈的、有力量的，用来形容声音就是一种很激越、很强烈的声音。中国人常说："言为心声。"你是什么样的人，就喜欢说什么样的话；你有哪一类的兴趣，就喜欢谈论哪一类的题目。不但人是这样，动物也是这样，有时候你听它的叫声就能知道它心里的感情。我家院子里有一棵树，上边有个鸟巢。有一天晚上我听到鸟叫的声音不对，不像平常那样和乐自在，而是带有一种恐怖的声音。我马上开门出去一看，原来是一只猫正要爬上树去。可见，动物的声音也是能够表现它们内心的感情的。陶渊明说我听到这只鸟那种强烈高亢的叫声，我就知道它内心想的是什么。它正在想找寻一个清洁高远的地方落下来。可是由于没有找到，所以它"去来何依依"。"去来"，是飞过去又飞回来。"依依"，是依恋不舍的样子。一般人用"依恋"这个词的时候，都是指对过去某件事情的依恋。但陶渊明在这里指的不是过去而是未来。对什么的依恋呢？就是对"厉响思清远"的那个"清远"。他从内心对那个地方有非常依恋的感情。那么他找到那个地方没有？后边他说："因值孤生松，敛翩遥来归。"他最终是找到了。

陶诗里喜欢用松树和菊花的形象。陶渊明有这样的句子："芳菊开林耀，青松冠岩列。怀此贞秀姿，卓为霜下杰。"（《和郭主簿二首》之二）他说，芬芳的菊花开在丛林之中，显得很有光彩；翠绿的松树排列在高山之上，好像高山戴了一顶帽子。"贞"是坚贞，"秀"是美好。别的草木一阵秋风过去就变黄了，但松树永远是绿的；别的花一阵秋风过去就零落了，但菊花仍在开放。这就是"坚贞"，"贤贞"就是不改变。松树和菊花有这种不改变的品格，有这种秀美的姿质，所以它们能"卓为霜下杰"。"卓"是跟别人不一样，比别人高出来的样子。在寒冷的风霜之中，松树和菊花可以不屈服，不零落，所以它们是"霜下杰"。

那么现在我们所说的这只鸟，它怀着如此依恋的感情去寻找一个清洁高远的落脚之处，结果，你看它遇到了多么美好的东西！是那"怀此贞秀姿，卓为霜下杰"的松树。在这首诗里陶渊明所写的松树跟"青松冠岩列"的松树还不大一样。"青松冠岩列"是一排松树，而这首诗里所写的是一棵孤生的松树。它不是因为身边有许多伙伴才碧绿，才不凋零，它只是孤身一棵松树就可以站住不跌倒，也不凋零。所以，当这只鸟终于发现了这株孤独的、秀美的、坚强的松树，它就"敛翮遥来归"。这句诗的形象也写得很生动，很美。"翮"字读hé，是鸟的翅膀里最粗、最强硬的那几根羽毛。这只鸟它不是"夜夜声转悲"吗？它看到下边到处都是肮脏和污秽，因此不肯落下来。为了找一个清远的归宿，它飞了很久很久，一直不能收拢它的翅膀。可是现在，当它远远地望见那棵松树，它就说：那正是我要找的地方！于是它把翅膀一收，就从那么高的空中一直向着目标落下来。这形象写得真是很生动，很逼真。

下面他说："劲风无荣木，此荫独不衰。""荣"是草木茂盛的样子。他说，在强劲的寒风下每一棵树的叶子都黄落了，只有这棵孤生松还保持着青翠、茂盛。要知道，一只好的鸟它是不肯随便在什么树木上栖息的。《庄子·秋水》里边说，有一种鸟名叫鹓鶵，如果不是竹子的果实它就不吃，如果不是最甜的泉水它就不喝，如果不是梧桐的树枝它就不栖落。而有一只鸱找到一只腐烂的死老鼠在那里吃，正好鹓鶵从上面飞过，它就抬起头发出恐吓的声音，以为鹓鶵会来抢夺它的死老鼠。这真是小看了鹓鶵！现在陶渊明这只鸟也是如此。这样的鸟它是不会随便在肮脏的地方落下来的，只有看到这棵孤生的松树，它才算真正找到了安身立命的所在。

"托身已得所，千载不相违"，他说我既然找到了这样一个适合我的所在，我就决心在这里住下来，无论再有什么事情发生我也不会迁移了。中国人常说"千年万载"，这"千"和"万"都是加重的口气。"违"，就是离。陶渊明在这里所写的，其实也就是古代儒家的教导"择善而固执"。就是说，你在人生中要选择一个你真正认为好的理想，你就坚守再也不要改变。孟子说，你要"富贵不能淫，贫贱不能移，威武不能屈"（《孟子·滕文公下》）。孔子说，你任何时候也不要抛开仁，"造次必于是，颠沛必于是"（《论语·里仁》）。"造次"是说仓促、匆忙的时候；"颠沛"是说遭受颠沛流离的困难。一个人如果真正认识了"道"对你人生理想的意义和价值，你就守住它再也不会改变了。所以，这《饮酒》诗的第四首，是从前三首所提出的盛衰的无定，祸福的无常和人生中的疑问、困惑、彷徨中找到了自己的一个立脚点，找到了应该持守的一个最根本的安身立命之所在。

（安易、杨爱娣整理）

行止千万端

> 行止千万端，谁知非与是？
>
> 是非苟相形，雷同共誉毁。
>
> 三季多此事，达士似不尔。
>
> 咄咄俗中愚，且当从黄绮。

　　陶渊明在《饮酒》诗第四首的结尾说："托身已得所，千载不相违。"有人就问：这个孤生松的形象具体代表的是什么呢？是不是就指陶渊明归隐的田园呢？我说并非如此。陶渊明最后确实回到田园躬耕了，这是不错的。但那只是他在现实生活之中所采取的一个方式，孤生松的形象并非仅仅指他这一个现实的方式，而是指他的精神、心灵最后所达到的一个境界。他已经达到了这样高的一个境界，所以他说：今后无论外界有什么事情加在我的身上，我也不会改变我的选择了。

　　《饮酒》诗的前三首，说的是他的困惑、彷徨以及人生究竟应该掌握些什么。第四首"栖栖失群鸟",说的是他已经找到了一个托身的所在。第五首"结庐在人境"是我们一开始就讲过的,那已经完全是一种得道的境界了。那么,当他安定下来之后,就又写到了一些问题,写到在这样一些问题之中他所持的态度。他在托身得所之后就永远不会再改变,这就是他的态度。现在我们来看他是怎么说的。

他说:"行止千万端,谁知非与是?"什么是"行止"?"行止"就是儒家常说的"有所为"和"有所不为",那是人生很重要的选择。"行"是有所为,人生中有些事情你应该去做;"止"是停止不做,那当然是你认为不应该做的事情。在人的一生之中到底应该做些什么,不应该做些什么?世上的人各有不同的选择,所以说"行止千万端"。"端"是头绪的意思。在一大团线里,每一个线头你都可以捋成一条线,不是吗?同样,随着每一个头绪延长下去,都是一条道路。世界上每个人的追求都不一样。有的人要做这个事情,有的人要做那个事情;有的人不肯这样做,有的人不肯那样做。这各种不同的"端",就产生了各种不同的道路。

在司马迁《史记·伯夷列传》里边有一段话谈到这个问题。伯夷、叔齐这两个人我提到过。他们不肯做一点点他们认为不正当的事情,结果就饿死在首阳山上了。可是,伯夷、叔齐他们为什么不肯接受周朝的俸禄?为什么宁愿饿死在首阳山上?这就是个人选择的道路不一样所致了。所以司马迁引用贾谊的话:"贪夫徇财,烈士徇名,夸者死权,众庶冯生。"贪财的人不惜为钱财而殉身,所谓"人为财死,鸟为食亡"。有一些人把名节看得很重要,像历史上那些烈女和忠臣，他们宁可为保持一个正直的名节而死去。还有一些喜欢掌控权力的人，他们宁可为争夺权位而死。而一般的老百姓呢？他们所追求的不过是现实生活中的舒适美好而已。

其实，不但每个人所选择的道路不同，而且很多人都认为他自己所走的道路才是对的，别人所走的道路都是错的。这里边的是与非真是很难判断，就像有一句北方俗话所说的："公说公有理，婆说婆有理。"《庄子·齐物论》里边也曾谈到是非的问题，庄子说："故有儒墨之是非，以是其所非，而非其所是。"又说："彼亦一是非，此亦一是非。果且有彼是乎哉？果且无彼是乎哉？"在春秋战国时期，诸子百家互相争论，互相批评，那里边就有儒家和墨家。墨家主张"兼爱"，就是说对所有的人都是一样地爱。儒家主张"亲亲"及"推己及人"，即如孟子所说的"老吾老以及人之老，幼吾幼以及人之幼"（《孟子·梁惠王上》）。这个我们且不去管它，庄子在这里说，儒家和墨家各有不同的是非标准，对方认为是错的他就认为是对，对方认为是对的他就认为是错，那么世界上到底有没有一个正确的对错可供判断呢？因此陶渊明说："行止千万端，谁知非与是？"

可是，如果"是非苟相形"呢？那么"雷同共誉毁"了。"苟"，是假如。"相形"是相对比。假如错和对真的能够放在一起胡乱对比，那会怎么样？他说那时候就会"雷同共誉毁"。打雷的时候，万物都被震动，和雷声产生一种共鸣，那就是雷同。所以，"雷同"就是大家一齐附和，众口一声说这个是对的，那个是错的。可是，大家都那么说，就有了一定的是非标准可以判断了吗？你要注意了，陶渊明前边所说的，只是一种泛论。他是要像庄子那样讲一段哲学的道理吗？不是。陶渊明所要讲的，是他作为一个诗人，在感情上真正的体会和感受。我认为这正是陶诗的好处所在。因此当他说"是非是不一定的"时，我们不仅要知道他说的是什么，而且还要知道他为什么这样说。其实，他在后边的两句里已经把为什么这样说写出来了："三季多此事，达士似不尔。"

陶渊明这二十首《饮酒》诗把他的感受说得相当含蓄，并不很明白。为什么他不肯明白地说？是他生活的时代背景所致。当时刘宋代替了东晋，刘宋的第一个皇帝是刘裕。刘裕的天下，是篡夺来的。一个人如果能够平平静静地度过自己的一生，那真是很幸福的事情。可是有很多人在一生中要经过一些考验，那和学校的考试不一样，因为它关系你一生人格的评价。有些人就没有通过这些考验。当政治上产生某些大的变动时，当你不跟随人家走，你的身家性命就有危险时，你明明知道那条道路是不对的，你肯不肯跟着人家走呢？当然一个人不遇上这样的考验最好，可是如果遇上了，你怎么办？你采取什么态度？你做什么样的选择？我从很早就念陶渊明的诗，那时候语言文字虽然都懂了，可是还没有真正体会到他所说的这种考验是怎样的。什么时候这种考验是最多的？陶渊明说了，是"三季多此事"。这个"季"，不是春夏秋冬季节的季，而是次序的意思。假如一个家庭有兄弟四个人，按次序排就是伯、仲、叔、季。"季"，是最末的一个。因此，中国的古人说到"三季"的时候，他们有一个特别的所指，就是指"三代的季世"，也就是三代的末世。"三代"是中国历史上夏、商、周三个朝代。夏朝之前的历史太古远了，那些"开天辟地"之类的传说都是神话，而夏、商、周三代的历史就比较可信了。夏朝的最后一个天子是夏桀，据说是一个昏庸残暴的人，于是商汤就起来革命，把夏桀推翻了；商朝最后一个天子是商纣，据说也很坏，所以周武王起来革命把他也推翻了。夏、商、周最后都灭亡了，而在每一个朝代灭亡之时，都是对每一个臣子的考验。当然，三季时候人们的选择跟陶渊明这个时候的选择还是有所不同的，从东晋到刘宋，这里涉及的是非判断更为复杂一些，你更难说清前一个朝代的帝王跟后一个朝代的革命者到底哪个是对，哪个是错。

可是，儒家里边保守的一派认为：不管天子怎么样，当臣子的也不应该起来革命；纵使商朝的纣王不是一个好天子，那起来革他的命的臣子也不是一个好臣子。这就是伯夷、叔齐的观点，他们不赞成反抗与篡夺。不过儒家里边也有比较开放的一派，比如孟子就是。有一次齐宣王问孟子："汤放桀，武王伐纣，有诸？"商汤驱逐了夏桀，武王推翻了商纣，确实有这种事吗？孟子就回答说："闻诛一夫纣矣，未闻弑君也。"（《孟子·梁惠王下》）"一夫"，是残暴而孤独的、没有人拥护的人，也就是"独夫"的意思。他说，商纣王昏庸残暴，失去了臣民的拥护，所以武王伐纣杀掉的那个人只是一个独夫，不能算弑君。孟子还说过："君之视臣如土芥，则臣视君如寇雠。"（《孟子·离娄下》）说是如果君主把我们这些当臣子的都视为地上的草一样随便践踏，那么我们就可以把他也视为仇人。所以你们看，不但儒家跟墨家思想不同，连儒家内部也有各种不同。那么，在夏、商、周三代的时候，像夷、齐那样不拥护武王才对呢，还是像姜太公那样辅佐武王伐纣才对呢？其实不只在三代，在后世每一个改朝换代的时候，人们都面临一个拥护新朝还是拥护旧朝的考验。所以，陶渊明所指的其实也不是三代，而是他所在的晋宋之间的改朝换代。

我刚才说，我年轻时读陶渊明的这些诗，表面的意思我都懂，可是那时候我不知道他所说的那种考验在感情上是怎样一种体会。近年来我倒颇有一些体会。这体会并不是从我自己的什么选择中得来的，而是从我的一个研究课题中得来的。这个研究课题就是清末民初的学者王国维，他最后是投水自杀而死了。王国维为什么要自杀？就是因为他卷到清末民初这种改朝换代的是非之中去了。他无法摆脱，所以只好自杀。通过对王国维的研究我体会到：一个真正有理想的读书人在卷入到政治斗争的漩涡里去的时候，那真是非常痛苦而且难以摆脱。可是同样处于改朝换代之时的陶渊明就与王国维不同，他能够"洞烛机先"。就是说，他能够把事情看得很清楚，在一开始就没有做出错误的选择。陶渊明之所以和王国维不一样，是因为他这个人更有智慧。我这里所说的"智慧"并不等于"聪明"。有的人对一切事情反应很快，那顶多是聪明而不是智慧。聪明有时候是很浮浅的，所谓"聪明反被聪明误"。你什么事情都能够抢到前边去，自以为很聪明，其实那不见得是好事。一个人要有智慧，才能够不做错误的选择。

陶渊明很早就选择了躬耕。躬耕虽然劳苦，要被风吹日晒，要有四体的勤劳，有时还要忍受饥饿和寒冷，但那是智慧的选择，因为他没有卷到晋宋之间改朝换代的是非漩涡之中去，而在他的田园之中平安地度过了一生。中国后来之所以有那么多诗人和文人赞美陶渊明，就是由于陶诗里有丰富的人生经验，有超越的、智慧的选择和操守；而不是由于什么风花雪月、相思离别之类的浮浅感情。例如南宋词人辛稼轩就曾赞美他说："都无晋宋之间事，自是羲皇以上人。"（《鹧鸪天》）你要知道，晋宋之间有多少政治斗争和杀伐篡逆，在这种斗争漩涡里有多少人放弃了自己的理想，有多少人不能够保持自己的清白和节操！而在这样一个复杂纷纭的时代，陶渊明居然能够超然于物外，像远古传说三皇五帝时代的人民一样，在自己的田园里用自己的劳动换取安居乐业的生活。这是很了不起的！也许你会说："躬耕有什么了不起？"但你可以把陶渊明和王国维做一个比较：两个人都有学问，都有理想，都有操守，为什么一个人会落到投水自杀的下场，而另一个人不会？这就是陶渊明很值得注意的地方了——"三季多此事，达士似不尔"。什么是"达士"？前边第一首诗里他还说过："达人解其会。"不在于学问，也不在于聪明，而在于智慧。一个真正有智慧的人就能够通达，能够把宇宙万物都看得很透彻，不会迷乱于眼前小小的得失利害。因此，只有那些智慧明达的人，才不会在是非斗争的漩涡里沉沦，才能够做出真正明智的选择。

底下他说："咄咄俗中愚，且当从黄绮。""咄咄"，是表示感慨的嗟叹之声。那些世俗之人，他们投入是非竞争的漩涡里，还自以为很聪明，很有手段，很荣耀，其实他们才真正是愚蠢的、堕落的。陶渊明说，我不会和他们混在一起，我是"且当从黄绮"。

陶诗里有两处用了"黄绮"，黄绮是谁？他们是秦朝末年的两个隐士，说起来也是一个故事。秦朝末年天下大乱，有四个好朋友，一个叫东园公，一个叫绮里季，一个叫夏黄公，一个叫甪（lù）里先生，他们在战乱的时候一起隐居到商山。由于他们年纪都很老，头发胡子都白了，所以被称为"商山四皓"。后来，汉高祖刘邦统一了天下，想请他们四个人出来做官，但四个人都没有出来。刘邦的妻子是吕后，吕后的儿子叫刘盈，就是后来的惠帝。当时刘邦所宠爱的戚夫人也有个儿子，就是赵王如意。戚夫人想让自己的儿子继承刘邦的帝位，刘邦就想把太子刘盈废掉。吕后很着急，就去找刘邦手下的谋臣张良。张良说，刘邦早就知道商山四皓的名声，想请他们出来辅佐，但是他们不肯，如果太子刘盈能得到商山四皓的支持，刘邦就不会废他了。结果吕后果然把商山四皓请来了。因为中国人一向认为废长立幼是不对的，而且刘盈本身是一个仁慈的好人，所以商山四皓才答应出来支持他。有一天，在一个皇帝与大臣集会的场合，刘邦看见太子身后站着四个白胡子白头发的老人，就问他们是谁。有人告诉他，那就是商山四皓。刘邦听了就回来对戚夫人说：我不能立你的儿子做继承人了，因为太子已得到那么有才能的人辅佐，他的地位已经不可动摇了。

我说的这个故事，陶渊明并没有全用，"且当从黄绮"和商山四皓后来出来辅佐刘盈的事并没有关系。他所取的只有一点，就是当秦末天下大乱的时候商山四皓并没有卷入当时的战乱和政治斗争，而是到商山隐居去了。所以"且当从黄绮"就是说，我要追随夏黄公和绮里季，走他们隐居的道路。不过，这里他用了一个"且"字，这是陶诗里常用的一个字。"且"字有姑且、聊且的意思。你要注意，凡是当我们说"姑且"这样做，或"聊且"这样做的时候，我们是什么意思？那做法是最好的选择吗？不是。那都是不得已的选择。我们不能够按我们真正的理想去生活，所以不得已而求其次。那么，陶渊明真正的理想是什么？我在一开始介绍陶渊明的时候就讲过，他不是"少时壮且厉，抚剑独行游"（《拟古九首》之八）吗？他不是"猛志逸四海，骞翮思远翥"（《杂诗十二首》之五）吗？他有儒家治国平天下的理想，可是却遭逢这战乱的时代和这种改朝换代的政治斗争。他没有办法实现自己的理想，所以只好选择夏黄公、绮里季的道路。

你们看，这么短的一首诗，里边包含了他多少人生的体验和内心的感受！它不只是表现哲理，而是表现出很真实的感情。这就是陶诗之所以好的原因。

（安易、杨爱娣整理）

秋菊有佳色

秋菊有佳色，裛露掇其英。

汎此忘忧物，远我遗世情。

一觞虽独进，杯尽壶自倾。

日入群动息，归鸟趋林鸣。

啸傲东轩下，聊复得此生。

《饮酒》诗我们从一开始讲下来，陶渊明先是说他对人生问题的思考，然后他决心回到田园隐居。"结庐在人境"那一首是他决心归隐后内心之中所达到的一个境界。"行止千万端"那一首是说，每当改朝换代的时候，很多人会做出愚蠢的选择，而他自己决心追随夏黄公和绮里季这两个秦汉之间有名的隐士，走一条归隐的道路。

下边的第七首和第八首我们可以连起来看。因为，前边几首所写的都是思想上的问题、考虑和决定，而第七、第八首写的是他决心归隐田园以后的生活，结合了不少他当时生活中的情趣。

你们注意到没有？第七首他是从秋菊开始的，第八首他是从青松开始的。我以前讲过，陶诗里常用一些形象来表示象征，最常用的形象就是菊花、松树和飞鸟。现在这"秋菊"和"青松"不只是象喻，也是他生活中果然实有的景色。他是把他生活中的实有之物和他精神上的比喻、象征结合起来写的。

"秋菊有佳色"，是说秋天的菊花有美丽的颜色。这么说也不是不可以，但你要注意这个"色"，有的时候不只是"颜色"的色。你送你的朋友远行，他那种即将离别出发的样子是"行色"。佛教的经典里边说："色即是空，空即是色。"这个"色"不仅指颜色，凡是宇宙间一切有形的现象都是"色"。所以"秋菊有佳色"，是说秋菊有很美丽的姿态、形状，当然也包括颜色，总之是说它开得非常好看。"佳"，就是好。大家都说陶诗的语言"简净"，你看他根本不用很多雕琢修饰的形容词，只用一个"佳"字就显得很好。他说："山气日夕佳。"山上的烟岚之气在黄昏的时候远望起来那真是好。这个"佳"不但包含了那所有的烟岚之气，而且还包含诗人对这美好景色的一种喜爱之情。"秋菊有佳色"也是如此，这菊花在陶渊明的眼睛里看起来真是好看——他只用一个"佳"字来形容就完全够了。

但陶渊明还不止于眼睛看见这美丽的菊花而已，他还"裛露掇其英"。"裛"是沾湿，就是说，菊花瓣上还沾有露水。"掇"，是采或拾的意思。他说，秋菊那么可爱，所以我就把带着露水的菊花花瓣采下来了。

采下花瓣做什么？他还不是说插到花瓶里去欣赏，他说是：

"汎此忘忧物，远我遗世情。"这个"忘"字有平声和仄声的两个读音，在这里读wáng，从声律上说比较好听。这个"汎"字，我们书上引了《昭明文选》中李善的注解，他说《毛诗》上有这么两句："微我无酒，以敖以游。"这是指《诗经·邶风·柏舟》的第一段："汎彼柏舟，亦汎其流。耿耿不寐，如有隐忧。微我无酒，以敖以游。"《毛诗》里边说，这是写一个学问品行很好的君子与众小人并列于朝，因此感到很不得志，并且担心被小人所害。他说，我的心就像那柏舟漂在水面上一样不安定，每天晚上人家都睡了，可我的头脑还是很清醒，不能成眠，就好像内心有很深的忧愁。他还说，并不是我没有酒，不能去遨游来解除这些痛苦。为什么提到酒？因为中国人相信，酒是可以帮助人忘忧的。比如曹操的《短歌行》就说："何以解忧，惟有杜康。"杜康是个人名，据说是发明酿酒的那个人，因此也常常用他的名字来指代酒。一个人喝醉了酒，就把所有的忧愁都排解了。

那么陶渊明说"汎此忘忧物"是什么意思？"汎"同"泛"，就是漂浮在水面上。"此"指的是什么呢？就是前边说到的那个"有佳色"的菊花。他是说，把采下来的那些带着露水的菊花瓣洒在他要喝的酒上。这种做法，也是中国古代的一个习俗。中国的古人每到阴历九月九日要喝菊花酒，就是把菊花瓣放在酒里一起喝。菊花是九月开花，所以中国北方有的地方把菊花叫作"九花"。"九月九日饮九花酒"，据说可以使人长寿。因为"九"的发音同"久"字相同。不过，陶渊明这首诗却不是追求长寿的意思，他只是表示他对菊花的喜爱。陶渊明喝酒，是为了使他自己的精神从世俗羁绊之中得到一种解脱。而他之所以把菊花同酒结合起来，是因为菊花不但有外在的佳色，而且有内在的精神品德，是"怀此贞秀姿，卓为霜下杰"（《和郭主簿二首》之二）。他说"汎此忘忧物"，就"远我遗世情"。"远"，在这里用做动词，是"使我远"。"遗世"，是把世间那些得失利害的计较都抛下。陶渊明他本来就有一种遗世的感情，本来就是"栖栖失群鸟，日暮犹独飞"的。现在他说，当我采了菊花的花瓣，饮下这忘忧酒的时候，就使我的感情离开这个世界更远了。陶渊明的文法有时候看起来好像不太通，但是你要知道，"渊明不为诗，写其胸中之妙耳"（陈师道《后山诗话》），他是表现他内心之中非常幽微深细的一种感受，所以有时候就不甚注意文法的细腻。

　　不过尽管如此，陶诗里有一些表示说话口吻的字用得也很细致。他说："汎此忘忧物，远我遗世情。一觞虽独进，杯尽壶自倾。"后两句里的"独"字、"自"字用得都很妙，衬托出他在生活中那种幽微深细的感受。他说，当我喝菊花酒的时候，我就感到我离开这个世界更远了，我对我现在的这个选择也更坚定了。可是谁了解我的选择？谁知道我今天饮菊花酒时的感受？——陶渊明的妻子儿女知道他的感受吗？不知道。你怎么晓得他们不知道？因为陶渊明说了："但恨邻靡二仲，室无莱妇，抱兹苦心，良独罔罔。"（《与子俨等疏》）他的妻子，并不像老莱子的妻子那样理解和支持丈夫的隐居。那么他的儿子了解他吗？陶渊明在一首诗里也说了："虽有五男儿，总不好纸笔。"（《责子》）他的五个男孩子，没有一个爱念书的。所以，当他"汎此忘忧物，远我遗世情"的时候虽然有一种得"道"的喜乐，有一种果然能够按照自己理想来生活了的安定的感觉，可是别人不能了解他，他也感到一种寂寞。

"一觞虽独进，杯尽壶自倾"，就是写这种自得的喜乐和孤独的寂寞结合起来的感情，陶渊明最擅长表现这种感情。你们看这个"独"字和"自"字所带来的感觉：一定要别人陪着才喝酒吗？一定要别人了解才欢喜吗？陶渊明也曾说过："知音苟不存，已矣何所悲。"（《咏贫士七首》之一）就算世界上没有一个人了解我，那又有什么关系？我喝完了一杯酒，拿起酒壶自己再倒上一杯，不是也很好吗？当然了，你自己喝酒，谁还会跑过来专门为你倒酒不成！可是这个"自"字，它所表现出的那种情趣和味道，实在是很好的。

当他就这样自得其乐地独自饮酒的时候，"日入群动息，归鸟趋林鸣"。太阳渐渐落下去了，所有生物都停止了它们的活动。古人说，日出而作，日落而息，越是在农村生活的人对这个越有体会，不像在繁华的都市，有的人白天睡觉，晚上跑出来又唱歌又跳舞。农民白天是要劳动的，晚上就要休息了。陶渊明不是也说过"盥濯息檐下，斗酒散襟颜"（《庚戌岁九月中于西田获早稻》）。他说，我劳动了一天回家之后，把我的手洗干净，把我身上的汗擦一擦，然后坐下来喝上一杯酒，觉得真是很舒服。而这个时候他所看到的自然景物就是"日入群动息，归鸟趋林鸣"。"趋林"就是投林，鸟巢在树林里边，所以到了黄昏鸟儿们都投向自己的鸟巢。

这两句写得很简单，我们一看就都懂了。可是大家还记得吗？在"结庐在人境"那一首诗里他还说过"飞鸟相与还"；在《归去来兮辞》里他也说过，"鸟倦飞而知还"。归鸟的形象是陶渊明常用的，但他要写出来的绝不只是外在的生活现实，而是包含了他幽微深细的内心感情。而且，这两句还有一点值得注意，"日入群动息"，是所有那些有生之物的动作都停止了，到处都寂寞了；可是"归鸟趋林鸣"的鸟鸣又是寂寞中的一种声音。这声音所表现的，不是喧哗，也不是扰乱，而是一种归来的欢喜。"栖栖失群鸟"的那一只鸟，当它终于找到一棵孤生松时，它是多么欢喜地投向自己的落脚之处！而我，陶渊明，现在也找到了自己的一个安身立命之所在，我再也不会被外界的事物所左右、所迷惑了！

结尾他说："啸傲东轩下，聊复得此生。"刚才饮酒的时候鸟不是在叫吗？好，他说我陶渊明也要"啸傲"。什么是"啸傲"？我们先说这个"啸"。古代有人写过一篇赋，专门描写怎么样"啸"。总之，啸就是从口中发出一种声音来，有声而无字。中国古人常常说"吟啸"，其实这吟和啸还不大一样。吟是吟诗，不像我现在这样一个字一个字地念，而是拖长了声音"吟"，好像是唱歌但又不是唱歌，因为没有一定的音乐和调子，只是凭你自己的体会。你对这首诗是怎么感受的，把你的感情和诗句结合在一起表现出来，那就是"吟"了。所以，"吟"是有文字有内容的。你今天是欢喜还是悲哀，你就可以根据你的感情选一首诗来吟，这是很妙的一件事情。

比如杜甫写过一首《春望》，其中有名的两句是"国破山河在，城春草木深"，就是在唐朝安史之乱中长安被叛军占领时所写的。他说，国家已经残破了，首都已经沦陷了，可是终南的山色、曲江的流水还是跟从前一样。春天，草木又茂盛起来了，但人的心情能和从前一样吗？我当年在北平读大学时，正是日本人占领北平的时候。我是在沦陷区长大的。那时候我们到了颐和园、故宫这些地方，就止不住地要吟诵这首诗。吟诵的时候，我们的感情也就借着古人的诗句表达出来了。

不过，古人还有一种表达自己感情的方法，那就是啸，啸就更妙了。就是说，当你找不到什么文字或古人的诗与你内心的感情相合，而你内心的感情又非常激动的时候，你就用声音自己把它表现出来好了。

陶渊明的传记上还记载了一件很妙的事情，跟这种情况有点儿相似。《宋书·隐逸传》上说，陶渊明家里收藏着一张无弦琴，"每有酒适，辄抚弄以寄其意"。陶渊明并不会弹琴，可是他弄了一张没有弦的琴，高兴时就像弹琴一样抚弄它，脑子里想象着它的声音。所以你看，陶渊明他不一定非得要通过文字来表达他的感情，他有各种表达感情的方法，都是很有情趣的。现在，他劳动了一天，傍晚回来，喝上一杯酒，听到归林的鸟鸣声这么可爱，所以他也发出一种长啸的声音来表达自己的喜乐。

"啸傲"的"傲"字，就是"骄傲"的"傲"，我们通常认为骄傲是不好的。但陶渊明的这个"傲"不是一般世俗的那种骄傲，他这个"傲"里有一种不被别人迷惑、不被别人左右的自信和自得。这是一种人生的喜乐。人生的喜乐也有很多种，有的人喜欢打麻将牌，他如果和了一色满贯，你就可以看到他那种得意的、激动的样子，有的人甚至在牌桌上就心脏病发作，死去了。那是一种充满了得失计较的喜乐。而陶渊明的喜乐，是一种"得道"的喜乐。一个人不一定非得有什么虔诚的宗教信仰，可是当你的精神、心灵达到某一种境界的时候，你就会有一份很平安的、很自信的欢喜和快乐。

"啸傲东轩下"，"轩"是轩窗，"东轩下"就是东窗之下。什么叫"聊复得此生"？这句话也说得很妙。陶渊明在《饮酒》诗的第三首中就曾讲过："有酒不肯饮，但顾世间名。所以贵我身，岂不在一生。一生复能几，倏如流电惊。鼎鼎百年内，持此欲何成。"基督教的《圣经》里也曾说过："你赚得了全世界，却赔上了你自己。"一个人一生中每一天都在向外寻求名位利禄，但那都是空的，总有一天都会失去。陶渊明说，就在今天傍晚，当我饮酒、啸傲在东轩之下的时候，我觉得我真的找到了我自己，我真的没有使我自己失落。所以，这是"得此生"。可是在"得此生"前边，陶渊明又用了两个字，"聊复"。我说过，陶诗写得非常简净，不用很多雕琢修饰，也不用很多解释说明，但是他在口吻上、语气上又写得非常幽微深妙。前边讲过的"行止千万端"那一首的结尾是"咄咄俗中愚，且当从黄绮"，他说我不再追求世俗之人所追求的那些空虚梦幻的东西，我姑且就追随夏黄公和绮里季去过他们那种隐居生活吧。那里那个"且"和这里这个"聊"意思是相似的。这是陶渊明另外一个值得注意的地方：他在自得的喜乐之中，常常加进了一些寂寞怅惘的感觉。这说明，陶渊明是未能忘情的。因为，一个人若真的达到了"忘情"的地步，他只要自得其乐就好了，寂寞什么，怅惘什么呢？

因此你一定要知道，陶渊明在年少时是有一份用世之志意的。他曾说："少时壮且厉，抚剑独行游。"他还曾说："少年罕人事，游好在六经。""六经"是儒家的经书，儒家是主张治国平天下的。而且，在陶渊明生活的东晋时代，王室之中兄弟叔侄互相杀伐，带兵的将官纷纷叛乱，战争的灾难中民不聊生。大陆上前些年喜欢用革命的眼光批评古代诗人，他们说杜甫是关心人民大众的，而陶渊明消极隐居，一点儿也不关心人民的生活。这话说得并不错。可是你要知道，杜甫和陶渊明是完全不同的两种性格：杜甫的感情是向外扩散的，所以他所写的总是对外界、对大家的关怀；陶渊明的性格是向内追寻的，所以他所写的常常是思想的反省。儒家主张"达则兼善天下，穷则独善其身"。这个"穷"，还不是说金钱物质的穷，而是时运的穷。如果你能够显达，有权力，有地位，当然要治国平天下；可是如果你没有这个机会，你所遭逢的时运使你无法实现这个理想，那么你至少要保全你自己，这是不得已而求其次。陶渊明在晋宋之间那种黑暗龌龊的时局背景中果然能够保全了自己，和别的文人相比，他的结果是不错的。可是我说他未能忘情，就因为他没有完全忘记当初那种关怀国家人民的理想。他说，我现在虽然是"得此生"，保全了自己，虽然是有了自得的喜乐，可是天下人民呢？我当年的理想呢？因此，这个"得此生"只能是"聊复"，是不得已而为之，并不是最好的选择。所以在读陶诗的时候，特别要注意他这种幽微深隐的感情。

（安易、杨爱娣整理）

青松在东园

> 青松在东园，众草没其姿。
> 凝霜殄异类，卓然见高枝。
> 连林人不觉，独树众乃奇。
> 提壶挂寒柯，远望时复为。
> 吾生梦幻间，何事绁尘羁。

我们把《饮酒》诗的第七首、第八首结合起来看，因为这两首的性质是比较接近的，写的都是他平常每一天的生活。但陶渊明实在是一个很好的诗人，他把他身体上的感受和心灵上的感受相结合，把那些最细致、最精微的地方都写出来了。陶渊明常常用松树来做象征，但他的松树往往有两种不同的性质。像"栖栖失群鸟"那一首中说："因值孤生松，敛翮遥来归。"陶渊明真的看见一棵松树吗？没有。岂但松树没有，连那只"栖栖失群鸟"也是陶渊明自己想象出来的。鸟和松树的形象都是象征而非实有。然而，"青松在东园"的这一棵青松却是实有的，在他家的东园里果然有这样一棵松树。

不过，陶诗最值得注意的一点是：陶渊明无论写非实有的形象还是写实有的形象，都给它们加上了一层象征的意思。"象征"（symbol）这个词其实是个西方的名词，陶渊明那时候其实还没有这样一个名词。前人说陶诗写的都是诗人心中的"胜概"。"概"是概观，大概的情况。陶诗里所写的，不管是鸟还是松树，都是他自己心灵里边一种美好的概观。我们一般人看世界上的东西都是用肉眼去看，陶渊明是用心眼去看的。你看，"青松在东园"，用的字多么简单，他说那长青的、永远也不枯萎、不黄落的松树就生长在我家的东园之内。多么简净，多么美好，多么亲切！

而且还不只如此，他从他所眼见的周围环境之中还有一种体会——"众草没其姿"。夏天有很多草木都是青翠碧绿的，它们有茂盛的枝叶和花果，比松树更美丽，因此就遮蔽了松树的美好。可是等到某一天，"凝霜殄异类"，那时才"卓然见高枝"。《千字文》上说："云腾致雨，露结为霜。"夏秋时天气不太冷，草叶上的水汽晚上凉了就凝结成露珠。可是到秋末天气更冷的时候，露水就变成了严霜，凝结在树枝上像一层冰雪，其实没有下雪，那是霜。"殄"字读tiǎn，有摧毁的意思，凝霜可以摧毁那些不能耐寒的植物。孔子说过："岁寒，然后知松柏之后凋也。"（《论语·子罕》）当草木都一样青翠的时候，你怎能知道谁的秉性是坚贞的？必须等到一年中最冷的季节，别的植物都凋零了，你才能注意到松柏的不凋零。孔子的那句话只是一个概念上的道理，陶渊明的青松却是他的东园里边真的有这样一棵青松，是真实的景色。所以，陶渊明的道理就不是概念上的道理，而是他生活中的体验和感受。他说："连林人不觉，独树众乃奇。"当它和其他一大片树林连在一起时，你并不觉得这棵松树有什么与众不同的地方；但等到其他树木都凋零了，你才觉得这棵松树真是不平凡。

　　我这样讲下来，虽然陶渊明把写实结合了象征，写得很好，但还不是最好。真正使这首诗更有生命的是下面两句神来之笔："提壶挂寒柯，远望时复为。"这真是两句好诗！所谓好诗，不是说你写得漂亮或修饰描绘得好，而是你真的把内心之中最难传达的那种感动和兴发传达出来了。这两句非常妙，只有陶渊明才写得出来。我们讲的这一组诗的题目叫作"饮酒"诗，难道陶渊明的目的就是讲饮酒吗？难道他就跟马路上那些喝醉的酒鬼一样饮酒吗？不是的，陶渊明饮酒是意不在酒，他不是为喝酒而喝酒。你要知道，我们人常常免不了有一些世俗的、生活上的得失利害需要考虑，需要解决，我们的思想意念每天就被这些繁杂的事务束缚住了。可是当你在农田里劳了一天以后，当你休息下来的时候，你可以借着一杯酒，把你的忧愁和孤独寂寞放下来，使心灵得到一会儿的解放。也许并不是每个人都能如此的，但陶渊明能够如此，所以说他的意志不在酒。

　　陶渊明对青松有一种发自内心的喜爱，他说"凝霜殄异类，卓然见高枝"，他说"抚孤松而盘桓"（《归去来兮辞》），你看他对松树的那种亲近，那种契合！松树是他喜欢的，酒也是他喜欢的，可是他对着松树也喝酒吗？这陶渊明就很妙了，他说"提壶挂寒柯"——我提着我的酒壶来到松树旁边，把酒壶就挂在松树的树枝上了。你们注意那个"寒"字，它是接着"凝霜殄异类"而来的，所以这个"寒柯"就代表了松树耐寒的姿质和品格。更妙的是"远望时复为"：他把酒壶挂在耐寒的松枝上，现在他也不看酒壶了，也不看松树了，他是"远望"。望什么？他可以看到"山气日夕佳，飞鸟相与还"，他可以体会"此中有真意，欲辩已忘言"。这是我用他自己的诗来做解释，其实他所看到的也不必然就是这些。因为他只是随便在松树旁走来走去，有时停下来向远处望一望，也许是抬起头来向遥远的天空望一望，是一种没有什么具体目的的远望。而这种远望代表什么？这话很难讲，但他真的有一种情意在里边。那是一种精神上超化的境界，陶诗之难得就在他把这种最难表现的精神境界写出来了。青松是美好的，饮酒是可以使心灵得到解脱的。可是他现在把酒壶挂在松枝上，就是说，他现在把酒壶也放下了，把青松也放下了。但刚才他一路写下来的时候，也有酒壶，也有青松，那青松和酒壶已经在他内心之中酝酿成了一种境界。然后，带着这种境界，他"提壶挂寒柯，远望时复为"。这种神来之笔，不是那种只知寻章摘句、咬文嚼字的人能写出来的。没有真正的内心境界，写不出来；没有这么灵活地使用语言文字的能力，也写不出来。陶渊明把这种境界写出来之后加了一个结论说："吾生梦幻间，何事绁尘羁。"你说他远望望见了些什么？他不必望见什么，可是他最后这两句的觉悟，就正是从他远望的那种精神超化的境界中得来的。

我们说，陶渊明以儒家思想为根本，但同时也受过佛家思想和道家思想的影响。佛家认为人生"如梦幻泡影",所以陶渊明在《归园田居》第四首里还说过:"人生似幻化,终当归空无。"不过,这人生梦幻的思想也不只是佛家的思想,中国的道家也有这种思想。《庄子·大宗师》里边有一句话说:"吾特与汝其梦未始觉者邪!"这是孔子与他的学生颜回的一段问答,开头说的是:有一个人的母亲死了,他守丧时并没有像一般人那样痛哭流涕,所以颜回就问孔子那个人这样做是否不对。孔子回答说,这个人才真正是对生死的自然变化有一种通达的觉悟,而你我却还没有那种觉悟,就好像在梦中还没有睡醒。这段话是否真是孔子所说,那是很成问题的。这其实是庄子在宣扬他自己的思想,一种超脱于生死之际、能够自然见道的思想。所以,"吾生梦幻间,何事绁尘羁",里边有佛家的成分,也有道家的成分。"绁"读xiè,有拴、捆的意思。他说,我们的一生本来就像梦幻一样,为什么还要被世俗的事务所羁绊、所约束呢?为什么不能够使你的精神解脱出来?你们看,陶渊明所写的一方面是他日常的现实生活:他有时来到东园,有时把酒壶挂在松树的树枝上,一边散步,一边远望;但另一方面他写的又不是他日常现实的生活,而是他从这些日常生活中所得到的心灵的境界。一个心灵内涵丰富的人,是可以达到这种境界的;而一个心灵生活贫乏的人,他内心之中什么东西都没有,就不得不用那些名利的追求和喧闹的生活来填补内心的空虚。

大陆有一位诗人,那是个很狂傲的人。他说,中国几千年来只有三个半诗人,一个是屈原,一个就是陶渊明,还有一个是庄子。就是说,如果把诗的范围放广泛些,庄子散文里所包含的情意也属于诗人的情意，所以庄子也可以算作一个诗人。还有半个是谁？他说是杜甫。有的同学就问了：像苏东坡啦，曹孟德啦，也都写过很不错的诗，为什么他们就不算诗人？其实，如果我们把标准降低一点儿，那中国的诗人就太多了，仅《全唐诗》里边就收了四万八千多首诗，有两千多个诗人呢。但如果我们把标准定得极其严格，那么什么叫诗人？诗人的作品，必须是你最真诚感情的流露，没有一点点虚伪、雕饰，也没有一点点渣滓。杜甫是人们心目中公认的历史上最伟大的诗人之一，为什么只算半个？我要说，杜甫当然是一个很伟大的诗人，他写过《自京赴奉先县咏怀五百字》《秋兴八首》那些真正了不起的诗篇，可是你们知道杜甫也写过什么诗吗？我把诗题写下来大家就知道是什么诗了。《陪诸贵公子丈八沟携妓纳凉晚际遇雨二首》——多么无聊的事情，他居然也写了两首诗！所以说，杜甫有的时候也有未能免俗之处，有时候也肯妥协，肯做自己不该做、不愿做的事情。杜甫还写过这样的诗句："语不惊人死不休。"（《江上值水如海势聊短述》）他说，我一定要写出打动别人的诗句，否则我死了都不会甘心的。这是一种利害的计较。如果把杜甫与陶渊明、屈原相比，就看出来了。陶渊明写诗的时候从来不管别人说他好还是坏，也不管惊人不惊人，他的诗是他心灵意念的自然流露。"提壶挂寒柯，远望时复为"有什么惊人？但他心灵的意念从这两句诗里自然流露出来了。屈原的《离骚》为什么写得那么重叠，那么反复？因为那也是屈原最真挚、最热烈的感情的自然流露，他没有一点点得失利害的计较和竞争惊世的企图。所以，以严格的标准来衡量，中国最伟大的诗人实在只有屈原和陶渊明。而我们现在所讲的这每一首诗，都足以证明陶渊明是把他身体的生活和心灵的生活结合在一起的。有很多人只有身体的生活没有心灵的生活；还有的人虽然有心灵的生活却没有能力把它们像陶诗这么好地表现出来。陶渊明做到了这一点，这就是陶诗的可贵之处。

（安易、杨爱娣整理）

清晨闻叩门

清晨闻叩门，倒裳往自开。

问子为谁欤？田父有好怀。

壶浆远见候，疑我与时乖。

褴缕茅檐下，未足为高栖。

一世皆尚同，愿君汩其泥。

深感父老言，禀气寡所谐。

纡辔诚可学，违己讵非迷！

且共欢此饮，吾驾不可回。

这一组《饮酒》诗除了第一首和最后一首之外，其他十几首似乎没有很明显的次序。第一首他说，"忽与一觞酒"。所以这应该是第一首。第二十首他说，"但恨多谬误，君当恕醉人"——我说的话里可能有许多错误，但你应该宽恕我这喝醉了酒的人。这显然是最后一首。可是，中间的诗当真没有次序吗？并非如此，这个我也说过，他是从哲理写起的。从第一首到第六首，写哲理也有一定的次序，他先是写他对人生目的、理想的困惑和怀疑，然后写他终于找到了一个可以托身的所在。到了第七、八两首，他就开始写他日常的生活。那么这第九首呢？我认为，这其实是最值得注意的一首诗，是理解全组诗的一把钥匙。因为在这第九首诗里，有一个人出现了。

我们先看这首诗表面的意思，等一下再说它隐藏的意思。"清晨闻叩门"，早晨很早的时候就听到有人在敲门。"倒裳往自开"，注解说这句引了《诗经》里的话。《诗经·齐风》有"东方未明，颠倒衣裳"，意思是，东边天还没亮，这个人就起来了。古代点灯不像现在这么方便，他没有点灯就穿衣服，急急忙忙看不清楚，把里边的穿到外边，外边的穿到里边，左边的穿到右边，右边的穿到左边，都穿颠倒了。所以这个"倒裳往自开"，是说那个来拜访的人来得太早了，陶渊明还没有起床，听到敲门声就赶快穿衣服去开门，结果把衣服都穿乱了。可是，陶渊明用这"倒裳"两个字的目的，其实还不在"东方未明，颠倒衣裳"这两句，而《诗经》中接下来还有两句："颠之倒之，自公召之。"中国的诗人是很妙的，你必须熟悉中国文化的传统才知道他的目的在哪里。古人读书从小就背《诗经》，所以一看到这个"倒裳"就会联想到底下的"自公召之"。《毛传》的小序说这首诗是"刺无节也"，就是说，政府办公没有一定的时间，天还没亮就叫他去上班，这是不合理的，是制度的混乱。不过，陶渊明并没有用"刺无节也"的本义，也只用了后边那四个字的含义，就是"自公召之"，但这四个字他也没有明白写出来，这是很值得注意的：他把这四个字的意思隐藏起来了。

他说："清晨闻叩门，倒裳往自开。问子为谁欤？田父有好怀。""父"字在这里不念 fù，念 fǔ，它不是父亲的意思，而是对年长者的一种比较尊敬的称呼。比如说，打鱼的人称渔父，种田的人就称田父。所谓"怀"者，是情怀，就是说，他对我有这么一种友好的情怀，所以这么早就来看我了。但前人注陶诗早就指出，那并不是一个真正的农夫，这里只是陶渊明假设的回答。因为有些事他不能够明白地说出来，就假托了这个田父。当他说"田父"的时候，他真正要说的是国家的官府，这种意思就隐藏在"倒裳"两个字里边。他之所以衣服都没穿好就去开门，因为那是"自公召之"，是官府的使者来找他。

我在讲陶渊明生平的时候也曾讲过，陶渊明生活的时代是在东晋到刘宋改朝换代的这样一个阶段。刘裕篡夺政权之后，新的朝廷曾经征召陶渊明出去做官，可是陶渊明不肯，他决定回到自己的田园去种田，再也不出去了。你要知道，这首诗就正是暗示了这个意思。当时有人要他出去，他却不肯出去，所以才引起了他饮酒中的这么多感想；所以他才在前边几首诗中写了这么多对人生哲理的思考；所以他才说"因值孤生松，敛翮遥来归""托身已得所，千载不相违"。而现在这首诗里所说的，就是有人要请他出去这件事情。这个拜访他的人来自远方，是"壶浆远见候"。"壶"是酒壶；"浆"是酒浆；"候"是问候、看望。你想，这个"田父"不是他的邻居，而是从很远的地方带着酒来拜访他，怎么会是一个普通的农夫？

为什么来拜访陶渊明呢？是"疑我与时乖"——因为他觉得我跟这个时代不合。所谓这个时代，也就是指新的朝廷和新的皇帝。接下来的几句，就是假设的那位"田父"的话。他说，你纵然"褴褛茅檐下"，也"未足为高栖"。"褴褛"这个词出于《左传》的"筚路蓝缕，以启山林"，是说楚国的先王建立国家之不易。杜预的注解说，"褴褛"指的是"敝衣"，就是破旧的衣服。陶渊明刚才用了《诗经》的"颠倒衣裳"，现在又用了《左传》的"筚路褴褛"。但是他用《诗经》的时候暗含有"自公召之"的含义；现在用《左传》却没有更深的含义，就只是指穿破旧的衣服。所以，对诗人的用典，我们一定要注意他不同的用法。

陶渊明回到农村去种田，遇到旱涝蝗虫的灾害就没有收获，因此他常常是贫穷的。陶渊明自己在《与子俨等疏》中也说过"使汝等幼而饥寒"之类的话，他真的过着挨饿受冻的生活，因此他的衣服也必然是破旧的。所以那个来拜访他的人就说了：在这新朝代的开始，大家都出去做官了，跟你一样的知识分子，甚至你的亲朋，都争着在新朝为官，你却一个人挨饿受冻，穿这破旧的衣服，住这么破烂的茅草房，你以为这样隐居就是高尚吗？我看一点儿都不高尚！

你要知道，中国人常常认为官场是污秽的，隐居是清高的。然而很多人隐居是为了什么？是为了得到一个清高的名誉！可是陶渊明并不想得到这种名誉，所以宋朝的苏东坡说他是"欲仕则仕，不以求之为嫌；欲隐则隐，不以去之为高"（《书李简夫诗集后》）。陶渊明《归去来兮辞》前边有个序文，他说自己家里贫穷，耕植不足以自给，家里小孩子很多，粮食总不够吃，所以希望出来当个小官。他觉得做官也不错，有了薪水可以吃得好一点儿，还可以多酿些酒喝。所以他就出来做彭泽县的县令了。这就是"欲仕则仕，不以求之为嫌"。可是他做了彭泽县令还不到一百天，就觉得做官实在痛苦，觉得官场里那种欺上瞒下、逢迎拍马的生活比挨饿受冻还要难受。所以他才决定回去耕田，再也不出来为官了。这就是"欲隐则隐，不以去之为高"。耕田是辛苦的，还常常要过饥寒交迫的日子。因此那个来拜访他的人就说：你以为你独自选择了这样的生活就清高了吗？

"一世皆尚同，愿君汩其泥。""一世"，就是整个世界。"尚同"的意思是"以同为好"。这两个词本来出于《墨子》，墨子的原意是，一切事情都要服从一个共同的标准。这本来也不错，秦始皇统一六国，使车同轨、书同文，才使中国形成了统一的局面，这治国平天下是需要"同"的。可是陶渊明这里用的"尚同"不是墨子的"尚同"，而是有"同流合污"的意思。所以由此就可以学到古诗里用典的方法：有时候用表面的意思，有时候用其中一种暗含的意思，有时候又可以用完全不同的意思，实在是多种多样的。"一世皆尚同"，说得好一点儿就是你要从俗，不要标新立异；说得直率一点儿就是你要跟风，跟着社会的风气走。你看连时装都是如此，不管流行的时装多么奇形怪状，一定有人跟着穿。整个社会都以跟风从俗为好，你为什么要与众不同？所以就"愿君汩其泥"。这里又用了一个典故。陶诗有时一个典故都不用，非常质朴地自说自话，可是这首诗里却用了这么多典故，因此是非常值得注意的。

这是作者给我们的一个暗示，是了解这二十首《饮酒》诗的一把钥匙。

"愿君汩其泥"有一个出处，出自《楚辞》中的《渔父》。这一篇有人认为是屈原做的，有人认为不是。它的内容是屈原与一个渔父的问答。这真是妙得很，现在陶渊明是写他自己跟一个田父的问答。在中国文学作品的写作方法里有一种就是设问。当你有很多话要说又无从说起的时候，你就可以假设有一个人提出问题，你来回答。在《渔父》里，屈原和渔父的问答是假设的，所以在这首诗里陶渊明跟田父的问答也是假设的，陶渊明是利用设问的方法来写自己的意念。

《渔父》里渔父对屈原说："世人皆浊，何不淈其泥而扬其波？""淈"和"汩"同音，意思是把水翻搅起来使它浑浊。这是渔父劝屈原的话，他说，既然世上的人都是龌龊的，你何不也跳下水去，跟他们一起在泥水里翻搅？下边他还说"众人皆醉，何不餔其糟而歠其醨"——大家都喝醉了，你为什么不跟他们一起醉却要独自保持清醒呢？屈原就回答他说："新沐者必弹冠，新浴者必振衣。安能以身之察察，受物之汶汶者乎？"他说，我的身体是清洁的，我怎么能够让我清洁的身体被外边那些肮脏的事物玷污呢？这是屈原的选择。现在这个田父也劝陶渊明说，大家都在泥水里，你也跳下去弄一身泥就好了嘛，那样人家就不会说你特别，也不会觉得你奇怪了。到这里，田父的话说完了。底下是陶渊明回答他的话。

他说："深感父老言，禀气寡所谐。纡辔诚可学，违己讵非迷！""感"是感谢，"父老"是对田父的尊称，意思是：长者给我的忠告，我真是深深地感谢。说到这里，我们要注意陶渊明做人的另外一面。我刚才说，陶渊明做人是非常真率的，苏东坡说他"欲仕则仕，不以求之为嫌；欲隐则隐，不以去之为高"。中国人关于仕和隐的观念，外国人总是觉得难以理解。

我的一个研究生写了一篇论文谈到诗人的仕隐问题。比如李商隐有一首诗中说："永忆江湖归白发，欲回天地入扁舟。"（《安定城楼》）他说，我永远向往着等我的头发白了之后就去隐居，但是现在不行，现在这个社会如此败坏，我要运用我的才能把这败坏的社会挽救回来，到那时我才可以放心地乘一只小船到江湖中去隐居。中国的诗人实在很妙，他们把隐居的理想和治国平天下的理想都结合在一起了。我的那个学生答辩的时候，外国老师就问他：你们中国诗人为什么又说要隐居又说要做官，到底是什么意思？其实，这正是中国传统的一种思想，就是说，你一定要怀着隐居的理想出来做官，才不会成为一个贪官，因为你的目的不是升官发财而是要隐居。因此，在中国，隐居和做官这两件事情有时候是分开的、相反的，有时候却是一致的。那些只求高名的隐士，并不一定被大家所赞同。

我说这些，是因为想起许由洗耳的故事。传说尧的时候有一个隐士叫许由，他是一个单纯的隐士，并没有"欲回天地"的志愿。尧想要让他做九州长官，可是他听了这话之后就逃走了，逃到河边去洗耳朵。这时候，正好有另外一个隐士巢父牵着一头牛来河边饮水。巢父问许由在干什么，许由说，尧要让我做官，这话脏了我的耳朵，所以我在这里洗耳朵。巢父听了赶快牵着牛就走，说：你故意在外面传播自己的名声，现在又来这里洗耳朵，把这里的水都洗脏了，我的牛喝了这水岂不弄脏了嘴巴！在中国，确实也有这样一些以追求清高名声为目的的读书人，你跟他随便说句什么话，他就可能认为你不清高，不再理你。这种把天下所有的人都抛在一边的清高，实在是不值得赞美的。

而陶渊明之妙，就妙在他"不以去之为高"。那个田父虽然说了许多陶渊明不喜欢听的话，可是陶渊明并没有把他赶出去再扫一扫地，而是说什么？说"深感父老言，禀气寡所谐"。他说，你说的话都是好意，我深深感激，可是我不出去做官并不是追求高名，是我天生下来的气质、秉性就很少跟大家相同，所以我天生就不适合出去做官。

"纡辔诚可学"，"纡"有曲折的意思，"纡辔"就是转回马的缰辔，让车拐一个弯。大家的车都朝这边走，你的车为什么非要走另一个方向？陶渊明说，如果你一定要我把我的车拐过去和你们走同一条路，那也不是不行。可是，"违己讵非迷"！"讵"有"岂"的意思。他说，那样做我就违背了我自己的本性，岂不是最大的痛苦和迷失！

最后他说，不过你既然来了，那么好吧，"且共欢此饮"，但是"吾驾不可回"。我说过，陶诗里喜欢用"且"字，用"聊"字，有不得已而求其次的意思。他说，你要我出去做官这我做不到，但你不是"壶浆远见候"吗？那我们就高高兴兴地一起喝一杯酒好了，然后我还是走我的路。要我把车转个弯子跟你走，那是不可能的。

这首诗用了许多古书的典故，写得很曲折，很有深意。而且，它的口吻和章法的变化也非常好。尤其是最后回答田父的那一段话，他都是放松一步，拉回来一步；再放松一步，再拉回来一步，话说得很客气很委婉，但又非常坚定。我以为，这首诗是理解陶渊明这一组诗的关键，而且暗示了他为什么写这样一组诗。陶渊明家里那么穷，不可能有钱买好酒，可是他在《饮酒》诗的序言里说"偶有名酒，无夕不饮"。这酒是哪里来的？我们读到这一首才知道，是有人给他送来了这些酒，并且对他说了这一番话，这才是他写这一组《饮酒》诗的真正原因。

（安易、杨爱娣整理）

在昔曾远游

在昔曾远游，直至东海隅。

道路迥且长，风波阻中塗。

此行谁使然，似为饥所驱。

倾身营一饱，少许便有馀。

恐此非名计，息驾归闲居。

这一首是《饮酒》诗的第十首，是陶渊明追想过去的生活。

"在昔曾远游"的这个"游"，不一定是游赏或游山玩水，古人说"远游"常常就是"远行"的意思。读陶诗的时候你要体会：他有简单的一面，也有复杂的一面；有写实的一面，也有象征的一面。陶诗里不止一次谈到远游，他的《拟古》诗里有一首说："少时壮且厉，抚剑独行游。谁言行游近？张掖至幽州。"其实，东晋的时候北方都被胡人占领了，陶渊明从来也没有去过张掖和幽州，可是他却说自己提着宝剑到那些地方去周游过，这里边就表现了一种精神境界的象征。不过，现在的"在昔曾远游，直至东海隅"这一首却不是象征，而完全是写实了。陶诗看起来简单，其实是很复杂的，苏轼说陶诗是"质而实绮，癯而实腴"（《与苏辙书》）——看起来很朴素，实际上很华美；看起来说得很简单，实际上传达的意思很丰富。为什么如此？就因为陶渊明他本人有一种不与人争胜的心理。杜甫写诗是希望人知道的，他要把他的诗写得美，写得好，写得"语不惊人死不休"；白居易写诗追求让不识字的老妇人也能听得懂。这种用心当然也不错，可陶渊明不是这样的。陈后山说："渊明不为诗，写其胸中之妙耳。"（《后山诗话》）陶渊明写诗不是为了给别人看的，他只是把内心的感受写出来，既不怕写得太深人家不懂，也不怕写得太浅人家笑话。所以，有时候他说得很简单，我们不知道他指的是哪一件事情。因此，对他"直至东海隅"的这一次远游，历代注解陶诗的人就做了一些考证，提出来几种可能。

在东晋末年，浙江沿海会稽一带有孙恩的叛乱，当时带兵去讨伐的一位将军叫刘牢之。有人认为，陶渊明那一次"直至东海隅"就是参加了刘牢之的军队去讨伐孙恩。因为陶渊明的传记里记载着他曾做过镇军参军，就是镇军将军手下的参军。可是，刘牢之做过镇卫军的前将军，后来又进号镇北将军，并没有做过镇军将军。所以又有人认为，陶渊明可能参加过桓玄的幕府。桓玄当时带兵驻扎在湖北的江陵，也曾向朝廷请求出兵去讨伐孙恩，但这个人后来造反称帝，不久就被刘裕讨平了。不过，桓玄也没有做过镇军将军。而做过镇军将军的是谁？是讨平桓玄的刘裕！后来篡夺了东晋的天下，杀死了东晋两个皇帝的，也是刘裕。很多给陶诗做注解的人回避谈这一段事情，因为他们认为，以陶渊明那样的品格，怎么能给刘裕这种弑君的逆贼做事情！但是这多半是事实，只不过陶渊明给刘裕做参军的时候，刘裕还是东晋的一个将领，篡逆是后来的事。由此我们也可以看到，陶渊明后来为什么宁可过劳苦饥寒的生活，再也不出来做官了？因为那杀伐篡夺的现实使他困惑，使他失望，使他悲愤。不管是桓玄还是刘裕，这些人的反复无常和叛逆篡弑使他一次又一次感到理想破灭的痛苦。我们只有明白了整个历史时代的背景，才能够理解陶渊明为什么如此坚决地做出了归隐的选择。所以，《饮酒》诗中的第九首和第十首实在是很重要的两首诗。

"在昔曾远游，直至东海隅。道路迥且长，风波阻中塗"，"迥"，是纡曲、遥远的意思。他说，我到东海的这一条路是纡曲而遥远的。我刚才说，陶诗常常把写实和象征结合在一起。这几句，一方面是写实，是他到东海去的道路果然很远；一方面又象征他出去做官走了一段纡曲而遥远的道路。他在《归园田居》里曾说"误落尘网中，一去三十年"。有人考证是十三年，不是三十年，但不管是三十年也好，十三年也好，不管是参加刘牢之的军队，还是桓玄的军队、刘裕的军队也好，到处都是龌龊的，是充满了人间诡诈的。

所谓"风波"，也同样是写实和象征的结合。乘船出行，江海上总是有风波的，这是写实。但"风波"不只是大自然的风波，陶渊明在《归去来兮辞》的序文里还曾说"于时风波未静，心惮远役"，那个"风波"就是人世间的风波了。读了东晋的历史你就会知道，孙恩起兵时杀了许多人，尤其是贵族；而刘牢之他们讨伐孙恩的时候，又杀了许多平民，据历史记载，当时城里边都空旷无人了。历史上有名的才女谢道蕴当时年岁已很大，当孙恩的叛军杀到她家门口的时候，她拿着刀出门斥责叛军，保护自己的晚辈，所幸的是叛军慑于她的勇敢，放过了她家，没有杀害她和她的晚辈。这都是历史上有记载的。

不过，同样生活在战乱的时代，不同个性的诗人写出来的诗是不一样的。杜甫赶上了唐朝安史之乱，他说"夜深经战场，寒月照白骨"（《北征》），他说"孟冬十郡良家子，血作陈陶泽中水"（《悲陈陶》），他把战乱中那些鲜血淋漓的悲惨景象都如实地写出来了，因此他的性格是外向的。可是陶渊明的性格是内向的，陶诗里边从来没有正面描写过这些悲惨可怕的事情。他把那些悲惨的现实情景都投影在自己的内心之中了。他一直是向内反省的，所以他的诗写得这么复杂、这么深刻，写出了这么深厚的人生哲理。陶渊明给桓玄、刘裕做过事情，而这几个人互相之间是争斗杀伐的。当时那真是一种险恶的政治环境，所以他说"风波阻中塗"。刘裕本来是一个很能打仗的将领，他曾经带兵北伐，那时候还是为东晋朝廷出力的。可是后来他的野心就逐渐表现出来了。这一定使陶渊明很失望。

在诗人和词人里边，有的人一点儿反省也没有，像李后主就是，他在感情上毫无节制，滔滔滚滚地就说下去了。而陶渊明是以思想见长的，他对很多事情都有自己的反省，对这次远游他反省说："此行谁使然，似为饥所驱。"这句"谁使然"问得很好：谁叫你把路走错的？这又是一个设问。回答也很妙，他说好像是因为饥饿的逼迫。这"似为"两个字也用得很好。陶渊明的传记上说他出仕是因为"亲老家贫"，这可以说是为了逃避饥饿。可是"似为饥所驱"，口气就有所不同，似乎除了饥饿之外还有其他原因。什么原因呢？他没有说，可是在其他诗里他是有所流露的。他在《荣木》这首诗中说："采采荣木，结根于兹。晨耀其华，夕已丧之。人生若寄，顦顇有时。静言孔念，中心怅而。"还说："先师遗训，余岂云坠。四十无闻，斯不足畏。"孔子说过："四十、五十而无闻焉，斯亦不足畏也已。"（《论语·子罕》）儒家认为人生在世是应该建立一番功业的，不是为自己的声名，而是要为人间做一点儿事情。一个人，有温饱的追求，也可以说是物质的追求；有事功的追求，也可以说是理想的追求。但不管物质的追求也好，理想的追求也好，都是一种向外的追求，即庄子所说的"有待"。那必须依靠某种外在的条件才可以满足。

可是孔子还说过："朝闻道，夕死可矣。"（《论语·里仁》）当你有了"道"这种东西，你就可以"无待于外"而达到一种自我完成的境界。所以陶渊明说："贫富常交战，道胜无戚颜。"（《咏贫士七首》之五）只要你内心有了"道"，就自有一种平安快乐，不会再被外界的饥寒困苦所影响。这正是陶渊明历经了这么多挫折患难最后所达到的境界。过去他对外界有所追求，才走了这么一段纡曲的道路；而现在他有了觉悟，他说："倾身营一饱，少许便有馀。""倾"是倾尽，把你的一切都拿出来了。有的人为了谋求向外的满足，把自己最宝贵的本性都抛弃了。而实际上呢？一个人在生活上真正必需的东西是很少的。陶渊明在《移居》诗里还说过"敝庐何必广，取足蔽床席"；在《归去来兮辞》里还说过"审容膝之易安"。房子只要放得下你的床和坐席就可以了，"偃鼠饮河，不过满腹"（《庄子·逍遥游》），你要那么多干什么呢？一个人，只要把狂妄的追求放下来，是很容易找到一个安身之所的。

所以他最后说："恐此非名计，息驾归闲居。"这个"此"，就是指前边所说"直至东海隅"的那一次"远游"。"名计"是魏晋之间大家常常说的，意思是求名的良策。他说，我以前走的那些路恐怕都走错了，所以，现在我要停下我的车，回到田园去隐居。"驾"，就是车，但也象征着他早年所走过的路，即"在昔曾远游"的路。而那远游，又代表着他早年曾有过的向外的追求。现在他要把向外追求的车停下来，回到田园去隐居了。

（安易、杨爱娣整理）

颜生称为仁

颜生称为仁，荣公言有道。

屡空不获年，长饥至于老。

虽留身后名，一生亦枯槁。

死去何所知，称心固为好。

客养千金躯，临化消其宝。

裸葬何必恶，人当解意表。

今天我们看第十一首《饮酒》诗。

陶渊明这一组诗题目虽然是饮酒，但事实上每一首诗谈的都是他在做人态度和生活道路这些方面的考虑。前边我们已经讲了很多他对人生的看法、他回去种田以后的生活、他对当初走做官道路的反省，那么现在他又考虑到什么了呢？

在这个世界上，我们一般人最关心的，一个就是身体上的、物欲的享受，另一个就是美好的名声，大家都被名和利的大网罩住了。战国时代的思想家韩非子就曾经说过，一般人所追求的就只有名和利。而且他还做了更进一步的分析，他说，有的人是"显为名高""阴为厚利"（《韩非子·说难》）。因为有些人觉得公开地追求钱财太不好意思，他要找一些比较冠冕堂皇的理由，比如说，我这是为了你们大家好啊，是为了国家和社会啊等等，这是"显为名高"；而实际上他是骗了大家，偷偷地为自己牟取厚利。当然，也有人表面上好像是为了利，其实是为了名。总之，这些人为了名和利虽然有种种不同的做法，但归根结底都是为了满足自私的欲望。陶渊明之所以是一个了不起的大诗人，就因为他跟一般诗人不一样，考虑到了很多很多的问题，并对这些问题有自己的反省、自己的思想。在这一首诗里他所反省的，就是名和利这两个问题。

"颜生称为仁，荣公言有道"，他是从历史上两个人物谈起的，一个是颜回，一个是荣启期。要注意，他对这两个人有不同的称呼。因为在古代，一般对上年纪的人称"公"，而对年轻的人称"生"。颜回是孔子的学生，在很年轻的时候就去世了，所以称他"颜生"。

传说孔子的弟子有三千人，其中有七十二个比较好的，称为七十二贤人。而这七十二贤人里边最好的一个就是颜回。颜回字子渊，也称颜渊，是孔子最得意的一个学生。所以你看《论语》里边，凡是孔子说到颜回的时候都是"回也"如何如何，因为老师叫学生就直接叫名字："颜回啊！"而《论语》里边凡是说到颜渊怎样怎样时，那都是他同学的记载，因为同学之间就要客气一些，所以称对方的字或者号。在《论语》里边，孔子赞美颜回的话是很多的。比如有一次孔子跟人谈话谈到哪个学生最好，孔子就说："回也，其心三月不违仁。"（《论语·雍也》）这可真是很难得的一件事情。师父教你们大家念佛，可是你的心心念念在想佛的时候有几分钟呢？平时你的念头常常转到哪里去呢？孔子不是讲念佛，孔子是说，你的心时时不要离开"仁"。什么是仁？这个"仁"字很难讲。在《论语》里，孔子的好几个学生问过孔子什么叫"仁"，孔子对每个学生的回答都不一样。因为，每个学生的个性不同，缺点不同，需要也不同，孔子总是针对每个学生的需要来回答问题，就像佛教的菩萨有三十二种法相一样。不过，如果把"仁"字做一个最简单的概括的话，我认为孔子所说的"仁"是一种完美的人格。

孔子因材施教。比如有一天子路和冉有问他同一个问题："闻斯行诸？"孔子回答冉有："闻斯行之。"意思是，你要是学到了一种好的道理，就应该马上按那道理去做。但孔子回答子路的却是："有父兄在，如之何其闻斯行之？"就是说，你上边还有你的父兄，你不可以什么事都自己做主。这时候还有一个学生公西华在旁边听到了孔子不同的回答，他就问孔子：两个同学问一样的问题，老师的回答为什么不一样？孔子说，冉有的缺点是做事情没有前进的勇气，所以我要鼓励他前进；子路的缺点是太冒失了，所以我要他先回去问问父兄（《论语·先进》）。所以你看，孔子教学生都是针对每一个人的缺点，目的是建立一种完美的人格。你说，我也没有偷，我也没有抢，我也没有打架骂人，我不是已经很好了吗？可是孔子说的还不只是行为。儒家讲究"仰不愧于天，俯不怍于人"，就是说，你的心里边也不能够起错误的念头，要问心无愧。所以，颜回"其心三月不违仁"，内心在那么长的时间里保持完美，连一点点错误的念头都不起，那真是很不容易的。孔子接下来还说："其余则日月至焉而已矣。"（《论语·雍也》）就是说，其他学生每天每月偶尔有一个片刻内心"不违仁"的，就很不错了。当然，儒家是有一种固执的执着，所以要求内心能够"居于仁"；而《金刚经》上说应该"无所住而生其心"，连这个"住"的沾滞都不要了，那是佛家解脱的道理，儒家还没有解脱到那个地步。

至于"荣公"，他已经是我们的"老朋友"了，《饮酒》诗第二首的"九十行带索，饥寒况当年"，说的就是这位荣老先生。我们再简单重复下他的故事。据《列子》记载，荣启期已经九十岁了，还要奔波在道路上，不能住在家里享福。他穷得连腰带都没有，弄根绳子捆在身上，却高高兴兴没有一点儿烦恼。孔子看见了就问他，你又老又穷，为什么还这么快乐呢？荣启期回答说，贫穷是读书人的常态，衰老和死亡是人生必然的结果，这些有什么可忧虑的？这就叫明白"道"。

"道"字也很难讲，许多宗教和哲学都讲"道"，虽然各有不同，但都离不开宇宙自然运行的一种道理。陶渊明《归去来兮辞》的结尾就说："聊乘化以归尽，乐夫天命复奚疑。"大自然的运行是天道，而天下岂有不死之人？任何事情都有盛衰的循环，荣华之中就有衰败的因素，这是《饮酒》诗的第一首中就讲到过的。在那首诗中陶渊明还说："达人解其会，逝将不复疑。"荣老先生他就明白这种道理，所以他虽然又老又穷，却能够生活得很平安很快乐，这是很不容易做到的事情。

颜生和荣公都是懂得"道"的好人，可是他们的下场怎样呢？是"屡空不获年，长饥至于老"。"空"是空乏，引申为贫穷。颜回很贫穷，常常饿肚子，这在《论语》里边也有记载。在《雍也》篇里孔子就曾说："贤哉，回也！一箪食，一瓢饮，在陋巷，人不堪其忧，回也不改其乐。"——其实你们有时间真的可以看一看《论语》，那是很有意思的一本书，它记载了孔子和学生们的生活、对话，很有情趣，也很有味道，有的可以当作故事来看。《论语》记载，孔子赞美颜回，说他住在一个破旧的小巷里，拿一个小竹篮装饭，拿一个瓢来饮水，这如果换成另外一个人肯定会忧愁烦恼，难以忍受，可是颜回总不改变内心的快乐，他可真是一个有品格的人啊！还有一次，孔子评价他的学生时说："回也其庶乎，屡空。"（《论语·先进》）人家问哪一个学生最好，孔子说，要是拿一个最完美的品行标准来衡量的话，只有颜回大概差不多，可惜他生活很贫苦，常常没饭吃。颜回这个人去世得很早，有一本书叫《孔子家语》，说他"年二十九岁而发白，三十一早死"。

《论语·雍也》说，有一次鲁哀公问孔子，"弟子孰为好学"？孔子回答："有颜回者好学，不迁怒，不贰过。不幸短命死矣，今也则亡。""亡"字通"无"。孔子说，自从颜回死了之后，现在的弟子没有一个可以称得起"好学"两个字了。司马迁在《史记·伯夷列传》里说："然回也屡空，糟糠不厌，而卒蚤夭，天之报施善人，其何如哉？"这是因为汉朝那个时代社会上有很多不公平的事，所以司马迁借古人提出这样的疑问。伯夷、叔齐也是好人，却饿死在首阳山上，他们心里是否也有怨恨呢？但孔子说，伯夷、叔齐"求仁而得仁，又何怨"（《论语·述而》）？他们两人所追求的本来就是完美的人格，结果完成了这种人格，这是一种成功，有什么可埋怨的？这是儒家的看法，即如孔子所说的，"朝闻道，夕死可矣"（《论语·里仁》）。不过，一般人是很难达到这种境界的。

所以现在陶渊明又提出这个问题，他说："颜生称为仁，荣公言有道。屡空不获年，长饥至于老。"这么好的颜回，这么好的荣启期，一个因为贫穷很年轻就死了；一个到九十岁了还常常挨饿。陶渊明说他们"虽留身后名，一生亦枯槁"。这就像杜甫在诗中说李白，"千秋万岁名，寂寞身后事"（《梦李白二首》之二）。李白的诗会千秋万代流传下去，得到大家的赞美，可那时候他已经死去很久了。有的人，为了追求一个美好的名声，宁可忍受生前的贫穷困苦。可是要知道，为了身后得到别人的赞美你才那样做，这本身就错了。李白已经死了，颜回已经死了，今天我们在这里赞美他们，与他们本身有什么关系？更何况，一个人在社会上不会每一个人都说你好，也许有人会说你坏。那你就难过痛苦吗？不需要这样！陶渊明说："死去何所知，称心固为好。""称心"，就是按照你自己的心意去做。不管是追求儒家的"仁"也好，还是追求哪一家的"道"也好，你不是为了追求之后得到什么报答，甚至也不是为了死后得到什么赞美。你追求，只是因为你觉得那样做会使内心感到平安快乐。

有的人就说了，好，既然追求名是空的，既然"天之报施善人，其何如哉"，那么我要名干什么？我只要得到利就好了！做官我可以贪赃枉法，做人我可以养尊处优，我要让我的身体得到一切物质利益的享受。但这样就最好了吗？陶渊明说："客养千金躯，临化消其宝。"这个"客"字有不同解释。有的说，"客"就是"某人"，或者"有一个人"。有的说，"客"是"寄居"的意思，我们生活在这个世界上不过几十年寒暑而已，一转眼就过去了，就像一个过路的客人一样。总之，你把你的身体看得很重要，衣食住行都要选择最好的。可是，当你生死大限的那一天来到的时候，你那保养得很好的身体哪里去了？最终不是要腐烂，要化为泥土吗？所以陶渊明最后说："裸葬何必恶，人当解意表。"

"裸葬"，有一个典故。《汉书·杨胡朱梅云传》说，杨王孙得病快要死的时候，留了一个遗嘱给他的儿子说，"吾欲赢葬，以反吾真"。要知道，中国旧时很重视丧葬，一个人死了要有寿衣、寿材，还要殉葬很多东西，有的老年人生前就每年花很多钱准备自己的寿衣、寿材。但杨王孙与众不同，他不要寿衣和寿材，而要光着身体埋在地下让它腐烂。因为人生下来时就是光着身体的，所以死的时候还要恢复这种本来面目，所谓"生不带来，死不带去"。结果，杨王孙的儿子果然就按照他的遗嘱办了，把他的尸体放在一个大布囊里，挖了一个七尺深的墓穴放下去，然后把布囊抽上来，这样就使他赤裸的尸体跟土埃在一起了。这就是"赢葬"。

陶渊明的意思是，像《汉书》上所写的杨王孙那样裸葬也没有什么不好啊，何必一定要像大家那样花很多钱给死人穿衣服呢？可是你们要注意，陶渊明是主张一定要裸葬吗？不是的，他最后说了："人当解意表。"这是陶渊明妙的一点。"意表"，用的是庄子的意思。《庄子·天道》说："语之所贵者意也，意有所随；意之所随者，不可以言传也。"《庄子·外物》说："荃者所以在鱼，得鱼而忘荃；蹄者所以在兔，得兔而忘蹄；言者所以在意，得意而忘言。"就是说，只要你明白我的意思了，你完全可以忘记我用来表达这个意思的话，因为那是不重要的。"裸葬"不过是一种说法，你不要沾滞在这种说法上。比如念佛经，老师告诉你不要执着于佛经上的文字，要"即心即佛"，你自己的心就是佛。那好，你就记住这个"即心即佛"了。可是老师又说了："非心非佛。"你到哪里去掌握？子贡问孔子："子如不言，则小子何述焉？"老师不说，我们传述什么呢？孔子回答："天何言哉？四时行焉，百物生焉，天何言哉？"（《论语·阳货》）所以，不要执着。尤其是对名和利，更不要执着。你所要修的，就是你内心的智慧、平安和快乐，是"称心固为好"。这个"称心"，不是指名誉和物质利益上的满足，而是指从名和利之中解放出来，使你的心得到真正的自由，满足内心的理想和志意，这样就好了。

（安易、杨爱娣整理）

长公曾一仕

> 长公曾一仕，壮节忽失时。
>
> 杜门不复出，终身与世辞。
>
> 仲理归大泽，高风始在兹。
>
> 一往便当已，何为复狐疑？
>
> 去去当奚道，世俗久相欺。
>
> 摆落悠悠谈，请从余所之。

在第十一首《饮酒》诗中，陶渊明提到了两位古人：颜生和荣公。在今天我们要讲的第十二首《饮酒》诗中，他又提到了两位古人：长公和仲理。

汉朝的张释之是一个很有名的人，官做得很高，他的儿子张挚字长公。《史记·张释之冯唐列传》中说，长公"官至大夫，免。以不能取容当世，故终身不仕"。父辈做官的家庭，子弟往往也走仕途，但张挚做官做到大夫就不干了，因为他不能迎合当时的官场。所以说："长公曾一仕，壮节忽失时。""壮节"，是壮烈气慨。"失时"，就是失去从政时机的意思。长公年岁并不大，但是他觉得自己与官场不合，所以就再也不出来做官了。

我常常说，诗歌里边一定要有作者真正的感发在。陶诗里常常说到古人，但几乎每一个古人身上都有他自己的影子，他总是把自己对生命和生活的体验借古人的故事表现出来。在讲"在昔曾远游，直至东海隅"那一首诗的时候我曾说过，陶渊明很可能曾在桓玄、刘裕手下做过官，那时候桓玄和刘裕都还没有反叛。可是他很快就发现这些军阀都有反叛之心，因为这个时代就是一个没有道德标准的、叛逆四起的时代。这就是所谓"失时"——他没有遇到一个可以实现自己理想的好时代。

在这样的乱世，他只能像长公那样不再入仕，"杜门不复出，终身与世辞"。"杜门"出自《史记·商君列传》"公子虔杜门不出已八年矣"。公子虔为太子傅，因为不能教太子守法，受了刑。后来又犯了别的法，所以被商鞅处以劓刑，就是削掉鼻子的肉刑。公子虔觉得很耻辱，因此就把自己关在家里很久都没有出来。不过，这个故事和陶渊明这首诗的意思完全没有关系，"杜门"在这里只是取其关门不出的意思。其实"失时"两个字也有一个出处，它出自宋玉《九辩》的"恨其失时而无当"。宋玉的"失时"是说他没有遇到一个好的君主，长公的"失时"是意指他不能取容于当世，这里边在意思上也是有些细微不同的。所以我们在读诗的时候，也要注意分清楚诗人用典方法的不同。

"仲理归大泽，高风始在兹。"《后汉书·儒林列传》上说："杨伦，字仲理……为郡文学掾……志乖于时……遂去职，不复应州郡命。讲授于大泽中，弟子至千馀人。"杨仲理本来也做过官，但是他的理想和当时那些做官之人不合，于是就辞官不做了，在一片大泽之中教书。"大泽"是什么意思？它指的是和城市相对而言的有大湖泊的荒野。很多人认为仲理的学问很好，愿意跟他学习，所以他的学生有一千多人。朝廷曾三次征召他，皆以直谏不合，后来他就不再出去了。

我们要注意，历史上有记载，陶渊明也曾受到朝廷的征召，但是他也没有出去。所以，他和张长公、杨仲理的生活经历都有相似的地方，而且他们都不肯出卖自己的理想去迎合当世的官场社会。这是一种高尚的作风，给后人做出了一个榜样。有的人认为，人生最大的意义就是满足自己的欲望和享受；但也有的人不是那么想的，他们相信一定有一种比身体的欲望和享受更高尚的东西在那里。这后一种人虽然可能是少数，但历史上毕竟有过这样的人。陶渊明为什么喜欢写古代的人？为什么喜欢写颜回、荣启期、张长公、杨仲理？其原因也就在这里。

人，都有软弱的一面，哪怕像陶渊明这样的强者也不例外。陶渊明辞官回去种田以后，付出了劳苦和饥寒的代价，他曾经说："但恨邻靡二仲，室无莱妇。"（《与子俨等疏》）——他的邻居、他的妻子都不能理解他。他需要理解，需要支持。但支持他的力量在哪里？就是这些古人。他自己就说过："何以慰吾怀，赖古多此贤。"（《咏贫士七首》之二）当他觉得周围是一片黑暗的时候，这些历史上的人物让他看到了光明，给了他坚持下去的力量。

那天，宣化上人引了中国儒家的一句话："舜何人也？予何人也？有为者亦若是。"（《孟子·滕文公上》）中国古代的尧、舜都是圣贤，但他们不是和我们一样，都有两只手、两条腿、一个头吗？难道我们比他少了一只手或者一条腿？为什么他能做到的我们就不能做到呢？一个有理想、有追求的人，应该做得和他们一样！

说到这里，我还要补充一点，开头这几句，"长公曾一仕，壮节忽失时。杜门不复出，终身与世辞"说的是长公的事情，完全是叙述，并没有判断。下边一句"仲理归大泽"说的是仲理的事情，也是叙述。而"高风始在兹"，则是一个判断。这个判断虽然是接在仲理的下面，其实也包括了长公。这是诗文中常用的一种结构方法，我们不要以为这个"高风"只包括仲理。

下边他说："一往便当已，何为复狐疑？""往"，是离开。既然你已经离开了这官场的生活，既然你已经决定归隐，为什么现在你又有所犹豫？当你经受了种田的劳苦和饥寒时，你有没有怀疑你当初的决定是否正确呢？所以你们看，陶渊明写这二十首《饮酒》诗的时候，他已经辞官回去种田了，他也已经经历了种田生活的劳苦和饥寒。现在有人来请他出去，答应给他官位利禄，给他舒适的生活，还给他带来了酒。所以，就引起了他内心的徘徊往复，引起他对这么多人生问题的思考，以致苏东坡说他："正饮酒中，不知何缘记得此许多事？"（《书渊明饮酒诗后》）

然后他说："去去当奚道，世俗久相欺。"就是说，你已经决定离开这个腐败的官场世界，那还有什么可说的？但什么是"世俗久相欺"？在讲陶渊明的生平时我曾说过，陶渊明年轻时做过州祭酒，没做几天就辞职回去了。后来又做过镇军参军和建威参军，还做过八十多天彭泽县令，最后还是决定辞职回去。他屡次尝试，但是终于不能接受外边那个世界。我还说过，陶渊明给刘裕做过事，刘裕本来是东晋将领，为朝廷平定过叛乱，可是后来他杀死了东晋两个皇帝，篡夺了东晋的政权；陶渊明早先还给桓玄做过事，桓玄本来也是东晋的将领，可是后来也成了一个野心家，也兴兵造反要做皇帝。陶渊明屡次尝试通过做官实现自己的政治理想，可是每次尝试的结果都有一种被欺骗的感觉。所以他说"去去当奚道，世俗久相欺"，我再也不尝试了，再也不上你们的当了，谁再叫我出来我也不出来了。

最后他说："摆落悠悠谈，请从余所之。""摆"，有拨开、排除的意思。"悠悠"有两个意思，一个是远的，一个是不相干的。很多人不能坚持自己的理想、操守，不是他们不愿意坚持，而是由于人性的软弱。有些事你明明知道是错的，可是大家都那样做，你怕大家笑你，就也跟着那样做了。这就是一般人的软弱。一般人，做了好事总想向别人表白；别人对你有了误会总想反复解释。其实，只要你觉得应该做你就去做好了，何必在乎别人那些不相干的"悠悠谈"呢？

陶渊明做了归隐躬耕的决定，以致他的妻子儿女都得跟他受苦，这使我想起了南宋词人朱敦儒。朱敦儒晚节不终，附和秦桧，不是他自己愿意那样做，而是由于秦桧跟他的儿子交往，以他的儿子来要挟他。朱敦儒少年的时候"诗万首，酒千觞，几曾着眼看侯王"（朱敦儒《鹧鸪天》），多么清高潇洒！为什么老年的时候秦桧请他，他就出来了呢？那是因为他顾念自己的家人子女，是一种人人都有的"父母之心"。人可以不替自己想，难道也可以不替自己的家人子女着想吗？如果我们能够理解朱敦儒晚年的不得已，那我们就会知道陶渊明现在的决定是一件多么不容易的事情。

陶渊明在一封给儿子们的信里说，由于自己选择了种田，所以"使汝等幼而饥寒"，还说，"汝辈稚小家贫，每役柴水之劳，何时可免？念之在心，若何可言"（《与子俨等疏》）。千百年之下，我们觉得陶渊明很超脱很潇洒，可是很多人并不知道他付出了什么样的代价！他所承受的不仅是自己的劳苦饥寒，还有他全家人的劳苦饥寒，而且他的妻子儿女都不能理解他！这正是陶渊明和朱敦儒在性格上不同的地方。

所以他要"摆落悠悠谈"——不管有多少人批评我说不对，我把那些话都甩在一边不加考虑。而"请从余所之"，是在极平和的态度中表现出极坚强的口吻。陶诗中常常有这样的口吻，如我们前边讲过的"且共欢此饮，吾驾不可回"——我们在一起喝一杯酒吧，但让我跟着你走那是不可能的！陶渊明从来不跟别人厉声厉色大喊大叫，可是他说：我要走我自己选择的道路，你们要说什么尽管去说吧。你看，多么平和，又多么坚定！

所以，陶诗读得越多，我们对他的人格、品性、修养的了解也就越深。因为每一首诗都是他人品、修养的自然流露。

（安易、杨爱娣整理）

有客常同止

有客常同止，趣舍邈异境。

一士长独醉，一夫终年醒。

醒醉还相笑，发言各不领。

规规一何愚，兀傲差若颖。

寄言酣中客，日没烛当秉。

中国的读书人很神奇：当他们孤独寂寞的时候，往往到古人中寻找精神上的朋友，并且从他们那里得到鼓励和支持。在上次讲的第十二首《饮酒》诗中，陶渊明举出了长公和仲理两位古人做他精神上的支持者。而宋朝的诗人陆游，也曾把陶渊明作为他自己精神上的支持者。有一天他家里过了中午还没煮午饭，家里人以为他一定饿坏了，可是他自己说，他"不知弄笔东窗下，正和渊明《乞食》诗"（《贫甚戏作绝句八首》之八）。陶渊明坚持走与世俗不同的道路，因而过着劳苦饥寒的生活，晚年曾写过《乞食》诗。他并不以乞食为耻，因为"先师有遗训，忧道不忧贫"（《癸卯岁始春怀古田舍二首》之二），尽管他做出这种选择的时候也曾有过许多矛盾、许多思考，但当他选定之后就坚定地在这条道路上走下去，是"摆落悠悠谈，请从余所之"。这是我们上一次讲的第十二首，这一次我们讲第十三首，也是很有意思的一首诗。

在陶渊明的时代还没有那么多文学理论，但陶诗所表现出的方法、技巧是多方面的。"有客常同止"，就是有一个人常常和他在一起。真的有那么一个人吗？陶诗里常常有他和别人的问答之词，比如"问君何能尔？心远地自偏"。我说过，那都是他的设问，并非有人真的向他提出这个问题。所以现在这个"客"，你也不必花时间去考证他是谁。这首诗其实就是表现陶渊明自己在精神上的矛盾，他把他自己分裂成为两个人。

陶渊明还有另外的一组诗叫《形影神》，写的是他自己对人生的思考，但是他假设了三个人来说话。"形"是站在肉体的立场上来说话，他说，人生很短暂，人人都要死亡，在这样短暂的时间之中你应该把你生命的意义与价值放在什么地方？那就是要趁你还活着的时候及时行乐——"愿君取吾言，得酒莫苟辞"。那么"影"呢？"影"不同意"形"的说法，他说，人这一生要"立善有遗爱，胡可不自竭"。"遗爱"，就是留给后世一些惠爱。我们常说"前人种树后人乘凉"，你做了好事虽然自己不能享受，但能给后世的人留下一些好处，那你就应该尽力去做。"影"还说，酒虽然能够消解忧愁，但比起"立善"来，岂不是差多了吗？因为，喝酒说不定还会把自己的身体搞坏，喝醉了说不定还会做许多坏事；而且，喝了酒转眼之间就醒了，"立善"却可以把功德传到后世，喝酒怎么能比得了立善呢？最后"神"就说话了，他认为"形"和"影"的话都不对。他说："日醉或能忘，将非促龄具？"喝酒虽能忘忧，但它也正是能够缩短你寿命的一种东西。"立善常所欣，谁当为汝誉？"立善虽然也不错，可是你要谁来赞美你呢？《饮酒》诗也说了，"虽留身后名，一生亦枯槁"！你虽然留下"遗爱"，可是千百年之后你早已化成灰土了，人们的赞扬与你有什么相干呢？所以，这饮酒和立善都是不可靠的。那么人生应该怎么做呢？他说，你要"纵浪大化中，不喜亦不惧。应尽便须尽，无复独多虑"。整个宇宙就像滔滔滚滚的江水，你就放浪自己，投入这江水中随着它运行就可以了，不必为那些虚幻的事情欣喜，也不必为生命的短暂恐惧，该生的时候就生，该死的时候就死，何必有那么多人生的忧虑呢？这个意思也就是《饮酒》诗中所说的"称心固为好"之意。你不愿意和贪赃枉法的官僚社会同流合污，你不愿意为五斗米的俸禄出卖自己的人格，那你就按自己的理想去生活好了，虽然饥寒劳苦，但你做了你自己所愿意的事，这就是有意义、有价值的。

形、影、神好像是三个人辩论，但其实都是陶渊明自己心里要说的话；"有客常同止"也是一样。他说，有个"客"总是和我在一起，我走到哪里，他也走到哪里，但奇怪的是我们"趣舍邈异境"。"趣"，是趋赴，有的本子作"取"。"舍"，是舍弃。他说，我们取舍的眼光完全不一样，好像是处在两个世界上的人。怎么个不一样呢？是"一士长独醉，一夫终年醒"，一个人喜欢喝酒，总在醉中；另一个人却永远是清醒的。这"一士"和"一夫"，只是为了避免重复，并没有什么意思上的不同。他说，总在一起的这两个人"醒醉还相笑，发言各不领"：醒的和醉的总是互相讥笑，认为对方是错的；而且，他们每一个人说出话来，对方都不能够很透彻地领会、了解。那么现在，从陶渊明的眼光来看，对这两方如何评价呢？

他认为："规规一何愚，兀傲差若颖。""规规"，我们书本的注解上说是出于《庄子·秋水》。那上边说，有一只"埳井之蛙"向海洋里的大鳖吹牛说：你看我多么得意啊！我可以跳上跳下，比井里那些蝌蚪的本领大得多，你何不到我的井里来看看呢？大鳖一伸脚，根本就进不去那么浅的井，于是它就给蛙讲述海洋是什么样子：海洋又大又深，从来不会干涸，千百条江河的水流进去，它都能够接受，那是埳井之蛙从来都没有梦见过的另外一个世界。蛙听了鳖的话，就"适适然惊，规规然自失也"。"适适"是惊怖的样子，"规规"是自失的样子。就是说，你自己划出一块地方来限制你自己，可是当你忽然间感觉到它的狭小的时候，你就觉得自己的价值和地位在一刹那间都丢掉了，这就是自失。

可是我说过，陶渊明虽然常用古书上的词语，却不一定都用它原来的意思。我以为，陶渊明在这里就只是说，那个醒者做事精打细算，一天到晚盘算自己的利害得失，自以为很聪明，其实是愚蠢的。那么那个醉者呢？是"兀傲差若颖"。"兀"是高耸貌，也是无知貌。"傲"本来是骄傲，但我们要注意，陶渊明从来没有自命清高、对人骄傲的意思，在陶诗里，这个"傲"字往往表示自得的快乐。道家讲"有待"和"无待"，"有待"就是你要等外界来满足你，你的一切都是向外追求的；"无待"是说你不需要那些外界的东西来填补你的空虚。为什么孔子说"朝闻道，夕死"都可以？因为那时你就有一种内心的平安和自得的快乐了。这也是中国的儒家所一贯追求的思想境界。所谓"足乎己而无待于外"，就是"自得"，也就是陶渊明所说的"傲"。"兀傲差若颖"，陶渊明认为那个一无所知而又十分自得的人，反倒好像是比较聪明。

陶诗的注本很多，在这两句诗的后边，有丁福保注解的一段话也可以做我们的参考。他引了《后汉书·苏竟杨厚列传》里的一段话："世之俗儒末学，醒醉不分，而稽论当世，疑误视听。"所谓"俗儒末学"，就是那些把书没有念通的读书人。他们对是非黑白都不能分辨，却自以为有学问，喜欢考证和发议论，用那些错误的言论影响大众。丁福保说，陶渊明这首诗的用意就跟《后汉书》里这段话的意思差不多，他说是"醉者非醉，醒者非醒。以取为醒，是醉非醒；以舍为醉，是醒非醉。即醒即醉，即醉即醒。所以相笑而不领也"。——这有点儿像佛经上的话了。陶渊明说那两个人是"趣舍邈异境"，他们所取的和所舍的是什么？是世俗的名利禄位。那些追求名利禄位的人以为自己是清醒的，其实他们真是糊涂；而像陶渊明那种舍弃名利禄位的人才是真正的明白人。陶渊明的"醒"和"醉"只是指喝酒吗？显然不是。在他的《形影神三首》中，主张"得酒莫苟辞"的只是形，而形的追求是最低的。所以说，他只是用了一个比喻，接下来的两句也同样是比喻。

接下来两句说："寄言酣中客，日没烛当秉。""寄言"，是为我传达一句话；"酣中客"，就是指那个畅饮的人。《古诗十九首》中有这样两句话："昼短苦夜长，何不秉烛游？"说的是那些追求享乐的人，他们觉得白天的享乐还不够，晚上还要点起蜡烛继续享乐。那当然是及时行乐的意思。但《古诗十九首》与陶诗不同，陶诗是对人生痛苦的反省、觉悟；而《古诗十九首》所写的只是人生痛苦的感情。人生如此短暂，在如此短暂无常的人生中又有这么多不如意和生离死别的痛苦悲哀，所以他说人生是痛苦的，本来是没有什么希望的，我们还是及时行乐吧！陶渊明则不同，陶渊明这两句是表现他对诗里那个"醉者"的赞美和同情。而我已经说过，这"醉者"并不是真的指喝醉的醉者。他是用"醒者"和"醉者"来形容世界上的两种人：一种人斤斤计较得失利害，貌似清醒实则愚蠢；另一种人兀傲自得因而内心有见道的快乐。陶渊明赞美后者，希望心中能够永远有这种见道的、自得的平安与快乐。

陶诗的表现艺术是多方面的。在《形影神》的三首诗中，他把自己内心之中三种矛盾的思想感情假托三个人的问答表现出来。在这一首诗中，他又假托醉者和醒者两个人的对比来表现内心的矛盾，就好像是把自己分成两个"我"，然后从旁来观察自我。这在中国文学里是颇可注意的一种表现手法。

（安易、杨爱娣整理）

故人赏我趣

> 故人赏我趣，挈壶相与至。
>
> 班荆坐松下，数斟已复醉。
>
> 父老杂乱言，觞酌失行次。
>
> 不觉知有我，安知物为贵。
>
> 悠悠迷所留，酒中有深味！

有一位朋友问我，"醒醉还相笑，发言各不领"，能不能理解为醒者和醉者两个人的话作者都听不明白。我认为，不能这样理解。因为在这里"醒者"是比喻世俗一般人的看法，他们喜欢计较得失利害，算计如何升官发财，以为这是很清醒、很明智的做法。"醉者"代表那种纯真的、按照自己的性情理想去生活的人。陶渊明有一句诗说得好，他说"任真无所先"（《连雨独饮》）。这个"任"是任凭的意思。他要任凭自己纯真的天性去走自己的生活道路，而这正是那些斤斤计较利害得失的人所不能理解的。由于这两种人对人生的看法不同，所走的道路不同，所以他们说出话来互相之间也不理解。我说过，这是一种比喻，陶渊明是在表现自己内心之中矛盾的思想感情。

现在我们看第十四首诗。

已经看了这么多首《饮酒》诗，其实都是在说人生问题而不是说饮酒，有的整首诗根本就没有提到酒。如果说这二十首诗里真正讲饮酒的，那实在就是这一首了。陶诗里提到饮酒有不同的情况：一种是独饮，如"秋菊有佳色"那一首中的"汎此忘忧物，远我遗世情。一觞虽独进，杯尽壶自倾"；一种是和不相知者同饮，如"清晨闻叩门"那一首中的"深感父老言，禀气寡所谐。纡辔诚可学，违己讵非迷！且共欢此饮，吾驾不可回"；还有一种情况就是和互相知赏的朋友同饮，现在我们要讲的这一首就属于这一种。

在"秋菊有佳色"那一首里，陶渊明写他白天在田里干了一天活之后，"日入群动息，归鸟趋林鸣"，到黄昏鸟都归巢了，他也回到自己的家里。在他的东篱之下，菊花开得非常美丽，他就摘了菊花的花瓣泡在酒中喝上一杯酒。他说，每当这个时候，我就有一种非常平安的、远离尘世的感觉。这是陶渊明独饮时的感受。那么，什么叫"不相知者"？就是没有共同语言的那种人。没有共同语言也可以在一起喝酒吗？这话很难说，他讲的其实是一种做人的态度。儒家的"四书"之中有一本书叫《中庸》，《中庸》里边说："故君子和而不流，强哉矫。"有的人做人像一只刺猬一样，觉得自己很好看，别人都有那么多缺点，谁碰到他，他就用针去刺人家一下子。儒家认为这是不好的，一个人应该平和地与人相处。但既然要平和地与人相处，有的人就随波逐流了，别人做坏事，他也跟着做坏事。儒家认为这也不好。《中庸》提倡"和而不流"，就是说，待人处事要平和宽容，但绝不随波逐流。所以你看，陶渊明对劝他出仕的那个人并没有像嵇康对待山涛那样狠狠地骂人家一顿，而是与他"且共欢此饮"，但是"吾驾不可回"。回答得多么坚决！

孔子曾说："鸟兽不可与同群也，吾非斯人之徒与而谁与？"（《论语·微子》）我作为一个人生活在世间，鸟兽不可能成为我的同类伴侣，那么如果我不和人群在一起，我还能够和谁在一起呢？人总是要生活在人群之中的，于是就有一个和人相处的问题。有的人没走邪路是因为没有交坏朋友，那当然很好；可是真正的强者纵然有坏朋友，仍不会走邪路而坚持自己的路，这就是"和而不流"。更何况，常常像刺猬一样用针刺人，对人对己都没有好处，如果你能够平和地与人相处而又坚持走自己的路，说不定别人会受你的感染而改邪归正，也来走你的这一条路呢。所以，这就是儒家所主张的做人的态度。

今天我们看的这一首讲的是第三种情形，是陶渊明真的见到与他互相知赏的那些朋友了。"故人赏我趣，挈壶相与至"，他说我的一些很欣赏我的老朋友提着酒壶结伴来看我了。"趣"是什么意思？那是属于你感觉中的一种味道。因为有时你可以感觉到，你跟这个人在一起与跟那个人在一起的味道是不同的。陶渊明做出种田归隐的选择，有很多人不能理解，但也有一些老朋友欣赏他这种做人的态度，或者说是一种做人的风味，所以他们结伴来看望他了。

他们来了之后，就"班荆坐松下，数斟已复醉"。"班荆"这个词出于《左传·襄公二十六年》"班荆相与食，而言复故"。说的是几个老朋友在道路上遇见了，他们就找了一些木枝铺在地下，坐在上面吃东西，聊天。这正是写一份故人的情趣。你要请一个新朋友来作客，总要把房间打扫得干净整齐，不能让他一进门就看到你房间里乱七八糟的。可是你的老朋友早就认识你了，他对你从里到外都知道得清清楚楚，你对他没什么可隐藏的，也用不着准备什么宴席，不管是饮酒也好，喝茶也好，大家所追求的是彼此知赏的一份情趣。陶渊明院子里不是有一棵松树吗？就是他"提壶挂寒柯，远望时复为"的那一棵。当老朋友到来的时候，他们把松树下边的木枝铺平，就在那里坐下来饮酒。

"数斟"，不一定是数杯。一杯酒，你喝了一点儿，再给你添上一点儿，就这样斟了几次，大家就都有些醉意了。北方人常常说，朋友们经常在一起喝酒，感情就会越来越深厚。这说法也不是完全没道理。因为一个人喝酒的时候，就把那种计算利害得失的心思暂且放一边了；而且俗话说"酒后吐真言"，平时你头脑保持警戒，内心有许多话不敢说或不好意思说，可是当喝醉酒的时候就把最真诚的话都说出来了。当然，这个"已复醉"不是醉得人事不知的时候，而是说在微醉之后。这个时候，大家就能更真诚、坦率地彼此相对，就像他接下来所说的，"父老杂乱言"。"父老"，是对老年人比较尊敬的称呼。陶渊明的这些朋友都是有些年岁的了，对人生的艰难困苦都是经历体验过的。像陶渊明，就曾经历了几次出仕、几次退隐，经历了许多的挫折失意。这个"杂乱言"不是美丽的辞藻，但是写得很好，给人一种非常真率的感觉。孔子曾教导他的学生"非礼勿视，非礼勿听，非礼勿言，非礼勿动"（《论语·颜渊》），因为年轻人往往缺少一种把持、掌握的能力，看了那些不正当的事情容易动摇、改变自己，所以孔子主张年轻人对不合乎礼的事情不看、不听、不说，也不做。可是这并不是人生的最高境界。孔子还说过："三十而立，四十而不惑，五十而知天命，六十而耳顺，七十而从心所欲，不逾矩。"（《论语·为政》）他说，当我七十岁的时候，我可以心里想做什么就做什么，想说什么就说什么，而我说出来的话、做出来的事，自然不会不合规矩。这才是人生完美的最高境界，孔子是在七十岁才做到的。而有的人，则是"群居终日，言不及义"（《论语·卫灵公》），一群人混在一起，从早到晚说的话没有一句是正当的，别人都不敢说的我敢说，说得越低级下流越得意。那不是成熟，而是一种堕落。

　　所以，天下不同的人有不同的境界，有不同的规矩。"父老杂乱言"既不是头脑保持清醒时那种拘谨、计较的话，也不是"群居终日，言不及义"那种不正经的话，而是朋友之间吐露心声的话。《饮酒》诗最后一首的最后两句是"但恨多谬误，君当恕醉人"——我很抱歉我说了许多错话，但是你们应该宽恕我，因为我喝醉了。陶渊明为什么这样说？因为他在这二十首诗里边所讨论的，是在改朝换代的时候有人请他出去做官这样一个仕隐取舍的问题。这是很严重的事，说错了话就有杀身之祸。因此大家平时有许多话是不敢说的。而在老朋友聚会喝过几杯酒之后，大家都放松了，说话也不再有什么顾忌，这时候就"父老杂乱言，觞酌失行次"：谁的酒喝光了谁就倒酒，你给我倒，我给他倒，或自己给自已倒，不再像开始斟酒时那样按照一定的次序；心里藏着的话，这时候也就都说出来了。

要知道，魏晋之间和晋宋之间都是中国历史上政治斗争最激烈的时期。是拥护新朝还是拥护旧朝，有名望的读书人和朝廷中的士大夫往往被迫要选择一个立场。很多文人都因此而不得善终。比如魏晋之间的诗人嵇康就是被杀的，因为他说了得罪新朝的话，"又每非汤、武而薄周、孔"（《与山巨源绝交书》）。另一个诗人阮籍也很有名，司马昭想拉拢他，便想与他联姻结成儿女亲家。阮籍不愿意背弃曹魏，又不敢直接拒绝，就每天喝酒，据说一直醉了六十天不醒，司马昭对他没有办法，只好作罢。所以，魏晋和晋宋之间有那么多人酗酒，就是由于有这种不得已的政治背景。这是我们应该了解的。

了解了政治背景我们就能体会到，"班荆坐松下，数斟已复醉。父老杂乱言，觞酌失行次"那种人与人之间的友谊和情趣是多么难得与可贵，他说那时候是"不觉知有我，安知物为贵"。我们人之所以有许多烦恼，就是因为这个"我"字当头。你把"我"看得很重，心里就有许多人我利害的计较，就把外物也分出许多贵贱来。可是《庄子·秋水》说："以道观之，物无贵贱。"如果你把"我"字放下，以"道"的眼光来看外物，你就会觉得那些外物本没有贵贱得失。你把你自己的"我"都忘了，怎么还会计较那些外物得失呢？

之后他说："悠悠迷所留，酒中有深味！""留"字，有另外一个版本作"之"。其实我觉得"悠悠迷所留"更好一些，但我现在要先把"悠悠迷所之"说一说。"之"是往的意思，就是到一个什么地方去。"悠悠"有很多不同的解释。上次我讲"摆落悠悠谈，请从余所之"的时候说过，"悠悠"有两个意思，一个是远的，一个是不相干的。就是说，你真正得道还是没有得道，内心有没有平安，只有你自己知道，别人讲你什么话都是不相干的，你不要去管他。可是"悠"还有悠忽的意思，那是一种沉醉迷蒙的样子。"悠悠迷所之"，就是说，当你喝醉酒的时候，你把你自己要到什么地方去都忘了。这样写，只是形容喝醉了酒的样子。那么"悠悠迷所留"呢？"所留"就是所止，所止的是什么地方？是那饮酒的沉醉之中。在那沉醉的世界中，一切物我的计较、利害的烦恼都变得很远很远，所以这饮酒真是很有滋味的一件事情。

"酒中有深味"这句话真的很难讲清楚。因为你一定要能够像陶渊明那样从饮酒中领略到这么多人生的体验，你才有资格说这句话，大街上那些糊涂的醉鬼是没有资格说这句话的。陶渊明这二十首《饮酒》诗一路写下来，讲的是一种内心的境界。他所说的"酒中有深味"的那个滋味，是他内心对人生反省之后的一种感受。不过在这二十首诗里边比较而言，这首诗还是真正写到了饮酒。而且陶渊明认为，饮酒的最高境界就是达到一种"不觉知有我，安知物为贵"的状态，那是把人世间一切得失利害都能够放下来的一种境界。

（安易、杨爱娣整理）

贫居乏人工

贫居乏人工，灌木荒余宅。

班班有翔鸟，寂寂无行迹。

宇宙一何悠，人生少至百。

岁月相催逼，鬓边早已白。

若不委穷达，素抱深可惜。

今天要讲的第十五首《饮酒》诗，在陶诗里边是结构比较复杂的一首。

这首诗我念起来不大好听，因为它押的是入声韵，我是在北京出生的，不太会念入声字。比如"宅"字，我把它读成zhè，这是尽量把入声字读成仄声。如果我读成汉语普通话的zhái，那就更不对了。

头两句"贫居乏人工，灌木荒余宅"，这是从实在的景物写起的。陶渊明家里很穷，没钱雇人来为他工作，结果他家就长了许多灌木。他用了一个"荒",本来是形容词,现在却用作动词。他说,这灌木使他家房子变得很荒芜。要知道,鸟类最喜欢草木茂盛的地方,因为在那些地方可以找到草籽、小虫等食物。

因此他家门前是"班班有翔鸟,寂寂无行迹"。你看这"翔鸟"和前边的"灌木",都是很平常的词,但陶渊明读过很多书,他用的语汇常常是有出处的,这几句出于《诗经·周南·葛覃》:"黄鸟于飞,集于灌木。""班班"也有出处,《后汉书·文苑列传》有"不敢班班显言",注解说是"明貌",就是显著、分明的样子。"寂寂无行迹"是说没有人来往的行迹。

陶渊明还写过这样两句诗:"穷巷隔深辙,颇回故人车。"(《读山海经》)他把话说得很含蓄很婉转,不说故人都不理他了,而说是因为自己住的巷子太窄,他们的车马进不来,所以只好转回去了。事实是,陶渊明的亲戚朋友大多都是读书做官的人,现在他选择了种田,离开了他原来所属的那个社会阶层,不但亲戚朋友不来看他,连他妻子家人都不能谅解他。因此,在他门前来往的,只有那些飞来飞去的鸟。

为什么是"班班"?"班班"是分明的样子,在车水马龙的大街上,你能如此分明地看到一只鸟吗?那些鸟早就被大街上嘈杂的声音吓跑了。只有在荒凉的草木丛中,你才能从容地观察一只鸟。对于一个诗人来说,往往是"情动于中而形于言",诗歌中的每一个字都传达出诗人的感受。陶渊明为什么说他看那些鸟看得那么分明?第一是因为他的门前很荒凉,只有飞来飞去的鸟;第二是因为他的心里很寂寞,没有人来看望他,也没有人从他门前走过。这"班班有翔鸟"，其实是要为下一句"寂寂无行迹"做一个相反的陪衬。

作诗不能靠死板的方法，只知起承转合那些死板的模式，永远作不出好诗来。陶诗在章法上有很多变化，宋朝的陈师道曾赞美他："渊明不为诗，写其胸中之妙耳。"（《后山诗话》）陶渊明虽然给后世留下许多好诗，但他不是像一般诗人那样找个好题目为了作诗，或者作诗为了出名。他只是写他内心之中微妙的感情和思想的变化。这些思想感情怎样活动，他就把它们怎样写下来了，他能够把那种"情动于中"的感情表达得恰到好处。感情的变化是丰富的，所以陶诗章法的变化也是丰富的。比如"栖栖失群鸟"的那一首，全诗都是写一只鸟，从它寻找一个栖身之处，到它找到了一棵孤生松，到"托身已得所，千载不相违"，完全是一种单线的、有顺序的发展，那一步步承接的内容，读者是可以想象得到的。但现在这一首就不同了。前四句很简单，似乎就是写眼前景物，但他忽然跳起来接上下边两句："宇宙一何悠，人生少至百。"接得真的好！

陶渊明的《饮酒》诗，题目虽然是饮酒，但他所写到的都是人生中的重要问题。像人生究竟应该掌握什么，像生活的意义、价值、理想都是什么等等，他都考虑到了。而在《饮酒》诗的第一首中他就曾提出来，"寒暑有代谢，人道每如兹"。"代"是轮流更换，"谢"是消失。《千字文》上说："寒来暑往，秋收冬藏。"春夏秋冬的四季就这样一个挨着一个过去了，季节如此，人生也是如此。每一个人都会过去，每一个时代也都会过去。陶渊明还写过五首《归园田居》，其中一首的结尾说："人生似幻化，终当归空无。"人生在世上就像佛经所说的"如梦幻泡影"，转眼就消失了，就什么都没有了。从这里我们可以看到，陶渊明对人生的认识有一个很基本的观念，就是他认识到了人生的短暂和空无。在《饮酒》诗的"颜生称为仁"那一首里他还说："客养千金躯，临化消其宝。"你把你自己看得那么重要，吃好的，穿好的，住好的，用千金来保养你的肉体，可是你的肉体能够永远存在吗？总有一天你要幻化归于空无。这道理似乎很简单，但真正认识它是需要智慧的，所谓"达人解其会，逝将不复疑"。我们说"智慧"，它与一般人常说的"聪明"是不同的。比别人想得快、计算得精明，那是聪明；而对人生看得透彻，有一种超出人生的觉悟，那才是智慧。陶渊明能够把握自己的一生，没有迷失在世俗的名誉利禄之中，那才是智慧。一个人先要认识到人生的短暂、空无，然后才能够超出这些物质欲望的贪求和竞争。陶渊明本来有机会做官，而做了官至少可以不愁吃，不愁穿。他为什么不肯做官呢？连他妻子都不明白他为什么。因为不做官，所以他饥寒困苦，所以他"贫居乏人工，灌木荒余宅。班班有翔鸟，寂寂无行迹"。他为什么宁可忍受这样的困苦？正因为他有"人生似幻化，终当归空无"的认识。因此，用"宇宙一何悠，人生少至百"来承接上面四句，看起来很突然，似乎不连贯，其实在他心里的思想感情中是连贯的。他今天能够安于这贫穷劳苦的生活，这与他对人生短暂空无的认识有很密切的关系。

宇宙是长久的、绵延无尽的，而人生则是短暂无常的。我们常说"人生不过百年而已"，可是有几个人真的活到一百岁？《列子·杨朱》说："百年，寿之大齐，得百年者千无一焉。"什么是"岁月相催逼"？像我们现在，一年过去了，又一年来到了；一月马上就要过去了，新的一月就要来到了。这一年一年、一月一月的时间就催你老去，使你的"鬓边早已白"。

底下他说："若不委穷达，素抱深可惜。"儒家常常提到"穷达"两个字，字面来看是指贫富贵贱的想法。《孟子》当中说："穷则独善其身，达则兼善天下。"（《孟子·尽心上》）这个"穷"，还不是从贫富的角度来说的。儒家读书人的理想是"修齐治平"，即修身、齐家、治国、平天下。他们最高的希望不是做帝王，而是做帝王之师。他们要引导帝王成为尧、舜一样的圣贤之君，从而使老百姓都能得到太平安乐的生活。这种理想有希望实现当然是"达"，而这种理想没有希望实现那便是"穷"。

"素抱"，就是你一向存在心中的品格性情。这两句表面的意思是说，倘若我不能把穷达观念这种利害得失的计较抛弃，倘若我常常为自己的穷达而忧虑，那么我就得违背自己内心的品格性情，这是很可惜的事情。可是你要知道，如果你没有拿起来，怎么提得到放下呢？佛家常常说，才说无便是有。你说我不害怕，那是你心里感到害怕才说不怕；你说你要放下来，那是因为你还没有放下来。所以前人曾说陶渊明是"欲有为而不能者也"（《朱子语类·论文下》）。就是说，陶渊明本来是想有所作为的，但在晋宋之交那种黑暗、腐败的社会环境下，他忍受不了那种争权夺利的官场生活，所以他才放弃他的政治理想回去种田了。作为一个怀抱儒家理想的读书人，他没有做到"达则兼善天下"，可是他做到了"穷则独善其身"。

（安易、杨爱娣整理）

少年罕人事

> 少年罕人事，游好在六经。
> 行行向不惑，淹留遂无成。
> 竟抱固穷节，饥寒饱所更。
> 敝庐交悲风，荒草没前庭。
> 披褐守长夜，晨鸡不肯鸣。
> 孟公不在兹，终以翳吾情。

在这一首诗里，陶渊明谈到了他以前的理想和愿望。

前边一首不是说"若不委穷达，素抱深可惜"吗？可见他从前是有过"穷达"观念的，所以他现在就追想自己的少年时代。"少年罕人事，游好在六经"是说，当我年轻的时候，没有经历过人间社会那些复杂的事情，也很少有世俗的交往，那时每天读圣贤的书，学的都是孔孟的道理，以为做人就是应该如此的，从没想到人间社会的政治斗争是这么黑暗和龌龊。"游好"两个字说得很好。

很多人读书是被逼迫的，有的人是被家长逼迫，有的人是被老师逼迫，有的人是为了将来的出路自己逼迫自己用功去读书。而陶渊明他是真的爱好，从小时候就觉得读"六经"是一件快乐的事情。所谓"六经"，就是《诗》《书》《易》《礼》《乐》《春秋》。其中《乐经》没有文字传下来，所以有时候也称为"五经"。关于没有《乐经》的原因有各种说法：有人认为它在秦始皇焚书坑儒的时候亡失了；也有人认为它主要是音乐演奏，依附《诗》和《礼》而存在，所以从来就没有独立的文字。总之，"六经"是儒家的经典，是每个读书人年轻时都读过的。明朝有一个人写过一首诗叫《读书乐》，说他每天读书所接触的都是孔孟这些古代圣贤的教导，都是人世间最美好、最完整、最高远的理想，所以读书是最快乐的事情。陶渊明少年时也是如此，儒家的经典使他对人世怀有一种美好、高远的愿望和追求。

可是，"行行向不惑，淹留遂无成"，光阴一天一天地过去，年龄一天一天地老大，忽然有一天我发现自己已经接近不惑之年了。陶渊明常用古典，四书、五经、诸子他几乎都用过，但如果我们给他统计一下，他用得最多的其实还是孔子的话。孔子说："吾十有五而志于学，三十而立，四十而不惑，五十而知天命。"（《论语·为政》）这是孔子讲他自己为学和做人的经验，他十五岁立志求学，三十岁建立了精神品格上的操守。这个"三十而立"的"立"，不只是身体和物质上的站立，更重要的是精神品格的站立。有的人总是被别人左右，别人说几句话他就动摇了，改变了，这是精神上不能站立。还有的人一直不知道自己应该追求什么，听一听这个也不错，听一听那个也动心。而孔子到四十岁的时候，就有了自己的人生理想和追求，不再为这些问题而困惑了。至于"五十而知天命"，说的是一种很深刻的人生经验：一个人不能不承认，天下的事情确实有一些是你自己不能掌握的；对于你能掌握的事情一定要掌握，对于你不能掌握的事情你就应该乐天知命。从这里我们也可以看出儒家对人生的态度是很现实的，既不纯任理想，也不消极悲观，而是在人生的艰难困苦中保持觉悟和操守，坚持理想和追求。陶渊明本来是希望有所作为的，可是时代限制了他，使他没有完成自己的理想。他在《杂诗十二首》的第二首中也曾说："日月掷人去，有志不获骋。念此怀悲悽，终晓不能静。"他说，我一想到自己已经年龄老大，多少壮志都无法实现，我就满怀悲哀，内心整夜整夜地不能够平静。这些话，也可以和"行行向不惑，淹留遂无成"两句互相印证。

上一次讲我说过，前人说陶渊明是"欲有为而不能"——希望有所作为却没有能够完成。而陶诗之所以好，正是因为他经历了这样的矛盾、选择和挣扎。他终于回到田园去种地，那是他经过了多少艰难的选择、付出了多少内心痛苦的代价才做出来的决定。这些感情的积淀，就使得陶诗的味道十分丰富、深厚。后代不但有许多读书人喜欢陶诗，连辛弃疾那样的英雄豪杰也喜欢陶诗，其原因亦在于此。《五灯会元》中有一个"透网金鳞"的故事，讲的是有两位禅师在水边散步，看到渔人正在那里拉网，有一条鱼在网里拼命挣扎，终于逃出网外。一位禅师就赞美说："俊哉！"意思是，它真了不起，它表现得真是好。他的伙伴回答说，它虽然了不起，可是"争如当初不撞入网罗好"——它要是当初根本就没被网住岂不更好？这位禅师就对他的伙伴说：你"欠悟在"！"在"是禅宗语录里常用的一个语助词，"欠悟在"就是缺少悟性。为什么说他缺少悟性呢？因为没有入过网的鱼倘若有一天被网住，能不能跳出来还是个问题，也许就永远也出不来了。只有被网住又能够跳出来，那才是真正得到了大自由、大解脱，今后再也没有什么东西把它网住了。同样，陶诗之所以丰富、深刻，也是因为他经过了这样的矛盾、挣扎，而终于找到了自己的一个立足之地。

如果仅仅是事业上淹留无成，生活上却能够丰衣足食，舒服快乐，那也没有什么了不起。有人说北宋的晏小山品格很好，因为他远离官场。可是晏小山当然可以不出来做官了，因为他父亲晏殊是宰相，他身为贵公子，不愁吃穿，整天听歌看舞，不做官有什么稀奇！陶渊明与晏小山不同。他不但理想不能实现，事业淹留无成，而且还"竟抱固穷节，饥寒饱所更"。我们说到"竟"，往往都是出乎意料的事。以陶渊明少年时那样好学，那样有理想，本来他早就应该有所成就了，可是没想到年近四十岁却事事无成，所能守住的就只剩下一个"固穷"的节操。这个"抱"字用得很好。你把你认为珍贵美好的东西紧贴在你的心上，如此亲切，如此珍爱，那是你的怀抱。陶渊明所抱持的是什么？是"固穷"的品格。孔子说："君子固穷，小人穷斯滥矣。"（《论语·卫灵公》）意思是，君子不因贫穷而改变节操；而那些品格不好的小人在贫穷的时候就什么事情都干得出来了。"固穷"这个词谁都可以说，可是许多人在说这个词的时候其实是有衣食温饱的，而陶渊明那时候却是"饥寒饱所更"。"更"在这里是经历的意思。他不是偶尔饿了一顿，偶尔没有衣服穿，而是经常挨饿，每年冬天都没有足够的棉衣，是"饱所更"。

底下他还有更具体的描写："敝庐交悲风，荒草没前庭。披褐守长夜，晨鸡不肯鸣。""交悲风"是说，四面八方的风都可以交杂地吹进来，也就是说，他的草屋是处在四面八方的风吹雨打之中。"悲风"，是指秋季、冬季那种萧瑟寒冷的风。"荒草没前庭"也是写实，我们可以和前边那一首的"灌木荒余宅"相印证。可是你要知道，陶渊明这个人不但品格修养很深厚，他的文学修养也是很深厚的。他所使用的形象往往给我们一种暗示，有一种象征的含义。所以我以为，"敝庐交悲风，荒草没前庭"两句不只是说他家的房子处在这么荒凉的地方，同时也象征了他所在的时代那种杂乱和危难的环境，至少我们是可以有这种联想的。宋代词人辛弃疾有一首《沁园春·灵山齐庵赋》，写的是他有一所房子坐落在群山之中，前边有瀑布、小桥，还有许多松树，上阕的最后几句是："吾庐小，在龙蛇影外，风雨声中。"山中时常有风雨；松树的枝干伸出去那种盘挐的样子很像龙蛇的形状；而且，风吹松树也会发出一种波浪般的声音，我们称作"松涛"。所以，这几句是写实。可是你要知道，龙蛇那种奇形怪状的变化和风雨波涛的声音在辛词中也正代表了一种不安定的感觉，因此这几句同时也象征着时代的风雨和外界强加给作者的那些患难与挫折。陶渊明这两句，也同样给人这种象征的联想。

前边不是说"饥寒饱所更"吗？"披褐守长夜"两句就正是写

"寒"。没有挨过冻的人不知道，真正冷的时候你是无法入睡的，冻得你只能坐起来睁着眼等天亮，可是天偏偏总也不亮，所以叫"守长夜"。"守"，是你眼睁睁地看着。你没有皮衣、毛衣，只能披上一件粗布的衣裳；你盼着天亮，可是报晓鸡总也不肯叫。所以你看，陶渊明选择躬耕，他是真的付出了饥寒劳苦的代价。但是否有人了解他呢？他说："孟公不在兹，终以翳吾情。"

在中国的历史上，字"孟公"的至少有两个人。他们都是汉朝人，一个叫陈遵，一个叫刘龚。陈遵非常好客，他留客人喝酒，为了不让客人走，把人家的车辖都卸下来丢到井里去。因此留下了"投辖"的典故。刘龚有个好朋友叫张仲蔚，这个人"隐居不仕"，跟陶渊明一样贫穷。陶渊明的七首《咏贫士》的诗里有一首就是咏张仲蔚的，他说"仲蔚爱穷居，绕宅生蒿蓬"——张仲蔚的房子周围也是长满了荒草；他还说"举世无知者，止有一刘龚"——在这个世界上只有刘龚欣赏张仲蔚，懂得他为什么宁可忍受贫穷也不肯出仕。由此看来，陶渊明现在所说的这个"孟公"应该是刘龚。他说，当年的张仲蔚还有一个好朋友孟公，而我却没有一个能够理解我的朋友。"翳"本来是遮蔽的意思，引申为不被人理解的郁闷之情。陶渊明虽然付出饥寒劳苦的代价选择了归隐的道路，但当代已经没有孟公那样的人，所以始终也没有一个人能理解陶渊明为什么这样做。

（安易、杨爱娣整理）

幽兰生前庭

> 幽兰生前庭，含薰待清风。
>
> 清风脱然至，见别萧艾中。
>
> 行行失故路，任道或能通。
>
> 觉悟当念还，鸟尽废良弓。

《饮酒》诗的第十六首，讲的是陶渊明少年的时候喜欢读儒家经书，可是后来由于社会、时代的种种原因，他的儒家理想没有能够完成，因而最后选择了饥寒交迫的隐居生活。今天我们看第十七首，这是很短但写得很好的一首诗。

古代讲到作诗的方法，最早的就是《诗经》里的赋、比、兴。"赋"是直言其事，把事情直接说出来，像上一首的"少年罕人事，游好在六经"就是。赋，是直接写出作者内心情意的。"比"是以此例彼，用这一件事情来比那一件事情，像"栖栖失群鸟"那一首就是。作者内心先有了某种情意，然后找一个外物的形象把它表现出来，这种方法是由心及物的。而今天我要讲的这一首，使用的是"兴"的方法。"兴"是见物起兴，就是说，当你见到一种外物的时候，它引起你内心发生了某种感动。这种方法是由物及心的。

所以，"幽兰生前庭"的兰花和"栖栖失群鸟"的那只鸟是不一样的。那只鸟既不是燕子，也不是麻雀，而是作者意念之中的一只鸟。它是拿来作比喻的，是一只概念化的鸟。可是这"生前庭"的兰花，却是诗人院子里现实的景物。乍一看，诗人是在写景。然而前人说过，"一切景语皆情语也"（王国维《人间词话》）。诗人之所以与一般人不同，就在于诗人的感觉是敏锐的。山青水碧、草绿花红，对一般人来说只是外界景物，可是对诗人来说却会产生一种感情的波动。

俗话说"木叶落，长年悲"，秋天草木黄落的时候，年老的人就感到悲哀。那是由于他们从草木的凋落联想到人的衰老与死亡。这就是由外界景物所引起的一种内心的感发。但陶渊明与一般的诗人又不一样，他不只是感动而已，我认为他在所有的中国诗人之中是一个最有思想性的诗人。他不但是"一切景语皆情语"，而且他是"写其胸中之妙"（陈师道《后山诗话》）。所谓"胸中之妙"，其实就是他心中充满了哲理的意念活动。而他的哲理又不是枯燥的理论，因为那是从他自己生活中的体验出发的，其中渗透了他的感情。也就是说，陶渊明的诗是从景到情到思——从外物感发的力量引起他感情的活动，而在感情的渗透之中还包含着一种哲理的觉悟。

"幽兰生前庭，含薰待清风"是写兰花。兰花为什么用"幽"

字来形容呢？我们知道，每个人生下来品格性情都不一样，至于花草树木当然说不上品格性情，但它们所表现出的风格情调也是天生不一样的。像牡丹花，花朵开得那么大，颜色有红有紫那么艳丽，那是牡丹的风格。兰花的花朵不大，花瓣很纤细；它的颜色有黄色的，有白色的，都很淡雅。兰花的香气也与众不同。中国旧时的女子夏天喜欢戴一种白色的花叫"晚香玉"，那种花到了晚上香气非常浓烈，你可以说那种香气是有刺激性的，甚至可以说是嚣张的。但兰花，不是不美，也不是不香，它的美和香都是含蓄的，不夸张，不虚浮，不给人以强烈的刺激，所以用一个"幽"字来形容。因此，"幽兰"虽然是很寻常的一个词，但它与这首诗下面那些文字描写与思想内容结合起来的时候你就知道，陶渊明用这个"幽"字，里面有他自己对兰花品格的体会。其实中国的旧诗之中哪一首是好诗？哪一首是坏诗？哪一首所含的情意比较丰富？哪一首所含的情意比较浅薄？不是我们凭偏爱就可以断定的。我说陶渊明的诗好，是因为他真的是一位有眼光、有感受，又能够用文字表达出来的诗人。一个好的诗人，他在万物之中能够敏感地找到可以引起感发的事物，不像我们一般人每天看来看去什么东西也没发现。这叫作"具眼"，陶渊明就是一个"具眼"的诗人。

"含薰"两个字就写得好，真有眼光！他一眼就看到了兰花最好的品质。世界上不管是草木鸟兽还是学问道理，往往藏有许多很宝贵的东西。但我们一般人有时候太愚蠢了，对许多宝贵的东西常常熟视无睹。"含薰"是什么？是说兰花的香气不是像晚香玉那样夸张地发散出来的，而是含蕴于其中的。要等到有一阵清风吹过的时候，它才能够被人们感知。在我们这本教材中，这句话的注解引了《国语·周语》中的"火见而清风戒寒"，意思是当火星在早晨出现时，天气就慢慢凉了，这时清凉的风吹来是警告你寒气就要到了。这个注解我们不必管它。我以前说过，陶诗所用的语汇常常有一个出处，但有出处和用典故是不一样的，陶渊明在这里所说的"清风"不一定是秋天的风，出处和诗的内容不一定有必然的关系。

不过"幽兰生前庭，含薰待清风"这话说起来似乎有些矛盾，天下有些事情确实是很难说清的。"含薰"是把香气包含在里边，并没有急着要表现；可是"天生丽质难自弃"，如果你天生来就有一种美好的品质，那么在你的一生之中就应该得到一个表现的机会。晋朝左思的《咏史》诗说"铅刀贵一割"，既然叫作刀，即使是一把很钝的铅刀，也应该得到一次被使用的机会，才不辜负它之所以成为一把刀。兰花也是一样，古人说："兰生空谷，不为无人而不芳。"兰花的本质是香的，不会因为没有人欣赏它就不香了。所以你看，一方面是兰花的香气是含蕴的，并不要求人知道；一方面是，当外界环境有所改变，比如寒暑气候有所变化时，兰花的香气总是要散发出来的。这两方面相反相成，写出了兰花的品质。到这里，陶渊明还只是写院子里的一株兰花，可是你接着往下看，这里边不仅有感情，而且还有思想，慢慢地就都流露出来了。

"清风脱然至，见别萧艾中。""脱然"，是疾病除去后舒适的样子，我们的教材上给它找到两个出处：一个是《公羊传·昭公十九年》的"复加一饭则脱然愈"；一个是《淮南子·精神训》的"当此之时，得茠越下，则脱然而喜矣"。但是我们还有一个古直注解的本子，他加了一个按语，说这个"脱然"是"清风至貌也"。这话很有意思，就是说，这个"脱然"不只是《公羊传》的"脱然"，不只是《淮南子》的"脱然"，更是陶渊明的"脱然"。它的好处，要到陶渊明的诗里去找。所以，你必须把"脱然"跟下一句"见别萧艾中"联系在一起才能够知道它的好处。

"萧艾"是气味不好的恶草，屈原《离骚》说："户服艾以盈要兮，谓幽兰其不可佩。"又说："何昔日之芳草兮，今直为此萧艾也？"许多人美恶不分，腰中佩带了许多恶草，却说美好的兰花是不能佩带的。这是说楚王宁可相信小人的话，却不相信屈原的话。下一句就更悲哀了，他说，为什么昨天的芳草今天竟都染上了萧艾的气味变成了恶草？由此可见，幽兰和萧艾是完全不同的两种草，有美恶之别。那么，现在你就会明白陶渊明为什么用"脱然"。他不是说"贫居乏人工，灌木荒余宅"吗？"灌木"，就代表了那些野草、杂草。兰花生在杂草之中，被杂草遮住，你根本就看不见它，也闻不到它的香味。可是忽然间一阵清风吹过来，拂开了杂草，就给了幽兰一个脱露出来的机会，它的香气也随风传出来。这时候，你就看出兰花和杂草的不同了。陶渊明写的是清风，是兰花，可是"一切景语皆情语也"，你看他对清风、对兰花有多么深刻细致的内心感受！上次宣化上人曾在这里说，如果你真的学道有得，你就会发现，万物都在说法。就是说，宇宙万物都在向你讲说某种道理，问题只在于你能否感受到罢了。陶渊明从景物的体验中产生了一种思致，所以他的诗从这里一转，就转向了下半首对人生道理的体悟。

他说："行行失故路，任道或能通。"我走着走着，放弃了原本的道路，因为儒家主张读书人要"修身齐家治国平天下"，所以我选择了出仕。可是走来走去，我忽然发现这条路不对，我怎么竟和那些争权夺利的小人混在一起了呢？然而，当你发现迷失了道路的时候，你怎样把自己找回来？这个人劝你，家庭生活问题你一定要考虑啊；那个人劝你，某某人你可千万不能得罪啊。你要是听他们的，就会在迷失的道路上越走越远。所以你要"任道"，就是顺应"道"。

什么是"道"？儒家、佛家、道家都说"道"，但各家的道大有不同，总的来说它是宇宙天地间一种正当的道路。儒家的经典在"道"的方面给人们很多启示。比如孟子说"居仁由义"（《孟子·尽心上》），意思是，你的内心不应该离开"仁"，你的行事要遵循"义"；孔子说"回也，其心三月不违仁"（《论语·雍也》），意思是，颜回的内心总是和"仁"在一起，可以在很长时间内不起一点儿不正当的念头。这是儒家做人的道理。孔子还说过"非礼勿视，非礼勿听，非礼勿言，非礼勿动"（《论语·颜渊》），这也是讲"道"的持守。可是我还要说，光讲道的持守，这个也不敢说，那个也不敢做，那就没有"任道"的快乐。真正"任道"的人，是要如孔子所说的"从心所欲不逾矩"（《论语·为政》）。就像鱼游在清凉的水里一样，那水对你不是一个限制，而是使你脱离烦恼忧患，使你内心充实快乐的一个源泉。陶渊明《咏贫士七首》的第五首说："贫富常交战，道胜无戚颜。"他忍受了多少饥寒劳苦，可是脸上的表情却平安快乐，那不是装出来的样子，是他内心真的达到了这样一种境界。所以，当你"行行失故路"的时候，你要"任道"，才能够找到一条精神上的出路。

不过，陶渊明之所以做了归隐田园的选择，是否完全由于他的"任道"而没有任何其他原因呢？不是的。这首诗的最后两句就透露了另外一个原因："觉悟当念还，鸟尽废良弓。"他觉悟到什么？觉悟到仕宦的道路风波险恶。"鸟尽废良弓"这句话出自《史记·淮阴侯列传》，是韩信说的。韩信辅佐刘邦，被封为齐王，但他的兵权太大，刘邦对他很不放心。于是有一个叫蒯通的说客就借看相的名义劝韩信造反，他说："相君之面，不过封侯，又危不安。相君之背，贵乃不可言。"这是一种暗示，意思是你如果背叛了刘邦，将来有做皇帝的希望。蒯通还说，如果你现在不肯决断，将来野兽尽而猎狗烹，你不会有好结果的。但韩信不忍背叛，还是帮助刘邦消灭了项羽。后来刘邦改封韩信为楚王，又用伪游云梦的诡计逮捕了韩信带回京城，贬为淮阴侯。当武士逮捕韩信时，韩信说："果若人言：'狡兔死，良狗烹；高鸟尽，良弓藏。'"就是说，如果兔子都被打死了，那么猎狗也就没用了，常常会被宰掉吃狗肉；如果天上的鸟都没有了，弓箭也就该收起来没有用处了；我帮助刘邦消灭了他所有的敌人，他现在就要来对付我了。韩信最后果然是被杀死的，而且还不止韩信，像彭越、黥布等很多人，都为刘邦立过大功，但最后都被杀死了。这是汉朝的事情。

而在陶渊明的时代，这种事情比汉代只多不少。在晋安帝义熙八年（412）前后，刘裕不遗余力地诛除异己，先后杀死了刘藩、谢混、刘毅、诸葛长民兄弟等很多人。这些人当初曾和刘裕一起征战，现在敌人被消灭了，这些人也就成了被消灭的对象。据历史记载，诸葛长民被杀之前曾对人说："昔年醢彭越，今年杀韩信，祸其至矣。""醢"，是一种很惨的刑法，据说彭越就是被砍成肉酱的。诸葛长民还说："贫贱常思富贵，富贵必履危机。今日欲为丹徒布衣，岂可得邪！"他说我现在已经知道仕途的危险，可是我已经不能退身了。由此可见，"觉悟"是很重要的。陶渊明早年为桓玄做过事，也为刘裕做过事，那时候桓玄和刘裕还没有反叛朝廷，可是陶渊明已经看清了他们的本质：这些军阀没有一个人为国家人民的利益着想，他们所争的都是一己的私利，而且毫无信义，不择手段。因此陶渊明遂决定了及时退身，不做那宦海波涛里的牺牲品。

（安易、杨爱娣整理）

子云性嗜酒

子云性嗜酒，家贫无由得。

时赖好事人，载醪祛所惑。

觞来为之尽，是谘无不塞。

有时不肯言，岂不在伐国。

仁者用其心，何尝失显默。

陶渊明的诗很有思想性。但陶诗之好就好在它虽有思想性却仍然是诗，不是说道理，也不是教训你怎样做人。上一讲讲的那首"幽兰生前庭"是从院子里一株兰花写起，写到他自己对人生的看法，用的是"兴"的方法。这一首，又是另外的一种写法了。

这首诗押的是入声韵，会说广东话的朋友，你们读起来可能会比我读得更好听，因为我说的是普通话，普通话没有入声字的读音，所以我只是把入声字尽量读成仄声，发音不是很准确的。这首诗一开始就用典故，而用典故是什么方法？是"比"的方法。李白有一句诗"美人如花隔云端"(《长相思三首》之一），用花来比喻美人，就是比的方法。只不过，李白只是用一个外在的物象来比，陶渊明这首诗的"比"，比李白那一句的"比"更复杂些。

西汉扬雄字子云，文章、辞赋、学问都很好。他曾模仿孔子的《论语》写了《法言》；模仿《易经》写了《太玄》。他不赞成屈原跳到汨罗江里自杀，所以写了《反离骚》；他羡慕司马相如写的赋，因此写了《长杨赋》等很多有名的赋。《汉书·扬雄传》说他"家素贫，嗜酒，人希至其门。时有好事者载酒肴从游学"。这是有关扬雄的典故。不过我以前也曾讲过，陶诗用典有很多不同的方法，有时用典故全部的意思，有时用与典故相反的意思，有时只用典故外表的字面。在这首诗里，我以为他只是用了家贫、嗜酒、少交游、偶然有人带着酒菜来拜访他这几点意思。但历史上还有一件事情对扬雄的一生影响很大，那就是，扬雄生逢王莽篡位的时代。王莽篡夺了西汉的帝位，改国号为"新"，在他准备篡位的时候，曾编造了许多"符瑞"来制造舆论。所谓"符瑞"，常常是某地挖出一块石碑，某地发现一枚铜印，上面有古代留下来的文字预言某某要做皇帝了。可是王莽做了皇帝之后就不喜欢符瑞了，因为倘若符瑞预言还要出新的皇帝，那怎么得了！所以谁再敢谈符瑞，他就严加惩罚。扬雄懂得古文字，有些谈符瑞的人曾经跟扬雄学过古文字，因此就牵连到扬雄，王莽就派人来抓扬雄。当时扬雄正在天禄阁校书，听见有人来抓他，心里很害怕，就从楼上跳了下来，差一点儿就摔死了。这说明，扬雄对于生死祸福还没有达到能够超脱的地步。而且，扬雄还写过一篇叫作"剧秦美新"的文章，是歌颂赞美王莽新朝的。因此，有的人就认为陶渊明这首诗是拿扬雄和柳下惠做对比，对扬雄有不以为然之意。陶渊明究竟有没有这种意思？我们要读完了他这首诗再做判断。

"子云性嗜酒，家贫无由得"，扬雄天性喜欢喝酒，但他家里很穷，常常没有酒喝——这也是陶渊明自己的生活体验。"时赖好事人，载醪祛所惑"，于是就常常要等那些喜欢问问题的人，他们有时会带着酒来登门拜访，请教一些事情。"惑"是困惑，就是不明白的问题。找扬雄的人，向他请教的大概率是古文字或者有关古代经典的问题，但对陶渊明来说，却不是这一类问题。大家还记得"清晨闻叩门，倒裳往自开。问子为谁欤？田父有好怀"的那一首吗？那是《饮酒》诗的第九首；而这一首，是《饮酒》诗的第十八首。应该说，这两首诗是二十首《饮酒》诗里边的"诗眼"。苏东坡曾奇怪陶渊明"正饮酒中，不知何缘记得此许多事"（《书渊明饮酒诗后》）。其实，陶渊明之所以在饮酒中联想到这么多人生问题，就是因为这酒来得不太一般的缘故。是带酒来的那个人提出一些非常重要的问题让陶渊明做出选择，所以才引起了他这么多关于人生的思考。

"觞来为之尽，是谘无不塞"是说，你为我倒一杯酒，我就为你干了这杯酒；你提出一个问题，我就为你解答一个问题。"觞"是酒杯，"觞来为之尽"就是"且共欢此饮"。"谘"是询问，"塞"是填满，意思是，凡是你所提的问题，我都尽量满足你，给你解答。但那是一些什么问题呢？他没有说，所以陶渊明的诗很难讲，它不仅给你一种感动，而且在感动中引起你思考；不仅引起你思考，而且在思考中给你一种回味。一般来说，年轻人不容易欣赏陶渊明的诗，因为他们还没有经历过很多人生的考验，没有什么困难的人生问题需要他们去面对，去解决。更有的人每天吃饱了就睡，睡醒了就吃喝玩乐，从来不会用头脑去思想，这样的人永远也不会欣赏陶诗。为什么苏东坡、辛弃疾都喜欢陶渊明的诗？因为他们都经历了许多挫折和磨难，面对过人生的抉择，所以他们能够被陶渊明的诗所感动，知道他说的是什么。更重要的是，陶诗的思想不是直接说出来的，而是通过一个故事、一个情景使你感动，使你慢慢体味到的。这很难得，许多诗人做不到这一点。

既然"是谘无不塞"，那就是所有的问题都有解答了？并非如此，他是"有时不肯言"——这真是陶渊明的转折，写得真好！在第九首诗中他说"且共欢此饮"，可是"吾驾不可回"。"不可回"和"不肯言"，同样的精神，同样的操守，同样的品格！我也可以和你一起喝酒，我也可以回答你的各种问题，但我不是没有原则的。你要我改变自己的道路跟着你走，那不可能；你要我回答那种不正当的问题，我绝不满足你。那么是什么问题呢？是"岂不在伐国"。这里又涉及另外一个历史的典故。春秋时期鲁国有个柳下惠，其实他的名字叫展获，并不姓柳。"柳下"是他的食邑，"惠"是他的谥号。他在鲁国担任"士师"的官职，没有任何过错却三次被罢免，却不肯离开鲁国到别的国家去求官。别人问他为什么，他说，如果我"直道而事人，焉往而不三黜"？如果我"枉道而事人，何必去父母之邦"？（《论语·微子》）由此可见，他为人很正直，不是那种肯逢迎拍马的人。因此《汉书·董仲舒传》里就讲了这样一件事，说有一天鲁国的国君问柳下惠："吾欲伐齐，何如？"柳下惠回答说："不可。"可是他回家后就面有忧色，说："吾闻伐国不问仁人，此言何为至于我哉？"就是说，侵略别的国家这种不正道的事情不可以拿来问一个仁德的人，鲁君拿这种事情来问我，是否我在他的眼里是一个不仁德的人呢？在东晋的时候，桓玄、刘裕这些人都怀着篡位的野心，无时不在策划战争，诛除异己。所以，"有时不肯言，岂不在伐国"——你就可以想见那个带着酒来拜访陶渊明的人向他请教的是哪一类问题了。

"仁者用其心，何尝失显默"，"失"是错误；"显"是明白地表示；"默"是沉默不言。他的意思是，一个仁者，在做与不做、说与不说之间，不会出一点点错误。就是说，我待人都是平和友好的，绝不故意使人难堪。我也可以和人喝酒，我也可以和人谈话，但是什么话该说什么话不该说，什么时候该说什么时候不该说，我绝不会搞错，因为我有我选择的原因。这就是陶渊明在人生的某种情境之间所采取的态度。他不是直接把道理说出来，而是通过典故的故事给人一种很真切的感动，在感动之余，会引起你很多的思考。总之，这第十八首诗，你们要和第九首互相参照来看，才能够对这二十首《饮酒》诗有更深的理解。

我这个星期天就要回中国去了，要到九月份才能回来，所以《饮酒》诗我们只能暂且讲到这里。

（安易、杨爱娣整理）

畴昔苦长饥

畴昔苦长饥，投耒去学仕。

将养不得节，冻馁固缠己。

是时向立年，志意多所耻。

遂尽介然分，拂衣归田里。

冉冉星气流，亭亭复一纪。

世路廓悠悠，杨朱所以止。

虽无挥金事，浊酒聊可恃。

1984年我在温哥华的金佛寺讲了陶渊明的《饮酒》诗。当时由于我接受了中国的邀请，要离开温哥华到中国去，所以这二十首诗没有讲完，只讲了十八首就停止了。我个人总觉得这件事没有能做到圆满，是一种亏欠。今天能够在万佛城接着讲完剩下的两首诗，我觉得这是我的一种缘分。

好，现在我们来看第十九首《饮酒》诗。

"畴昔"是很久以前。"耒"是种田的工具。他说"畴昔苦长饥"，所以我才"投耒去学仕"。孟子说过："仕非为贫也，而有时乎为贫。"（《孟子·万章下》）儒家主张士当以天下为己任，所以读书人做官不是为了挣钱而是为了实现救国救民的政治理想，这是"仕非为贫"。可是也有的时候，做官只是为了挣得一份俸禄以养家糊口，那也不是不可以，所以是"而有时乎为贫"。陶渊明曾经几度出仕。第一次"起为州祭酒"，是因为"亲老家贫"（《晋书·隐逸传》）。最后一次出为彭泽令，是因为"幼稚盈室，瓶无储粟"（《归去来兮辞序》）。这都是为贫而仕。但中间，即做镇军参军和建威参军的那几次，应该是他为实现政治理想而做的尝试。可是，他遇到的是桓玄、刘裕。他本以为在他们那里可以实现自己的政治思想，但随着这两个人叛乱迹象的逐渐显露，他对他们彻底失望了，终于选择了归隐田园的道路。这在他的一些诗里都有所流露，比如《饮酒》诗的"长公曾一仕，壮节忽失时。杜门不复出，终身与世辞"，《拟古》诗的"行行停出门，还坐更自思。不怨道里长，但畏人我欺。万一不合意，永为世笑嗤"等，大致都是指的这件事。

"将养不得节，冻馁固缠己。""将养"，这里指养家糊口。"节"是法度或法则。由于这两句是接着"投耒去学仕"而说的，所以指的还是"学仕"。他说，我对做官这种谋生养家之道总是不得其法，所以就总是摆脱不了寒冷与饥饿的纠缠。

"是时向立年，志意多所耻。"孔子说"三十而立"，所谓"向立年"是将近三十岁的样子。他说，我那时还不到三十岁，可是心里已经感觉到官场中有很多事情是可耻的。《礼记·中庸》说"知耻近乎勇","知耻"是一个人走上正道的根本。有的人做了许多错事也不自觉，不懂得那是一种耻辱；而真正能够"多所耻"的人，才是一个志节操守严格的人，他只要有一点儿事情做得不对，自己就觉得很羞愧。在官场中，官官相护，排除异己，同流合污，吹牛拍马，陶渊明认为这是可耻的。可是你要知道，知难行更难。有很多人明明知道这样做不对，但大家都这样做他也就这样做下去。陶渊明是怎样做的？他是"遂尽介然分，拂衣归田里"。"介然"，是坚固的样子，是清高的、耿直的、不苟且的。"分"字读去声，是本分的意思。"拂衣"，表示一种坚决的态度。他说，我与他们不同，我要保持我清白的本分，我宁可回到乡下去种田。

陶渊明自从写了《归去来兮辞》以后就决心归隐，此后无论怎样饥寒他都没再出来做官。他说，自从我回来种田之后，"冉冉星气流，亭亭复一纪"。屈原《离骚》说"老冉冉其将至兮，恐修名之不立"。"冉冉"是光阴慢慢推移的样子。"星气流"，是指天上星宿的运转，四时节气的变化。"亭亭"本来是很高的样子，如"亭亭玉立"，但有时也用来形容时间的悠远。"一纪"在中国古书里有不同的解释，有的说是十年，有的说是十二年。不管是十年也好，十二年也好，总之这两句的意思是：在这么长的时间里我坚持住了，我站稳了我的脚步，没有改变我的决定。

"世路廓悠悠，杨朱所以止"，人生的道路那么遥远、曲折，歧路之中还有歧路，如果你盲目地去追求，今天向这边闯一头，明天向那边闯一头，你就会永远在迷途中困惑。杨朱是战国时候的人，

《列子》上有一个故事，说杨子的邻居丢了羊，请了许多人去追，结果也没有追回来，因为大路之中有歧路，歧路之中又有歧路，不知那羊跑到哪里去了。所以《淮南子》中又记载说："杨子见逵路而哭之，为其可以南可以北。""逵路"，就是四通八达的路。在人世间，有的人是向外追求的。像柳永，一生追求功名，追求爱情，但结果一无所得，我们从他晚年所写的那首《少年游》里，可以感受到他那种一生所有追求全部落空的悲哀。向外的追求是不可控的，因为它必须依赖很多外在条件，而一切外在条件都是可变的，就好像歧路之中又出现歧路，最后很可能是一场空。

西方人本主义哲学家马斯洛（Maslow）把人的需求分为几个不同的层次，最高的层次是"自我实现"的层次。就是说，你要追求你自身的完善，要自己完成你自己。中国儒家"四书"中的《大学》一开头就说："大学之道，在明明德，在亲民，在止于至善。知止然后有定，定而后能静，静而后能安，安而后能虑，虑而后能得。"《中庸》说："诚之者，择善而固执者也。"就是说，你一旦有了一个你认为是最好的选择，就应该"知止"——把它持守住。这样，对你所学的"道"才能真正有所得，而不是像《荀子·劝学》中所说的"入乎耳，出乎口。口耳之间则四寸耳"那样浮浅。当然，这个"止"是要止于"至善"。就像"栖栖失群鸟"中的那一只鸟，它不是随便找一个地方就肯停下来的。它一定要找到那棵岁寒后凋的、坚贞的"孤生松"才肯落在上面，而且是"托身已得所，千载不相违"。

陶渊明辞官归隐，在冻馁交缠之中都能够始终不后悔，所以说，"世路廓悠悠，杨朱所以止"这两句很简单，很平淡，却包含了陶渊明平生的品格、志节和他坚贞的操守。

"虽无挥金事，浊酒聊可恃"用了汉朝疏广、疏受的典故。疏广、疏受是两叔侄，官位都很高。疏广做到太子太傅，疏受做到太子少傅。后来他们都辞官不做了，临走的时候，皇帝和太子都赐给他们许多黄金。回乡以后，他们每天与乡亲父老饮食游宴，把这些金子与朋友们一起分享，却不肯留一些给自己的子孙。别人劝他们顾念子孙，不要这样挥金如土，他们说，如果我们的子孙好，留下这些钱就会增加他们的懒惰；如果我们的子孙不好，留下这些钱就会增加他们作恶的机会，所以还不如我们现在和亲朋邻里共同享用了这些钱。

陶渊明为什么用这个典故呢？因为在辞官归隐和没有金钱留给子孙这两个方面，陶渊明和二疏是相似的。另外，陶渊明喜欢喝酒，他辞官以后虽然没有人送给他这么多金子，但是有人送给他酒，历史上就记载有"白衣送酒"的故事，说是有一年的九月九日重阳节，陶渊明没有酒喝，就坐在东篱的菊丛中赏菊，忽然看见远远来了一个白衣人，原来是江州刺史王弘派人给他送酒来了。王弘很想结识陶渊明，但又不敢来见陶渊明，因为他知道陶渊明不愿意跟他们这些做官的人来往，所以派人来送酒给他。因此，"虽无挥金事，浊酒聊可恃"是说，虽然没有人送金子给我挥霍，但酒还是能够常常喝到的。

当然，我们不能肯定陶渊明就是因为王弘送酒给他才写了《饮酒》诗。但总而言之，他写这二十首《饮酒》诗很可能就是因为当时有人送酒给他并和他谈到了做官的事，所以才引起了他这么多的感慨。

（安易、杨爱娣整理）

羲农去我久

羲农去我久，举世少复真。

汲汲鲁中叟，弥缝使其淳。

凤鸟虽不至，礼乐暂得新。

洙泗辍微响，漂流逮狂秦。

诗书复何罪，一朝成灰尘。

区区诸老翁，为事诚殷勤。

如何绝世下，六籍无一亲！

终日驰车走，不见所问津。

若复不快饮，空负头上巾。

但恨多谬误，君当恕醉人。

今天我们看《饮酒》诗的最后一首。

儒家提倡士当以天下为己任，提倡"修身齐家治国平天下"，提倡"达则兼善天下"，这是读书人的理想，读书人做官就是为了这个理想。但孟子也说过"仕非为贫也，而有时乎为贫"（《孟子·万章下》），这是读书人做官的另一种情况。

陶渊明第一次出来做官，他的传记上说是因为"亲老家贫，起为州祭酒"（《晋书·隐逸传》），这是为贫而仕。可是在孙恩叛乱的时候，陶渊明曾做过桓玄的官吏，还曾为桓玄奉使入京，向朝廷请求讨伐孙恩。那时他以为桓玄果然是为国家做事的，但随着桓玄野心的逐渐暴露，他失望了。桓玄篡逆的时候，讨伐桓玄的主力是刘裕，陶渊明也做过刘裕手下的官吏，可见他也曾以为刘裕是可以为国家担当大事的人。但刘裕也开始走上了篡逆的道路，这使陶渊明相当失望，于是第二次辞官不做了。

陶渊明最后一次出来做官，他自己在《归去来兮辞》的序里曾说过，是因为"幼稚盈室，瓶无储粟"，这又是为贫而仕。但他这一次做彭泽县令，也只做了八十天左右就辞职不干了。因为，当时那个官僚社会是腐败、邪恶的，不但完全不符合陶渊明的理想，而且使他无法忍耐。

那么陶渊明的理想是什么样的呢？我们知道，佛教的理想是西方极乐世界，那是一个绝对完美、清净，没有邪恶的地方。但儒家不是宗教，没有这种超现实的境界，儒家只是把历史上最早的"三皇五帝"的时代设想为一个完美的理想世界。所以，"羲农去我久"的"羲农"就是上古"三皇"中的伏羲氏和神农氏时代，传说那时的民风是善良淳朴的，人们的生活是安乐美好的。但羲农时代已经逝去很久了，晋朝是一个战乱频仍的时代，从"八王之乱"，然后北方有"五胡乱华"，南方也一直在战乱的杀戮之中。陶渊明还写过《感士不遇赋》，在这首赋的序中他说："自真风告逝，大伪斯兴，间阎懈廉退之节，市朝驱易进之心。""真风"，是真淳、朴实的社会风气。"大伪"，是人与人之间的欺诈手段。世风败坏，人们连一点儿谦退礼让之心都没有了，剩下的只是不择手段的争夺、杀伐和欺骗。这就是"举世少复真"。但陶渊明现在说的还不是晋朝的时候，陶渊明说的是春秋战国的时代。从那个时候就已经风气败坏了，诸侯之间互相战争，没有任何正义可言。而在这个时候，鲁国这个地方就出了一位老先生，那就是孔夫子。他四处奔走，希望通过自己的努力来改变这个社会的风气——"汲汲鲁中叟，弥缝使其淳"。

"汲汲"，是积极营求的样子。大家都知道，孔子曾到各国去周游，他希望找到一个国君能够任用他，借以实现改造社会的理想。他曾在陈蔡绝粮挨过饿；在郑国，人家说他是丧家之狗（《史记·孔子世家》）。有人问他："丘何为是栖栖者与？"（《论语·宪问》）意思是，你为什么老是这么忙忙碌碌的呢？他自己也说过："沽之哉，沽之哉，我待贾者也。"（《论语·子罕》）就是说，只要有一个君主愿意用我，我就把我自己卖给他。孔子为什么要这样做？他是为了要"弥缝使其淳"。他认为这个社会真是败坏了，到处都是破裂的，他要把那些破裂地方修补完整。"弥缝"这两个字用得真是好！神话传说有女娲炼石补天，可是谁来修补我们人类的社会？那就是孔子，他要使这堕落的社会返回过去的真淳。可是他的理想实现了吗？他自己叹息说："凤鸟不至，河不出图，吾已矣夫！"（《论语·子罕》）凤鸟、河图的出现是天下太平的象征。孔子说，我现在一天比一天老了，但我期待的那种太平美好的时代并没有出现！

不过，"凤鸟虽不至"，但经过孔子的努力却使"礼乐暂得新"。孔子主张"立于礼，成于乐"（《论语·泰伯》），所以他整理了礼和乐。孔子的理想虽然没有实现，但他还是为这个社会做了一些事情的。可是孔子死了之后呢？是"洙泗辍微响，漂流逮狂秦"。"洙泗"是洙水和泗水，那是孔子当年讲学的地方。"辍"是停止。"微响"指孔子那些微言大义，就是说在很简短的话里边包含了很丰富、很高远的道理。《汉书·艺文志》说："仲尼没而微言绝。"孔子死了之后，那洙泗之间的礼乐的弦歌、微言大义的教育就都断绝了，没有了。在这里他不用"微言"而用"微响"其实也很妙，因为前边提到了"礼乐"。儒家的教化，礼是要配合音乐的。《论语·阳货》中有"子之武城，闻弦歌之声"就"莞尔而笑"，城里到处都是诗书礼乐的弦歌之声，孔子听了就很高兴。音乐的声音是可以感动人，所以"六经"中有"乐"。就像万佛城的梵唱，我们听了有一种身心都融化其中的感觉。

春秋以后是战国，战国以后是秦朝，战国七雄争斗，暴秦实行强权统治，天下又败坏下来了。"漂流逮狂秦"的"漂流"两个字也用得很好。我们说"水往低处流"，世风的败坏也像流水一样无法阻止。"逮"是"及"，意思是来到。从上古的羲农时代，到孔子的复兴礼乐，然后就来到了狂暴的秦朝。为什么说它"狂"？因为"诗书复何罪，一朝成灰尘"。秦始皇焚书坑儒，那真是丧心病狂。当时是"偶语诗书者弃市"，把读儒家经典的人都活埋或杀掉了，把所有儒家经典都烧毁了。那么今天的诗书是怎么传下来的呢？那是当时有的人把书藏在墙壁里，有的人把书记在脑子里，后来才能够再写出来的。汉朝有很多学者为保存和流传这些古代文化做了许多工作。像伏生的"传经"，就是他口授，由别人记录下来。所以，"区区诸老翁，为事诚殷勤"两句说得很好。汉代那些鲁殿灵光的、硕果仅存的读书人，为传授经书付出了如此勤勉的劳动。为什么是"诸老翁"？因为生在"焚书坑儒"之后的年轻人都无书可读了，而经历过秦火又能够活下来的那些读书人年纪都很大了。"区区"是渺小的意思，他们只是一些渺小的、微不足道的读书人，而且都很老了，却殷勤地承担了保存古代文化的责任。所以你看，像"区区""诚""殷勤"这些词，都是充满了感情的。

从结构上看，"凤鸟虽不至，礼乐暂得新"是一起，"诗书复何罪，一朝成灰尘"是一落；现在"区区诸老翁，为事诚殷勤"又是一起；但接下来"如何绝世下，六籍无一亲"又是一落。"绝世"是堕落的、败坏的、走上灭绝道路的一个时代。"六籍"就是六经。他说，为什么在我们这个时代已经没有人肯认真地去读六经了，哪怕只读一部？大家知道，汉以后是魏，魏的天下是篡汉得来的；魏以后是晋，晋以后是宋，晋和宋的天下也是篡夺来的。在这些年里，臣弑其君者有之，子弑其父者有之，战祸连年，生灵涂炭。陶渊明还写过一篇很有名的文章叫《桃花源记》，说晋朝有个打鱼的人发现了一个世外桃源，那里面不管是黄发的老年人还是垂髫的小孩，都生活得安逸、快乐。他们的祖先在秦朝时避乱来到桃花源，从此就不再出去，都不知道秦之后有汉，更不用说汉之后的魏、晋了。陶渊明不是在随便想象一个故事，而是在抒发他对现实社会败坏的一种悲慨。这种败坏不仅是政治上的败坏，而且也是伦理和文化上的败坏。儒家并不反对追求名利，连孔子都说过："富而可求也，虽执鞭之士，吾亦为之。"（《论语·述而》）可那必须用正当的手段。而在这"真风告逝，大伪斯兴"的时代，大家都孜孜于名利，已经不顾道德、不择手段了。秦始皇焚书是因为还有人要看那些书，但现在书摆在那里已经没有人要看了。这才是更可悲哀的。

下边他说："终日驰车走，不见所问津。"这里又涉及孔子的一个故事。孔子周游列国，有一次看到路边有两个人在耕田，就派子路过去向他们"问津"，就是打听一个渡口。耕田的这两个人，一个叫长沮，一个叫桀溺。长沮就问："车上那个人是谁？"子路说："是孔丘。"长沮说："孔丘这个人一天到晚跑来跑去，他自己应该认识路！"子路只好又去问桀溺。桀溺说："你是谁？"子路说："我是孔丘的学生。"于是桀溺就教训子路说："滔滔者天下皆是也，而谁以易之？且而与其从辟人之士也，岂若从辟世之士哉？"（《论语·微子》）这"滔滔者天下皆是"的意思就同陶渊明"漂流逮狂秦"的那个"漂流"的意思差不多：整个世界都在堕落败坏，就像滔滔滚滚的水向下游流去一样，谁能改变这种现状？第九首《饮酒》诗中那个送酒的人劝陶渊明说："一世皆尚同，愿君汩其泥。"大家都在浑水里随波逐流，你为什么不跳进去和大家在一起？现在桀溺的意思也和这话差不多，他说"滔滔者天下皆是也"，你的老师和大家一样不就好了吗？何必这么傻，老想做不可能做到的事！而且接下来他还说：子路你与其跟着孔子这样的人跑来跑去，这个国君不好跑到那个国家，那个国君不好又跑到这个国家，还不如跟着我做一个避世之人呢！

子路没问来渡口在哪里，回去向老师报告。孔子听了就说："鸟兽不可与同群，吾非斯人之徒与而谁与？"他说，你叫我到山野去做隐士，可是山野的鸟兽不是我的同类，我不能跟它们在一起生活；我生为一个人，怎么能不关心人世间的事情而自己去隐居呢？

好，现在我们回过头来看"终日驰车走，不见所问津"。前人对这两句有不同的解释。有的是从长沮、桀溺的角度来讲的，说是大路上整天车马奔驰跑来跑去的那些人都是追逐名利的人，现在再也见不到有孔子那样的人停车来问路了。另一种解释是陶渊明以孔子自比，他说我也像孔子一样到处跑来跑去，希望找到一个渡口，一条改善社会的出路，可是我找不到。

其实，诗是可以多义的，西方文学批评家威廉·燕卜荪（William Empson）就曾写过《多义七式》（*Seven Types of Ambiguity*），为含混多义的诗举出许多理论的根据，甚至认为越是能提供多方面解释的含混多义越是好诗。所以我以为这两种解释可以并存。刚才我提到过陶渊明的《桃花源记》，《桃花源记》里的那个渔人在离开桃花源的时候一路上都作了记号，回去对太守说了这件事。太守派人跟着他去找桃花源，可是那些记号都没有了，那美好的地方再也找不到了。南阳有个叫刘子骥的，听到这件事之后很高兴地准备出发去寻找，但没有去成，不久就得病死了。陶渊明在《桃花源记》的结尾说了一句非常悲哀的话："后遂无问津者。"找寻不到一个拯救社会的出路固然是一种悲哀，但只要有人去找就始终存在着找到的希望。最可怕的是世界上所有的人都放弃了寻找，那么人类也就没有了希望。所以，"终日驰车走，不见所问津"可以说是，我找不到那个渡口；也可以说是，没有人再有兴趣找那个渡口了。

既然对这个世界已经没有办法了，那么"若复不快饮，空负头上巾"，唯一可以消除悲哀的办法就是饮酒了。这两句，也可以有两种解释。陶渊明的传记上说他曾"取头上葛巾漉酒"。酒做好了要过滤，叫作"漉酒"。陶渊明家里穷，连过滤的器具都没有，他就把头巾摘下来漉酒，用完之后拧一拧，抖一抖，又戴在头上。这不是我编的故事，是《宋书·隐逸传》里说的。所以他说，我要是不痛痛快快地喝酒，就对不起我用来漉酒的头巾。这是一种解释。另外我们也可以把"头上巾"理解为读书人所戴的头巾。读书人讲究持守，所谓："读圣贤书，所学何事？"在魏晋时期，凡是有学问、有名气的人很少有既能保全名节又能保全生命的。所以有些人就以饮酒来逃避。像阮籍，为了逃避司马氏的联姻一连醉了六十天不醒。陶渊明说，我要是不喝醉，被你们拉出去做了官，我还对得起我头上的头巾吗！这话说得含混，真是ambiguity。但是你看到这里要知道，陶渊明确实有很多难以明言之处，所以他最后两句说："但恨多谬误，君当恕醉人。"他说我很遗憾，我说了这么多话可能把大家都得罪了，但你们要原谅我，因为我已经喝醉了。

陶渊明说的真是醉话吗？他是在不得已的情况下借饮酒说出了自己内心对仕隐选择的看法和对自己生平出处的反省，这些话倘若明说肯定会招来祸患。所以，从他最后这两句解释自己的话，我们反而更能够见到，这二十首《饮酒》诗深具苦心，绝不是无所为而作的。

（安易、杨爱娣整理）

一

*

陶渊明的出仕与"任真"

我从很小的时候读诵古诗，就被古诗所吸引了。所以我在天津南开大学的时候，有一次一些人来做访问，访问到我的女儿，我的女儿就跟他们说了一句，她说："我的妈妈就是爱她的诗词。"我真是喜爱我的诗词。跟我比较熟的朋友也知道，我的一生不是很顺利地走过来的，不管是精神上的、物质上的、生活上的、感情上的，我都经历过很多的挫折和苦难，而我现在还能有这么好的身体和精神，可以跟大家谈讲诗词，这完全是因为我对于诗词的爱好给了我这样的精神，给了我这种健康的体力，所以我真的是爱我的诗词，我也感谢我的诗词。

　　我们要讲的内容是陶渊明的组诗。"组诗"就是成组的诗，是用一个题目写了很多首诗。如果你偶然看见一个景物，引起了你的感动，就是刹那之间的一个感动，这个时候，你也许写一首诗就够了。

　　比如宋朝的诗人杨万里写过一首小诗，说"雨来细细复疏疏，纵不能多不肯无"（《小雨》），他说你要不然就下一场大雨，要不然你就不下，你下这么三点两点的、稀稀疏疏的雨是什么意思呢？

他说是"似妒诗人山入眼",说老天爷就是嫉妒我,嫉妒我怎么看到这样美丽的山,"千峰故隔一帘珠",所以雨下得像是挂了一层珠帘,故意不让我看清楚。这首诗当然也写得很美,可是这一切都是偶然的,偶然的景象、偶然的感受,所以有一首诗就够了,把他的感觉说完了。

可是组诗都是有很深厚的感情的,内心有很大的感动,一首诗真是说不完,所以才写成一组诗。中国有很多诗人都写过成组的诗,这个"组诗"的性质有很多的不同,有的一组诗里边,第一首诗、第二首诗、第三首诗,没有一定的次序;也有的组诗排在一起,它的第一首、第二首、第三首,都是有一定的次序,不可以随便地更改的。这样的组诗,我以为最有名的一组诗就是杜甫的《秋兴八首》。这是杜甫流落在四川夔州的时候所写的,他从夔州秋天的巫峡景色引起他的兴发感动写起,因而怀念长安、怀念朝廷,他要写几十年的朝廷的政治的战乱兴衰,要写他自己几十年来的流离艰苦,这哪里是一首诗可以写完的?所以他要写八首诗。

陶渊明的诗呢?其实陶渊明留下来的诗不多,只有一百多首,跟中国的那些大诗人不能比。白乐天的诗有多少首?苏东坡说"乐天长短三千首,却爱韦郎五字诗"(《观净观堂效韦苏州诗》);而陆游自己说"六十年间万首诗"(《小饮梅花下作》)。所以你看,人家白乐天可以写他三千首,陆游可以写他一万首诗,而杜甫、李白也都有八九百首诗流传下来,陶渊明不过一百多首诗而已。所以比起那些大家,陶渊明写的诗真是太少了。而陶渊明的一百多首诗里边,就有很多是组诗,例如他的《形影神三首》是讲生死的问题；《归园田居五首》是写他回去种田；《拟古九首》是写晋宋易代的哀悼；《杂诗十二首》是写生命无常，在短暂的生命之中的各种杂感；《咏贫士七首》是写对于"固穷"的持守；《读山海经十三首》是借着神话传说表现对世事的悲慨，等等。

杜甫的《秋兴八首》写的是几十年的个人身世、国家盛衰的变化。陶渊明不是，陶渊明的组诗都是写他自己内心的活动，是他思想、心灵、精神、感情之间的活动，都是他所考量的人生的重要问题。陶渊明是非常有特色的一个诗人，他的诗文字都非常简净，不像中国有一些人的诗，像李贺，人们说他是个"鬼才"，他总写那些稀奇古怪的东西；像韩退之，喜欢用散文来写诗，写些稀奇古怪的句子。不用说李贺跟韩愈，他们是爱好奇险；那么还有像李商隐，是"相见时难别亦难，东风无力百花残。春蚕到死丝方尽，蜡炬成灰泪始干。晓镜但愁云鬓改，夜吟应觉月光寒。蓬山此去无多路，青鸟殷勤为探看"（《无题》），写得如此的华丽。可是陶渊明不像李贺、韩退之这么好奇险，也不像李商隐这样的华丽，也不像杜甫说的，"语不惊人死不休"（《江上值水如海势聊短述》）。

这些诗人，当他们写诗的时候，都有一个"为人"之心，就是说我写了这首诗以后，别人会对我怎么样看，我会得到怎么样的评价，所以这些人就是要奇险，要华丽，要"语不惊人死不休"。白居易说，我写诗要让"老妪都解"，要让没有读书认字的老太婆都能够懂得，他是故意要求每一个人都懂。可是陶渊明的"简净"，不是有心要去追求的，陶渊明是"任真"，就是任凭我自己最真诚的心意自然流露，如果我的情思是复杂的，我在诗里边就把我的复杂表现出来；我如果是简单就是简单，至于你们懂不懂，陶渊明没有考虑到这样一个问题。所以他不是"为人"的，他是"为己"的，陶渊明被后代很多人赞美称述，最重要的一点，就是陶渊明的"任真"。

苏东坡曾经说过这样的两句话，他说陶渊明这个人："欲仕则仕，不以求之为嫌；欲隐则隐，不以去之为高。饥则扣门而乞食，饱则鸡黍以迎客，古今贤之，贵其真也。"（《书李简夫诗集后》）我们之前说过，凡是读书人，"修齐治平"总是他们的理想，所以杜甫说我要"致君尧舜上"（《奉赠韦左丞丈二十二韵》），我要使我的国君成为超越尧、舜的国君，所以他的理想就是能够出来辅佐国君，把国家治理得很好。陶渊明虽然本性是真淳、自然的，可是他也曾经出来做过官。我刚才不是说陶渊明写了《形影神》，考量的就是死生的问题吗？你活着的意义跟价值在哪里？

所以儒家就说，"太上有立德"，最高的是在这个世界上留下一些德业，千年万世让人民百姓都受到你的德惠。像孔子留下来的《论语》，至少从我来说，小时候六七岁开蒙读的第一本书就是《论语》，我觉得我终生受用无穷。

其次呢？"其次有立功"，其次就是真的做了一番事业，造福后世。大家知道四川的都江堰，是一个水利工程，两千多年以前，秦国的李冰父子修建了都江堰，使得江水涨起来的时候可以分流，不涨的时候可以灌溉田园，那真是几千年来造福了四川的农业。

再其次呢？"其次有立言"，你没有能够立德，没有机会立功，但是你有著作留了下来。所以魏文帝曹丕说："盖文章，经国之大业，不朽之盛事。"（《典论·论文》）文章是治理国家的一个重要的事业，你把你的政治理想、你的治国方略留下来了，能使你声名不朽。你身体虽然朽坏了，但是你的精神、你的思想还留在世界上。"年寿有时而尽"，一个人的一生不过百年，我们的年岁、我们的生命都会终结，这是必然的事情。"荣乐止乎其身"，你活着的时候就算是享尽荣华富贵，可是你死后呢？什么都带不走。所以"未若文章之无穷"，都不像文章可以传流久远。所以古人要想追求不朽，就是有"太上"的"立德"，其次的"立功"，其次的"立言"，而那些读书人所追求的"修齐治平"都是"立功"。

那陶渊明的本性呢，他说是"少学琴书"（《与子俨等疏》），我从小就学习弹琴、读书，"偶爱闲静"，间或喜欢闲静的生活。他本性是喜欢闲静，是任真的，是自然的，可是他毕竟读过书了，所以他也有读书人的"修齐治平"的立德、立功的理想。

我们知道，东晋末年，天下大乱。我们常常说，"货悖而入者，亦悖而出"（《礼记·大学》），你的财货，其实不只是财货，任何的东西，你如果是用不正当的方法取得的，将来一定由不正当的途径失去。我们说武王伐纣取得了天下，而取得天下以后，就把商朝的很多制度都改变了，所以武王是"革命"。"革命"这两个字，不是后来到晚清到民国才有革命的，在中国古代就管武王伐纣叫作革命。他不但把商朝推翻了，而且他改正了商朝政治、经济制度的很多缺点，所以周朝才能够传世久远。所以武王是为了长治久安去做打算的。而很多人打天下就是只看眼前，夺来就享乐，夺来就施暴政，这样的朝代如何能够传得长久呢？

陶渊明所生的时代是在东晋，东晋当然是从西晋而来的了，西晋怎么得来的？西晋是篡魏得来的。刚才我说了，"货悖而入者，亦悖而出"，你无君无父、伤天害理，你得到了天下能够长久吗？所以当西晋得天下以后，王室就马上发生了所谓的"八王之乱"，司马家的宗室互相争权，就你杀我我杀你。不仅如此，连西晋的文人都很少有得到好死的，很多都是在政治斗争之中被杀。而阮籍是怎么保全的？他的好朋友嵇康被杀死了，他怎么就被保全了呢？因为这些政治上要夺权的人，都想拉拢社会上有名的知识分子，以壮大自己的声势。当年司马昭就想让阮籍的女儿嫁给自己的儿子司马炎，司马炎后来就是西晋的第一个皇帝，攀龙附凤，何等好的机会！可是阮籍不愿意这样做，不愿意卷入到政治的漩涡中去，所以他就每天喝酒，借着酒醉来逃避政治迫害。据说他曾经一醉六十日不醒，因此司马昭就没有办法跟他谈这件事情。阮籍是借着酒醉而保全了自己。这还不说，当司马昭后来加封为晋王的时候，要"加九锡"，九是一个最高的级数，"锡"就是赏赐的意思，就是给他很多优渥的特权和待遇。这个司马昭加九锡要"劝进"，就是他表面上还客气推辞，还要人写劝进的表文。这个表文就是阮籍写的。有人说阮籍是清流，怎么替篡逆的司马昭写了劝进的表文？但在司马氏的权势下，他怎么能不写？只是写的时候在里边做了点小文章。他说，你有这么大的功劳，你应该接受九锡；后面就一转，说你对国家建立了这么大的功业，假如你在接受了以后，登上箕山去拜见许由，那真是了不起。箕山许由是谁？传说尧的时候，尧让天下给许由，许由不接受。所以他是暗中有一种讽刺，说你有这么大的功劳，给你这么大的奖赏，你最好将来就像许由，让给天下也不要接受，你就不要篡位了。

我们说了，"货悖而入者，亦悖而出"，晋朝以那么残忍的手段夺取了天下，他的子侄、他的后代，看他就是这样杀戮夺取得来的，就想我们为什么不可以夺取？所以马上他自己的宗室就发生了"八王之乱"。中原大乱，周围的一些少数民族就打进来了，这就是所谓的"五胡乱华"，造成了中国历史上一个大分裂的时期。所以"货悖而入者，亦悖而出"，就因为晋朝得国之不正当，给天下老百姓带来一场绝大的灾难。

五胡十六国时期，北方就完全沦陷了，晋朝的宗室就逃到南方去了，建都在东南的建康，就是现在的南京。这就是东晋。东晋开国以后也是战乱不断，当时前后要发起叛乱的人，就有王敦、苏峻、桓温、桓玄等等，这都是有军政大权的人。然后老百姓也起来革命了，当时沿海就有孙恩、卢循起义。而最后夺得政权的，就是平定了桓玄，也平定了孙恩、卢循的刘裕。刘裕也是有军权的，他把中央的、地方的叛乱都平定了，他当然就篡位了，东晋就灭亡了。刘裕改国号为宋，为了跟后来唐宋的宋分别开，唐宋的那个宋朝天子姓赵，所以那就叫赵宋；这个天子是刘裕，就叫刘宋。

我上面讲的这些是陶渊明生活的时代背景。在这样的时代，你是出来做官还是不出来？我刚才说出来做官有几种情况，有的是出于政治上一个"修齐治平"的理想，儒家主张，士当以天下为己任，读书人就应该以天下为己任。所以出来做官，不是为了去挣钱拿俸禄的。可是孟子说："仕非为贫也，而有时乎为贫。"（《孟子·万章下》）读书人拿什么养家糊口啊？你肩不能挑担，手不能提篮，有的时候你也是要得到俸禄才出来做官的，所以"仕非为贫也，而有时乎为贫"。

陶渊明第一次出来做官，是说"亲老家贫"，所以"起为州祭酒"（《晋书·隐逸传》），那是哪个州的祭酒呢？陶渊明是江西人，是浔阳柴桑人，当时属于江州，所以是在江州。陶渊明有一首诗曾经写到这一件事情，他说"是时向立年"（《饮酒二十首》之十九），那个时候我的年龄正是"向立"的年岁。"向立"的年岁是多大呢？孔子说："吾十有五而志于学，三十而立。"（《论语·为政》）所以"向立"年是他差不多三十岁左右的时候。可是陶渊明一出来做官就觉得格格不入，觉得很难过。他曾经给他的儿子留下一封信，说自己"性刚才拙，与物多忤"（《与子俨等疏》）。他说，我这个人性情刚直，就是不会敷衍，不会做虚伪的事；我的才能也很笨拙。你看陶渊明写诗当然一点也不笨拙，那是做官的才干太笨拙了吗？那是两码事。陶渊明后来不做官了，就去种地。种地不是一件容易的事情，而且有旱涝各种灾害，他常常忙碌耕作了一年，但是没有很好的收成。所以陶渊明说"夏日长抱饥"（《怨诗楚调示庞主簿邓治中》），夏天常常是挨饿，因为秋天才有收成，而秋天收获的粮食到第二年夏天都快吃光了。"旧谷既没，新谷未登"（《有会而作》序），新的粮食还没有收，旧的粮食都吃完了，所以"夏日长抱饥"，常常是挨饿。冬天的寒冷的夜晚，"寒夜无被眠"（《怨诗楚调示庞主簿邓治中》），没有厚的棉被，所以挨冻。你想啊，挨饿跟受冻是你自己最切身的痛苦，所以他说"饥冻虽切，违己交病"(《归去来兮辞》），说饥冻虽然是这么切身的痛苦，我还是不愿意出去做官，因为"违己交病"，你要让我去做官，每天跟那些我不喜欢的人打交道，每天要我逢迎拍马，要我眼看着他们贪赃枉法而不能说一句话，那个时候的痛苦比饥冻更厉害，所以他很快就辞职了。

我前面举了苏轼的两句话，"欲仕则仕，不以求之为嫌"，陶渊明中间也还出来做过几次官。陶渊明的传记上说，他还曾经做过镇军参军和建威参军。那什么叫镇军参军，什么叫建威参军？镇军、建威都是将军的名号，他做过镇军将军的参军，也做过建威将军的参军。镇军将军是谁呀？建威将军又是谁呀？陶渊明是给谁做了参军？从历史上考证，是桓玄、刘裕。刚才我们说了，桓玄、刘裕都是篡逆的，桓玄造反，刘裕把他平定了；平定了桓玄，刘裕有了军权就篡位了，就推翻晋朝，建立刘宋。有人就说，以陶渊明之清高隐逸，难道会给这些叛逆的桓玄、刘裕做官吗？可是很不幸的就是，你如果真是考证历史，当时在江州做过军政长官的就是桓玄跟刘裕，只是陶渊明做参军时，他们还没有叛乱。

我们把陶渊明生活的历史背景介绍完了，就要开始讲《拟古九首》了。我们一定要了解他生活的历史背景，才能够懂得《拟古九首》是什么意思。

陶渊明写了一首《游斜川》，前面有一篇序，说是："辛丑正月五日，天气澄和，风物闲美。"这个"辛丑"一作"辛酉"。那么辛丑是哪一年呢？是东晋安帝的隆安五年（401）。陶渊明的集子原本是辛丑，后来有人说这"辛丑"是不对的，应该是"辛酉"。说是正月初五那一天"天气澄和"，非常晴朗，非常温和，风物都显得那么悠闲、那么美丽，所以他"与二三邻曲，同游斜川"，陶渊明就跟两三个邻居朋友同游斜川。"临长流，望曾城"，就面对着流水，远望曾城山。"鲂鲤跃鳞于将夕，水鸥乘和以翻飞"，鲂鲤就是各种鱼，它们在水里游来游去，那个鱼鳞在夕阳的余晖之下闪动，而水上的鸥鸟就趁着晴和的天气在水面上飞来飞去。"彼南阜者"，是南山的意思，指庐山。他说这个名字已经太熟悉了，"名实旧矣，不复乃为嗟叹"，所以已经不想为它吟诗作赋了。"若夫曾城"，另外有一个地方叫作曾城，这个"曾"字念céng。"傍无依接"，旁边没有其他的山，所以"独秀中皋"，这座山单独地秀立在一片原野之中。"遥想灵山"，本来曾城是中国古代传说中昆仑山的最高级，这个江西斜川的山与它同名，所以他说"遥想灵山，有爱嘉名"，我喜欢这座山，它的名字也这么好。"欣对不足，率尔赋诗"，我们很高兴地面对这座山，还觉得不够，所以我们大家都作了诗。"悲日月之遂往，悼吾年之不留。各疏年纪乡里，以记其时日"，我们觉得日月消逝得这么快，我们的年命却不能够长久地保留，所以我们就把自己的年岁、乡里写下来，把时间、日子也都写下来了，就作了这些诗。

这首诗是辛酉年做的，还是辛丑年做的？古老的本子都是"辛丑"，有人认为应是"辛酉"。我们看诗的第一句，"开岁倏五十"，倏就是很快，说这一年开始，很快我就已经五十岁了。五十岁，年过半百，说我们的生命可能就快要终结了。可是有人说"开岁倏五十"是不对的，为什么是不对的呢？他们也有他们的根据。陶渊明死的时候，他的一个好朋友颜延之（颜延之字延年），给他作了一篇哀悼的文字，叫作"陶征士诔"。"诔"是一种哀悼的文字。他为什么管陶渊明叫陶征士？因为古代这些人死了，常常都把他的官爵啦，封号啦写一大串，像什么"赠光禄大夫"什么什么。陶渊明入宋以后，就没有出来做官，他入宋不仕。任何的新朝都希望拉拢学术界、文化界有名的人来增加它们的声势，所以就征召名士，刘宋就请陶渊明出来，可是陶渊明没有出来，所以他只是被征过，就管他叫"征士"。颜延之写这个陶征士的诔文，最后就说了，那时已经是刘宋文帝的时候了，年号是元嘉，说宋文帝元嘉四年（427）陶渊明卒。因为陶渊明没有刘宋的官职称号，所以也没有朝廷给的谥号，颜延之广泛征求亲朋好友的意见，给他私谥"靖节"，说他为人简净和平、爱好自然，而且有操守。

那现在我们就知道陶渊明死于刘宋文帝元嘉四年（427），这个绝对不错；但是他享年多少，诔文上却没有写。而《宋书·隐逸传》里边说陶渊明死的时候"年六十三"。《宋书》是沈约写的，他距离陶渊明还不远，就是从他开始说陶渊明享年六十三岁。可是有人不是把他那个"辛丑"改成"辛酉"了吗？如果按照"辛酉"来算，这一年开岁陶渊明就五十了，那么到宋文帝元嘉四年（427），陶渊明只活了五十六岁。人家说陶渊明不是活了六十三岁吗？这就跟那个时间不相合。而如果我们保留原来的辛丑，那就享年七十六岁。所以如果是辛酉，那陶渊明五十六岁就死了，有人就说他怎么活得那么短？一定是沈约写错了，我们给他改一改吧，可是我们不能随便改。如果按照最早的陶渊明的集子，说是辛丑年，那么陶渊明这一年就不是五十岁，所以大家就再改，说这个"五十"的"十"错了，应该是"开岁倏五日"，不是正月初五去游的曾城吗？说过了年转眼已经是初五了。其实上述这些与陶渊明的诗是好是坏丝毫不相干，只是说讲到陶渊明，大家知道有这样一个争议就是了。

那我们要说的是什么呢？我们是要说，陶渊明生活的时代是晋宋之际。现在我们还是回到苏东坡来。苏东坡说他"欲仕则仕"，因为陶渊明三十岁左右曾做了一次官，很短的时间就回去了。他曾经给镇军将军、建威将军都做过参军。有的人也不承认，就替陶渊明解释，说这"镇军"错了，不是镇军将军，是"镇北将军"吧？大家就给他改，改来改去的，不要让他跟桓玄、刘裕做官。可是这不能随便改，就跟这诗不能改一样。陶渊明真的给他们做过官，给他们做官也不是没有缘故的。我就说了，求仕有的时候是为贫，有的时候不是为贫，是为了什么？为了"功"。

陶渊明出来给桓玄做官，为什么？陶渊明这个人虽然简单，可是他非常不幸，生在那样一个乱七八糟的时代。所以你要讲他就要牵扯到这些杂乱的背景。司马氏是东晋的皇族，当时掌权的是司马道子和他儿子司马元显，皇帝的大权旁落，所以桓玄就起兵。他当时有两个名义：一个是讨伐司马道子、司马元显，这是所谓"清君侧"，就是皇帝身边有了专权的小人，我们替皇帝清除他们；一个就是平定当时沿海的孙恩、卢循的起义，这样他就出师有名啊。所以当桓玄、刘裕篡逆的野心还没有显露出来时，他们是为国家平定战乱，所以陶渊明加入了他们的阵营。

陶渊明为桓玄做事还有一个关系。陶渊明的外祖父孟嘉，曾经是桓玄的父亲桓温的部下，所以当桓玄要起兵，说是"清君侧"讨伐司马道子父子，说是要平定海边的叛乱，陶渊明当然可以参加。陶渊明也有立功之心。

我们再看一首陶渊明的诗，陶渊明的《杂诗十二首》的第五首："忆我少壮时，无乐自欣豫。猛志逸四海，骞翮思远翥。"他说，我想到当我年轻的时候，我虽然没有什么特别值得快乐的事情，可是年轻就是快乐的事情，"欣豫"就是内心充满了欣喜，充满了和乐。"猛志逸四海"，我当时也有远大的志向，想立一番功业。"骞翮思远翥"，"骞"是举起来，"翮"就是鸟的翅膀，我也想举起我的翅膀"远翥"，就是飞到远方去。陶渊明还有一首诗，《拟古九首》的第八首，说是"少时壮且厉，抚剑独行游"。从这些地方来看，陶渊明少年的时候也曾经有过要建立一番功业的心。

现在我们就知道，陶渊明第一次做江州祭酒是因为"家贫"，孟子说的"仕非为贫也，而有时乎为贫"，特别是因为他的母亲年老，他要奉养，出来做官是应该的。那么后来他做了两次参军，这个就不是单纯因为"家贫"了，这是因为他曾经有一份建功立业的心。每一个人都不愿意白白地过一辈子，尤其是中国古代的读书人，总是士当以天下为己任。现在桓玄起兵要"清君侧"，要讨平叛乱；刘裕的起兵是要平定桓玄，也是要安抚国家的，所以他就做了两次参军，那是为了功业。可是真是很不幸，马上桓玄跟刘裕的本来面目，那种篡夺的面目就暴露出来了，所以陶渊明出仕都是很短的，只做几个月，马上就不做了，他见机而退了。

陶渊明就无以为生了，而且他至少有五个儿子，那他怎么养活这一家人呢？所以陶渊明没有办法还是出来做官了。做什么官？就是"求为彭泽令"，他就出来做了彭泽县的县令。陶渊明自己说："聊欲弦歌，以为三径之资。"（《晋书·隐逸传》）"弦歌"是一个典故，说孔子的学生子游为"武城宰"，"宰"是治理，就是在武城这里做长官，有一天孔子路过这里，一进城，就"闻弦歌之声"（《论语·阳货》），到处都是念诵、吟诵的声音。弦歌之声，古代的诗歌都是可以弦诵的，就是这个"情动于中而形于言，言之不足，故嗟叹之；嗟叹之不足，故永歌之；永歌之不足，不知手之舞之、足之蹈之也"（《毛诗·大序》）。能够用文化来治理一个地方就叫弦歌。陶渊明说他希望做两天县令，也推行一些文化教育，除此之外，他也可以为"三径之资"。"三径"就是三条小路，据说汉代隐士蒋诩曾在房前开"三径"，陶渊明此处说我可以带点钱回去隐居。

但是他"质性自然，非矫励所得"（《归去来兮辞》），他说他的天性喜欢自然，无法造作勉强。他后面说，"饥冻虽切，违己交病"，他就是宁肯挨冻受饿，也不能再忍受官场上的污浊了，所以他"在官八十馀日"，就辞职不做了。苏东坡说他"饥则叩门而乞食"，陶渊明写过一首《乞食》的诗，旧谷已尽，新谷未登，"饥来驱我去"，所以就乞食；他自己粮食收获了，就杀鸡煮饭请他的邻居、老朋友来一起吃饭，"古今贤之，贵其真也"（《书李简夫诗集后》），不错，"真"就是陶渊明的本色。而赞美陶渊明"真"的不只是苏东坡，辛弃疾也写过一首词来赞美他，他说陶渊明"千载后，百篇存，更无一字不清真"（《鹧鸪天》），没有一个字不是出自内心地、真淳地写下来的。我们常常说文学创作"修辞立其诚"（《易传·文言》），什么样的文学是好的文学？你有真的感觉、真的感情、真的思想、真的见解，特别是作诗，情动于中，所以"修辞立其诚"。那么，真就是好的吗？

我当年在台湾大学教书，那时我的课是"诗选及习作"，不但要选诗来读，还要教学生来作。有一个学生就作了一首诗，我常常举他这个例证，说"红叶枕边香"，我说这不大合乎常理，第一，我没有闻到红叶有什么香气；而且红叶都长在山上，"停车坐爱枫林晚，霜叶红于二月花"（杜牧《山行》），这都在山上，怎么跑到枕边了？这就不通了。他说，老师你不是说"修辞立其诚"吗？我写的都是真的，这是我的女朋友送给我的红叶，上面还有香水，放在我的枕边，这不是"红叶枕边香"吗？所以这个"修辞立其诚"的"诚"就很难说，可是你要知道，文学总是写给人家读的，文学要有一种感发的力量。这感发的力量不但从作者而言，你是因为有了感发才写的，而当你这个感发力量表现在作品之中，就要带着你的力量给读者，这正是诗歌、文学生生不已的生命。你写出文字就是要给读者看的，所以一定要把文字的生命力传达出去。

所以我们说"诚"，不是只要是真的就是好的。如果你拿一块透明的、没有渣滓的水晶石给人看，说这是真，这是水晶的本色，它真是清纯、透明，那我如果拿一根粉笔给你看，说这也是真的，但它既不清纯，也不透明，上面有很多污点，所以不是说你只要真淳、透明就是好，而是要看你的本质，你在真淳之中所表现的本质是什么？你是水晶还是粉笔？所以真淳之中就有一个本质，而且这个本质又有种种的不同，有的是简单的，有的是繁复的。陶渊明的诗之所以妙，也是苏东坡赞美他的，"质而实绮，癯而实腴"（《与苏辙书》）。前文苏东坡是赞美他的人，说他是任真的，没有虚伪的面目，不是人为的，这是他做人这一方面；那么他作诗这一方面呢？也是苏东坡说的，"质而实绮，癯而实腴"，看起来非常质朴，我心里面怎么想就怎么样写，我不是故意要做得漂亮让人赞美，我也不是要故意做得简单让你们都懂，我的心里怎么样活动我就怎么样写，所以他的诗看起来质朴、简单，可是实在是非常妙。

我的老师顾随先生有一个比喻，他说陶渊明的诗仿佛是什么呢？仿佛是日光，是"七彩融为一白"。你看那日光，很单纯的一个白的亮的颜色，可是你用三棱镜看，一折射，你就发现它里边原来是有七彩的。陶渊明的诗也是如此，你看他一句诗，非常简单，但是它里边的情思、意念、精神、感情的活动是非常繁复的，所以苏轼说它"质而实绮，癯而实腴"，"癯"是瘦，看起来它没有什么辞采，就是很死板地在那里，可是它实在是"腴"，"腴"是丰美。不但苏轼赞美他，辛弃疾赞美他，宋朝诗人陈后山也赞美陶渊明，他说"渊明不为诗，写其胸中之妙耳"（《后山诗话》），真是说得好。他说，陶渊明不是为作诗，他是写他胸中，胸中的什么呢？是胸中之情？胸中之意？他说不是，他是写他"胸中之妙"，真是妙，陶渊明的胸中真是妙。

（江梦川整理）

二

*

陶渊明的归隐与抉择

陶渊明是一个非常有哲思的诗人，可是陶渊明的哲理并不是空口讲的理论，而是他自己的生活、感情上的感受和体会。我说他的《归园田居五首》是表现辞世归耕的决志，他辞了彭泽令以后，就决心再也不出来做官了，所以他就写了《归园田居》五首诗，我们先看他的第三首：

　　　　种豆南山下，草盛豆苗稀。
　　　　晨兴理荒秽，带月荷锄归。
　　　　道狭草木长，夕露沾我衣。
　　　　衣沾不足惜，但使愿无违。

　　他说我种了一片豆子，就在南山的山脚之下，野草长得非常多，而豆子的秧苗长得很少，那你该怎么办？你当然要去除野草了。所以他说"晨兴理荒秽"，"兴"就是起床，他说我很早就起床了，去整理那些荒草，"秽"就是丛杂的、污秽的野地里的杂物。"带月荷锄归"，他说我从早晨起来就去工作，一直到晚上月亮都升上来了，才背着锄头回家。"荷"是背在肩膀上、扛在肩膀上，这个字不念hé，当动词用就念hè。

"道狭草木长"，"长"字这里念cháng，不念zhǎng，是跟"狭"对举的，狭是说路很窄。他说，田间的小路都是很窄的，没有车马往来的大路那么宽敞，但野草长得很茂盛。"夕露沾我衣"，那个时候不但月亮升上来了，连露水都下来了，所以草叶上都是露水，那黄昏的露水就把我的衣服打湿了。

"衣沾不足惜"，"惜"就是顾念，说我衣服沾到露水，这不值得我顾念，只要我种田的愿望没有违背那就好了，所以"衣沾不足惜，但使愿无违"。他是真的付出了自己的劳动，只有你付出自己的劳力获得的，才真正是无愧的。如果不是你自己劳动所得，而是苟且地得到的，那就我们前文讲过的"货悖而入者，亦悖而出"，所以陶渊明才选择了躬耕，这是《归园田居》。

陶渊明不但写了《归园田居五首》，表示其归耕的决志，他还有《饮酒二十首》，也是写出仕与否的反思。你决心归隐了，你就要付出身体劳苦的代价，而且有时候有旱涝蝗灾，所以可能你工作一年辛苦到头，收获不了多少粮食。所以陶渊明甚至也写过《乞食》诗。那他付出这样劳苦的代价是为什么？他为什么做了这样的选择？而且不只是他一个人要挨饿受冻，他的家人、他的妻子、他的儿子也都要挨饿受冻。所以陶渊明还有一篇文章写过，说他很惭愧。

陶渊明说自己是"性刚才拙，与物多忤"，性情过于刚直，不能同流合污，不会苟且逢迎，而且他谋生的才能是很笨拙的，跟这个世界有很多不合。陶渊明至少有五个儿子，他对他们其实不是很满意。陶渊明说过这样的话，"虽有五男儿，总不好纸笔"（《责子》），他们都不喜欢读书。他虽然责备他的儿子们不好纸笔，可是他留下一篇文章，是《与子俨等疏》，说"僶俛辞世"，"僶俛"就是努力，他说他尽了最大的努力，但是仍没有办法与世俗同流合污，所以他离开了官场。

我们说陶渊明的外祖父孟嘉从前就在桓温手下做事，他的曾祖父陶侃在东晋的时候被封作长沙郡公，所以他家本是一个贵仕的门庭，他本来是应当做官的，因为他的亲戚朋友很多人都是做官的，但他选择了去种田，所以说"僶俛辞世"，我是尽了多么大的努力，我才决定辞官不做。人生有多少选择？人生又有多少考验？那不只是在学校里边的考试，在人生真正的选择、考验面前，你选择了什么？你愿意付出什么样的代价？如果有一天你的私人利害跟正义的道德违背的时候，你选择什么？孔子说"杀身成仁"，孟子说"舍生取义"，当你的生命跟正义违背的时候，你会舍弃你的生命而选择正义吗？在严格的道德考验面前，你选择了什么？我们有多少人能够忍受饥寒交迫而选择正义？陶渊明就是这样选择了，所以他付出了他的代价。

可是你做了这样的选择，有几个人能够理解你？你的朋友不理解你，就连你的妻子、你的家人都不理解你。我这是说陶渊明家里的情形。陶渊明在《与子俨等疏》里说他"僶俛辞世，使汝等幼而饥寒"，他说是我对不起你们，因为我不能跟世俗同流合污，所以使得你们这些孩子从小就要忍受饥寒交迫的生活。他又说"但恨邻靡二仲，室无莱妇，抱兹苦心，良独罔罔"，这个"恨"不是痛恨，这个"恨"是遗憾。他说，我所遗憾的是"邻靡二仲"，我的邻居之中没有像"二仲"这样的人。"二仲"是古代隐居的贤士，一个叫羊仲，一个叫求仲。"室无莱妇"，在我家里没有一个"莱妇"，"莱妇"是什么人呢？说是古代有一个人叫老莱子，"莱妇"就是他的妻子。历史记载老莱子是一个品德很好的人，而且也非常孝顺。有一个故事，说老莱子"戏彩娱亲"，说他父母年岁很高了，老莱子年岁也很大了，但是他有时候还穿上小孩子的彩衣做小孩子的游戏，博他父母的一笑。老莱子也是一个很清高不肯出来做官的人，朝廷听说老莱子品德很好，就请他出来做官，他的妻子反对，说不要进官场里去，所以老莱子的妻子是支持他不去做官的。陶渊明说，我现在所遗憾的是"室无莱妇"，家里没有像老莱子的妻子这样理解我的人，而我的邻居也没有像羊仲、求仲这样跟我志同道合谈话的人，老莱子、羊仲、求仲，都是古来隐逸的高士。"抱兹苦心"，所以我怀抱着这样的苦心。我为什么选择了躬耕？我做了这种"僶俛"的、最努力、最艰难的一个选择，我也觉得对不起我的妻子，对不起我的小孩，可是我没有办法，所以"良独罔罔"，我的内心真是说不出来的怅惘哀伤。陶渊明所有的诗都是他自己的生活体验，都是他自己的反省。

不光这一首诗、这一篇文章写了这样的感觉，我们接下来看，陶渊明还写了很多首诗。我们说《归园田居》一组五首诗，是表现辞世归耕的决志，还有《饮酒》一组二十首诗，是写有关出处的反思。"出"是出仕，就是出来做官；"处"是留在家里边，我们常常把辞官不做，或有德才却在家里不肯出来做官的人叫作"处士"。《饮酒二十首》就是陶渊明写他对于到底是出来做官还是不出来做官的反思。

《饮酒二十首》前面有一个短短的序言，他说"余闲居寡欢"，因为他自己选择了躬耕，回到田园。可是我说了，陶渊明的曾祖父陶侃是被封作长沙郡公的，他的外祖父孟嘉是当时大将军桓温的手下，所以他是出身于仕宦之家，但是他现在选择了归耕，去种田，他是完全背离了他所属的那个群体。西方有一个人本主义的哲学家叫作亚伯拉罕·马斯洛（Abraham Maslow），他说人生最高的境界是 self-realization，就是自我的完成。每个人生下来都有很多的追求，最基本的追求是什么？是生存的追求，要穿衣，要吃饭。所以陶渊明也说"人生归有道，衣食固其端"（《庚戌岁九月中于西田获早稻》）。每个人都应该有他人生的意义，有理想，虽然如此，但你一定要穿衣，你一定要吃饭，这个是"端"，是一个根本的开始。没有衣食，人都死了，你还讲什么有道？所以衣食是人生存在世界上第一个、最基本的追求，温饱问题就是生存的追求。马斯洛说，有了生存的追求以后，人就有获得归属的追求。人生在世都不是孤立的，你总要属于一个群体，有人群归属的追求。所以人生有生存的追求；有归属的追求；有爱的追求——你要追求爱，你要爱人，也愿意被人爱；有自尊的追求。总之人有很多层次的追求，他说最高的一个层次就是"自我完成"，也可以说"自我实现"。而且他说，当你到了这个境界以后，你就真的找到你自己了，你把你自己的意义和价值找到了以后，你就觉得前面那些追求都是不重要的，因为你真正找到了你自己，你自我完成、自我实现了。

《庄子》中有一个故事，说"列子御风而行"（《逍遥游》），"御"就是riding，riding the wind，驾着风。他说列子是"御风而行"，可以乘着风在天上飞来飞去，"泠然善也"，那种轻松、那种潇洒当然是好的，可是呢，你虽然能驾着风走，但是"犹有所待也"，因为你要等到有风你才能飞起来啊！所以庄子说列子虽然可以驾着风走，能够脱离尘世逍遥在半空，那是很好，可是他还要等待一个条件，等有风了才能走。庄子的意思是说，人应该有一个"无待"的境界，就是你自己可以满足自己，不需要外界来满足你。有没有这样一种境界？你如果达到了这种境界，你自我完成了，就算你失去了归属、失去了爱情、失去了衣食，都不成问题，因为你自我完成了。但是这种完成谈何容易！我们哪一个人能够说舍弃了一切、得到自我完成了？所以陶渊明就写了：

> 栖栖失群鸟，日暮犹独飞。
> 徘徊无定止，夜夜声转悲。
> 厉响思清远，去来何依依。
> 因值孤生松，敛翮遥来归。
> 劲风无荣木，此荫独不衰。
> 托身已得所，千载不相违。

这是他的《饮酒二十首》的第四首。我们说每一个诗人都有他的个性，有不同的风格，所以每个人写出来的作品都不一样。陶渊明的诗里边常常喜欢写各种鸟的形象，而陶渊明所写的这个鸟，并不是特指任何一种鸟。我们说杜甫的诗，比如《画鹰》，就是写画上的一只鹰，特指的一只鹰；杜甫还写过《义鹘行》，写一只正义的鹘鸟，也是一个特指的鹘鸟。可是陶渊明这个人很妙，陶渊明所写的不管是动物还是植物，都是在他的意念之中的形象。陶渊明所写的鸟，是意念之中的鸟，而不是特指现实中的鸟。"栖栖失群鸟"，陶渊明的诗要慢慢地去分析它，要注意它的每一个字，这个"栖栖"，有人把它写成"棲棲"，这个不对。因为"栖栖"这两个字有一个出处，是《论语》，说有人问孔子："丘何为是栖栖者与？"（《宪问》）说孔丘这个人为什么这样"栖栖"？"栖栖"是什么意思？我们说栖栖遑遑，就是彷徨不安的样子。孔子为什么栖栖遑遑？因为他有理想，所以他周游列国，看哪一个国君能够任用他。而陶渊明所写的都是在人生重大考验之中他的选择、他的反省、他的经历，不只是身体的经历，是他的灵魂、他的心灵的一个经历。

我讲过五代冯延巳写的两句词，说："款举金觥劝，谁是当筵最有情？"（《抛球乐·逐胜归来雨未晴》）"金觥"就是金杯。"款举"是慢慢地举起来。他说，我慢慢举起满满一金觥的这么贵重的酒，我要敬给一个人，那么我要给谁？谁是在筵席里边最多情、最值得我给他敬酒的？你就要选择一个人，这是冯延巳的词。晚唐至五代还有一个诗人韦庄，他说："陌上谁家年少，足风流？"（《思帝乡·春日游》）"陌"就是道路。大家都出去游春，在游春的道路上，哪一家的年轻人是最风流、最多情的？韦庄写的歌辞是用女性的口吻，说如果有这样一个年少多情的人，"妾拟将身嫁与，一生休"，如果我发现有这样一个人，我就许身给他，一生一世再也不改变了。北宋有一个很有名的词人，而且做官做到宰相，就是晏殊。晏殊也说："若有知音见采，不辞遍唱阳春。"（《山亭柳·赠歌者》）这是写一个歌女，她说如果有一个真正懂得我的人，如果他选择了我，我就要把最好的歌都唱给他听。所以上述诗文中这种许身的感情，这种说"妾拟将身嫁与"的感情，那不是向往和追寻吗？你终身都许了嘛！

所以陶渊明说这只鸟就是"厉响思清远"，它啼叫着在追寻，它要找到一个最洁净最美好的、不被尘世所污染的地方，所以飞去又飞来，抱着一种"妾拟将身嫁与"的向往和追寻的感情，"去来何依依"，那不是一种"依依"的相许吗？古人就说了，"良禽择木而栖"，我们中国古人说凤凰"非梧桐不栖"，如果不是梧桐它就不落下来。所以陶渊明说这只鸟是"去来何依依"，它抱着满怀的奉献的、投注的、依依的感情选择去处，它找到了。

"因值孤生松"，"值"是遇见，恰好碰上了，碰上了一个什么？碰上了一棵"孤生"的松树。所以我说陶渊明真的是很妙，他的诗里边的形象都表现得很好。我们说松是坚贞的，你看见过爬藤吗？依草附木。很多人没有自己的人格，都是依草附木，逢迎拍马，用各种手段依附，而松树是多么坚固，多么挺拔，而且松树虽然是在风雪之中，它也长青不凋；不但长青不凋，不但贞固挺拔，而且陶渊明说了，是"孤生"，它有这个勇气、有这个能力，很多树要一群才能站住，如果是一棵高树，能够站住不倒下去，那是很坚强的。所以这棵松树不但长青，不但风雪之中不凋零，而且孤单地站在那里，不需要依草附木，不需要跟别的树站在一起才能够支持。他说"因值孤生松"，我就看到了、我就选择了这样的松树。"敛翮遥来归"，陶渊明写得很美。"翮"是鸟的翅膀底下最硬的那几根羽毛，鸟能飞起来就是因为有翮。它已经在空中徘徊了很久了，它不是"徘徊无定止"吗？它没有一个地方可以栖止，没有落下来的地方，现在看到了这棵孤生松，它就翅膀一收，从高天上远远地飞下来了，这就是"因值孤生松，敛翮遥来归"。

他说为什么飞到这里来？"劲风无荣木，此荫独不衰"，因为在强劲的北风的吹打之下，没有一棵树是有荣华的、有花叶的。晋宋之间，几个人站稳了脚步？几个人没有同流合污？那些人反复无常，今天跟这个人，明天跟那个人，今天跟这个人逢迎，明天跟那个人斗争，就是这样的官场上的宦海浮沉。没有一个人是有持守的，翻云覆雨，就是如此。所以他说"劲风无荣木"，没有一棵树在强风之下还能有花有叶，"此荫独不衰"，可是就是这棵"孤生松"，它没有衰落，它长青不凋，它一直还是在那里。所以"托身已得所"，我找到了可以托身的所在，就是韦庄说的"妾拟将身嫁与，一生休"，我现在要托身在孤生松，"托身已得所，千载不相违"，从此千年万世我再也不离开了。所以他选择了躬耕以后，多少人劝他出去，他都没有出去。

"栖栖失群鸟"这首诗，通篇都是写一只鸟的形象。他写这只鸟要寻找一个落脚的地方，后来找到一棵孤生松，这个鸟的形象完全是贯穿始终。而且这个鸟是一个象喻，不是眼前的、具体的一只鸟，难道说真有一只鸟在天上飞，好几个夜晚都找不到落下来的所在？这个不是写实，所以这只鸟本身就是一个象喻。"失群鸟"是一个象喻，"孤生松"也同样是一个象喻。陶渊明所写的是他人生的选择，人生要面对很多选择，你做了什么样的选择？所以这个鸟的形象是取材于现实，而有象喻的意思。那他是怎么写的呢？他写这个鸟的独飞，写这个鸟的徘徊，写这个鸟的去来，写这个鸟的来归，写这个鸟的得所，这个章法我们说是顺叙的，一步一步，从这个鸟的独飞、徘徊、选择了"孤生松"，然后就"敛翮遥来归"，所以"托身已得所，千载不相违"。这是顺叙，顺着时间排列的一个顺序的叙述。

陶渊明还有一首诗，也是他的组诗中的，我们不是说《咏贫士》有七首吗？我们来看看他的《咏贫士七首》里边的第一首：

> 万族各有托，孤云独无依。
> 暧暧空中灭，何时见馀晖。
> 朝霞开宿雾，众鸟相与飞。
> 迟迟出林翮，未夕复来归。
> 量力守故辙，岂不寒与饥？
> 知音苟不存，已矣何所悲。

陶渊明真是一个有勇气、可以实现自己的人，他能够在孤独寂寞之中坚持下来、活下来，能忍受别人所不能忍受的孤独跟寂寞。他说"万族各有托"，宇宙之中有各种族类，树木长在山上，鱼游在水中，每一个人都有归宿，都有一个托身之所。陶渊明真是想得妙，"孤云独无依"，只有天上那一朵孤独的云，它真正是无所依靠的，上不在天，下不在地，没有一个维系的所在。千古以来写孤独的，感觉写得最好的就是陶渊明这两句，"万族各有托，孤云独无依"。朱自清以前写过一篇散文叫《匆匆》，他说："燕子去了，有再来的时候；桃花谢了，有再开的时候。"可是天上的孤云散开了以后就永远没有了，它从此从宇宙之间永远消失了，它真是孤独，真是短暂，所以陶渊明把那种寂寞，那种人生之短暂、之不可掌握写得真是好。

"暧暧空中灭"，"暧暧"就是那种云雾迷蒙的样子，那薄薄的一层云在天上飘，等一会儿就从空中消失了，什么时候你再看见它？所以燕子去了，有再来的时候；桃花谢了，有再开的时候；这朵孤云它明天回来吗？它明年回来吗？它从此在宇宙之间消失了，永远没有了，所以"何时见馀晖"，为什么说是"晖"呢？"晖"本来是一种光影，我们常常说"天光云影"，而他说是"晖"，你怎么样看到这个云？你是在天光云影之中看到它的。所以他说这个"天光云影"的云影永远不再回来了。"孤云独无依"，是写孤独；"暧暧空中灭，何时见馀晖"，是写无常。陶渊明把我们人类的孤独寂寞、短暂无常用这么简单的几个形象表现出来了。

"万族各有托，孤云独无依。暧暧空中灭，何时见馀晖。"这四句是写云，刚才那首诗从头到尾都是写鸟，可是现在陶渊明变了，底下不是写云了："朝霞开宿雾，众鸟相与飞。迟迟出林翮，未夕复来归。"他开头写的是云，孤独寂寞、短暂无常，现在他在转折之间由云跳到鸟了。从云到鸟这是一个转折，是一个改变，可是他的转折改变之中也有一个联系，那是什么？你看鸟的上面是"朝霞开宿雾"，也是跟云有关系的，所以从天上那朵孤云，他想到当早晨日出的时候天上满天的云霞，就是太阳出来了以后，昨晚地面上沉沉的雾散开了，所以"众鸟相与飞"，早晨的鸟都出去找食了。"众鸟相与飞"，很多的鸟就结伴一群一群地飞。可是中间有一只鸟，"迟迟出林翮"，"翮"还是指翅膀，张开翅膀从树林里飞出来。"迟迟"，它比别的鸟飞出来晚，人家老早都出去找食了，它迟迟才飞出来，"未夕复来归"，天还没有黑呢，人家找食还没有吃饱呢，它就回来了。那些鸟一大清早就飞出去是干什么？那些都是争逐食物的鸟。可是有一只鸟是迟迟才出来，很早就回去，是一只不争逐的鸟。所以他在这样的孤独寂寞、短暂无常的人生之中，做了不同于别人的选择，别人都在争名逐利。辛弃疾说："是中无有利和名，因甚山前未晓有人行。"（《南歌子·山中夜坐》）说如果"是中无有利和名"，为什么那些人起早贪黑的、忙忙碌碌的？他们不是为名就是为利。可是现在有一只鸟不跟人家争食，人家都出去它没有出去，人家还没有回来它就回来了。

接着就转到第三个，说："量力守故辙，岂不寒与饥？"所以第一个是云，第二个是鸟，现在是人。说有一个人，这个人是"量力"，知道自己能做什么，不能做什么；该做什么，不该做什么。陶渊明说我自己知道，我是"性刚才拙，与物多忤"，我知道我有不能做的，所以我量力，我只好"守故辙"，我没有办法跟他们去争逐，所以我只好守住我自己原来走的路。这是量力，这是知命。

可是我要守我的这条路，"岂不寒与饥"？我就要忍饥挨冻。做了这样的选择，连妻子孩子都不谅解。他说"知音苟不存"，假如这个世界上没有一个知音，没有人能够真正明白、真正理解我陶渊明，"已矣何所悲"。那也就算了，我也不要求每一个人都理解我，我也不为此而悲哀。这就是陶渊明。

在这首诗里，他从云写到鸟，然后写到人，所以从章法来看他这个不是顺叙，不是按照叙述的次序一步一步写下来的，他是跳跃的，从云跳到鸟，从鸟跳到人。可是陶渊明很妙，他章法虽然是跳跃的，但是彼此之间还是有一点关联，不是很突然就跳跃了。他是从孤云写起的，他写鸟的时候，不是鸟忽然间就进来了，他说当早晨的朝霞把地面上昨夜的那些雾冲开的时候，那些鸟就飞出去了，所以他是从孤云的云，你看"雲"字是个"雨"字头，"霞"字、"雾"字都是"雨"字头，所以他在跳跃之间又有联系。他在跳跃之间，从云跳到鸟，可是他中间用的这些语言、这些文字都有联系。

他说这个鸟是"众鸟相与飞。迟迟出林翮，未夕复来归"。我们说动物不管是猫狗、禽兽，真的是很奇妙的，有不同的品格，所以现在陶渊明写这个鸟就写出一个品格来。而且他先写的是"众鸟"，这是一般的鸟，我们众人每天兢兢营营都是为了生活，都是为了名利，这是"众鸟"。所以"朝霞开宿雾，众鸟相与飞"，那些鸟都出去了。然而"迟迟出林翮"，有另外的一只鸟，很晚才从树林里边飞出来，当"众鸟"都飞走了以后，它"迟迟"地才飞出来。"未夕复来归"，天还没有黑呢，它就已经回来了。

他后面接下来就写什么呢？就写到人。他写云的有四句："万族各有托，孤云独无依。暧暧空中灭，何时见馀晖。"写鸟也是四句："朝霞开宿雾，众鸟相与飞。迟迟出林翮，未夕复来归。"可是当他写到鸟"迟迟出林翮，未夕复来归"的时候，他所写的已经不只是一只鸟了，这只鸟现在已经有了一个品格，就是鸟已经人格化了。这只鸟不是跟"众鸟"一样的鸟，它是不争逐利禄的，所以它"迟迟出林翮，未夕复来归"。

他后面就一转，"量力守故辙，岂不寒与饥"？从鸟的品格转到人了，人有人的品格。前面从云到鸟，是从孤云的"雲"字、朝霞的"霞"字、宿雾的"雾"字，是从字形联系的。我们不是说跳跃吗？因为从云到鸟了。所以它是跳跃的，跳的时候有联系。什么联系？他从字形，以及这些字都是大自然的现象联系起来的。那么现在从鸟到人，这又是一个跳跃，这个跳跃他是由品格联系起来的。这只鸟是不跟大家争逐的鸟，所以他就写到有一个不跟大家争逐的人，他从鸟的"未夕复来归"说"量力守故辙"，你要度量你自己的能力。这个"力"不只是你身体的力气，这个"力"是你的一切，你的思想、你的品格、你的修养、你的愿望、你的人生观……所以"量力守故辙"。

这只鸟想，我只要吃饱了就好了，我不贪心要很多，所以现在就从鸟的"量力守故辙"过渡到人的"量力守故辙"，它的过渡是从品格上过渡下来的。这是陶渊明说过的，你如果能得到利禄，这也没有什么不好。孔子都说："富而可求也，虽执鞭之士，吾亦为之。"（《论语·述而》）如果说富贵用正当的方法可以求得，你当然可以求，求得富贵当然不是一件坏事，每个人都可以去追求富贵，区别在你用什么方法去求得富贵。所以他说"量力"，陶渊明他量什么力？

我屡次给大家讲过《与子俨等疏》，"疏"就是一封短信。他说，我"性刚才拙"，我的性情过于刚直，我不能够敷衍，到外边去应付社会，我的才能很笨拙，所以"与物多忤"，"忤"就是不合。所以我"俛俛辞世，使汝等幼而饥寒"，我不得已就辞官不做了，使得你们这些小孩子从小就忍饥受冻。那我为什么不出去？因为"饥冻虽切"，挨饿受冻虽然是切身的痛苦，可是对我而言，"违己交病"，但是如果你让我违背自己去做官，那真是痛苦，那比挨饿受冻还要痛苦。那种苟且逢迎的、贪赃枉法的事我真是做不来，而且我看都看不来的，那么没有办法，"量力守故辙"，我只好安于我的贫穷，安于我的劳苦，我只好去躬耕。我知道我这种选择要付出饥寒的代价，而且没有一个人理解我，连我的妻子都不谅解，我的邻居也没有像二仲这样隐居的贤士，"邻靡二仲，室无莱妇"，所以"知音苟不存，已矣何所悲"，那就算了，我也不为这个而悲哀。

陶渊明的诗写得非常简净，好像是很简单，好像是很干净，可是它里边的心思是千回百转的。所以苏东坡说陶渊明的诗"质而实绮，癯而实腴"，"质"就是很简单，可是它实在是"绮"，绮是有花纹的、很繁美的。"癯而实腴"，癯是瘦，看起来很瘦，诗有什么丰瘦？就是你的诗有没有用很多装点啊，修饰啊，形容啊，没有用很多，当然很简单。所以看起来"癯"，可是实在是它里边包含的

内容是"腴",是非常丰富、非常丰美的,所以是"质而实绮,癯
而实腴"。

(江梦川整理)

三
*

陶渊明的矛盾与悲慨

陶渊明的诗很妙，真是很难讲的，看起来非常简单，每一句都没有什么难字，我们一看都懂了，可是它真正的深意是很难说明的。

陶渊明其实有很多矛盾，我们讲他的《饮酒》诗，他说"托身已得所，千载不相违"，好像他已经这样决定了，但他内心之中又有很多不能平静的地方。他曾经写过"日月掷人去，有志不获骋。念此怀悲凄，终晓不能静"（《杂诗十二首》之二）。天上的太阳跟月亮从东边升起来，从西边落下去，像《离骚》说的"日月忽其不淹兮"，"忽"是匆匆忙忙的，"淹"就是淹留，天上的日月它不肯停留，所以他说日月是"掷人去"，你不管有多少感情，不管有多少愿望，你求太阳，说你多停一分钟，这是不可能的，所以日月是无情的，它抛弃了你，它就在天上跑它的。凡是读书人，都是要以天下为己任的，陶渊明年少的时候也曾经有过这样的志向。可是陶渊明所生的那个时代，魏晋、晋宋之间的篡夺、杀戮真是无可奈何。所以他做了这种抉择。

有人说陶渊明自己选择饥冻可以，但是不应该叫妻子和小孩跟他一起挨冻受饿。这是陶渊明内心的另外一个痛苦，所以他说"僶俛辞世，使汝等幼而饥寒"，让他的家人跟他挨饿受冻，他也很惭愧，他也很痛苦。他说"饥冻虽切，违己交病"，就因为生在那样一个时代，都是篡逆的，都是杀戮的，他怎么能跟那些人在一起？他曾经在刘裕手下做过参军，刘裕后来篡位，还派人把安帝勒死了，又要把已经禅位的恭帝毒死。派去的人不肯毒死恭帝，后来换了另外一个人去，跟去的兵士趁机就把恭帝闷死了。陶渊明怎么还能够在他的手下做事情呢？有的人也许可以，但陶渊明宁可忍受饥饿跟寒冷这些切身的痛苦。他也知道要小孩子跟他一起受苦，但是他无能为力，所以"僶俛辞世"。

而他内心之中有一个美好的理想，为什么他写了《桃花源记》？他说在桃花源里，"黄发垂髫并怡然自乐"。"黄发"是说老人，"垂髫"是说小孩子。他们都在桃花源中怡然自乐。天下有没有这样一个社会？他何尝不希望能够帮助国家，能够让世界上有这么一个安乐祥和的社会？但是没有办法，无可奈何，所以他写《桃花源记》也是抱了很深的悲哀。桃花源是他理想中的一个和乐美好的社会。渔夫不是从小山洞里钻过去发现了桃花源吗？可是他说，那个渔夫怀念他的家人，他就回去了。回来以后过了几年，他想还是桃花源里比较安静快活，就再去找，可是再也找不到了。他最后说南阳有一个人叫刘子骥，是"高尚士也"，也是一个品格非常高尚的人，他"闻之，欣然规往"，他听说有这么一个和乐安详的社会，就想去寻找桃花源。可是很不幸，刘子骥不久就生病死了。陶渊明在《桃花源记》里写得最悲哀的，就是最后一句话，说"后遂无问津者"。"津"就是渡口，进入桃花源的那个渡口。"问"就是去寻问。说自从刘子骥死了以后，就再也没有一个人去寻问了。以前刘子骥虽然没有找到就生病死了，可是他向往我们人间有这样一个安乐祥和的社会，他要去找；后来连要去找的人都没有了，连寻找的理想都放弃了，这个结尾是非常悲哀的。

所以陶渊明说"日月掷人去，有志不获骋。念此怀悲悽，终晓不能静"，我从黑夜一直到天明，我的内心都是不平静的。有人说陶渊明真的是隐逸的诗人，说他非常静穆，说他写的诗都是静穆的；而有的人就说陶渊明的诗不完全是静穆的。鲁迅就说陶渊明不是完全静穆的。鲁迅是个斗士，你看他写的杂文，批评这个批评那个，批评社会上一切罪恶和不好的现象，还要用他的文章来改造社会。他看出来，陶渊明并不完全是一个隐逸之士，他不是全身都是静穆的。可是，不是到了鲁迅这个喜欢跟人家斗争的人那个时候才看出陶渊明不完全是静穆的，老早以前的人就看到了。

陶渊明是很矛盾的，他无可奈何，反复思量、挣扎了很久才选择归耕。而且尽管他归耕，他也不是没想到他没有完成的那个理想，他不是还"念此怀悲悽，终晓不能静"吗？陶渊明不是隐逸之后，就对天下都漠不关心了。他绝对不是这样一个人。陶渊明表面上虽然是躬耕了，而他要付出十分劳苦的代价，就因为有比挨饿受冻更痛苦的东西在他的内心，所以他才做了挨饿受冻的选择。

陶渊明是一个内心充满了矛盾和痛苦挣扎的人，但并不是到鲁迅才发现陶渊明的矛盾。清朝的一个诗人龚自珍，他写过一首诗，说"陶潜诗喜说荆轲，想见停云发浩歌"（《舟中读陶潜诗三首》之一），他还写过"陶潜诗似卧龙豪，万古浔阳松菊高。莫信诗人竟平淡，二分梁甫一分骚"（《舟中读陶潜诗三首》之二）。陶渊明不是完全平淡的，他内心充满了矛盾和痛苦，就是他内心的那种痛苦比挨饿受冻更甚，所以他才选择了挨饿受冻，这真是无可奈何。

"陶潜诗喜说荆轲"，陶渊明写过一首《咏荆轲》，里边有两句是这么说的："其人虽已没，千载有馀情。"说荆轲虽然刺秦王没有成功就死了，但是我们千载以来读司马迁的《史记·刺客列传》，还为之感动。司马迁也是一个很妙的人，为什么要给刺客立传？因为这个世界上有很多不平等的事情，有很多不正义的事情，那些有军队、有武力、有权势的，他们想怎么样就怎么样，他们想怎么样就都把它说成是合理的，他们把他们的霸道说得非常有道理，使那些没有军权、没有武力的人就没有办法正面跟他们对抗。那怎么办？所以就有刺客，刺客是弱小者不得已而为之。因为对方的力量太强大了，他们没有办法正面对抗。能够光明正大地对抗当然很好，但是他们没有这个能力，所以司马迁才写了《刺客列传》。在当时那个社会，都是篡逆的、争权夺利的人，他有什么办法？"陶潜诗喜说荆轲，想见停云发浩歌"，也就是说陶渊明的诗里边有很多激昂慷慨的地方，他不是完全静穆的，他不是完全安静和平的。

龚自珍又说"陶潜诗似卧龙豪"，说陶渊明的诗中的豪情就跟诸葛亮一样。陶渊明回去种地了，诸葛亮为了蜀汉鞠躬尽瘁，五出祁山、七擒孟获，陶渊明怎么能够跟他相比？龚自珍说："万古浔阳松菊高。"浔阳就是陶渊明的故乡所在，他说就是因为有了陶渊明，到今天你看到浔阳的那些松树、菊花，你都觉得它们还带着陶渊明高远的志意和气节。

陶渊明最喜欢菊花，也喜欢松树，他说过"采菊东篱下，悠然见南山"（《饮酒二十首》之五）。还说过"芳菊开林耀，青松冠岩列。怀此贞秀姿，卓为霜下杰"（《和郭主簿二首》之二），他说你看秋天芬芳的菊花，在丛林里边这黄色在绿色上是非常鲜明的。还有冬天经霜不凋的青青的松树，在一片高山上，"冠岩"，就是在山头上，像是戴着一个帽子一样，排了一排松树。"怀此贞秀姿"，"怀"字写得好，不是只是外表的、装点的、涂抹的好，他说菊花和松树，它们的美是在它们的内心的，因为它们内心的贞洁、美好，所以才有这样美好的姿态。就是说它外表的美好是因为它内心的美好。"卓为霜下杰"，卓是挺立的、不屈服的、高大的样子。在严霜之下，百草都凋零了，别的木叶树叶都黄落了，菊花还是在开的，松树还是青青的。所以说"陶潜诗似卧龙豪，万古浔阳松菊高"，千年万世以下，连浔阳的松树跟菊花，都可以让我们想象到陶渊明的那种高洁的品性。

"莫信诗人竟平淡"，所以你们不要相信，以为陶渊明真的就是平淡的，他回去种田就是安于贫贱，他不是。"二分梁甫一分骚"，"梁甫"是什么？"骚"当然大家都知道，就是《离骚》。《离骚》是谁写的？是屈原。屈原为什么要写《离骚》呢？我们可以在《史记》里找到答案。班固的《汉书》也写得很好，但班固的《汉书》是"史家之史"，老老实实地、本末源流地写历史的事实。可是司马迁不是的。司马迁不只是写了历史的事实，里边还有司马迁的理想，有司马迁的感慨，有司马迁的悲哀，所以司马迁的《史记》真是很了不起的一本书。我们说陶渊明也了不起，陶渊明只是诗写得好，可是司马迁上知天文，下知地理，他"通古今之变，成一家之言"，除了司马迁，别人谁有资格说这话？司马迁是个了不起的人，尤其了不起的是他不只是历史写得好，他有他的思想，有他的感情，有他的见解，有他的魅力。他看到世界上的不平，为什么那些强权的人可以随便欺压，而那些弱者没有正面对抗的能力，所以就有刺客，所以他要给刺客立传。他还写了《屈原贾生列传》，他赞美屈原，说"其志洁，故其称物芳"，因为屈原的内心一直向往高洁美好的东西，所以屈原作品中的那些名物都是芬芳美好的。屈原在《离骚》里边写的都是美人香草，因为他真的喜欢这些芬芳美好的东西。可是他后来怎么样？他对楚王是很诚信的，可是还被怀疑，"信而见疑"；他对楚国当然是忠爱的，可是他"忠而被谤"，被别人诽谤。那是因为楚国国内也有政治斗争，政治斗争是很可怕的，只是为了一个目的，就可以把黑的说成白的，把白的说成黑的。所以屈原是"信而见疑，忠而被谤"，所以他"忧愁幽思而作《离骚》"，这是一篇失志之作，他的理想落空了。陶渊明也有"一分骚"。

那"二分梁甫"又是什么呢？"梁甫"是《梁甫吟》，是一首很古老的诗歌。谁喜欢吟《梁甫吟》？诸葛亮。《梁甫》是讲求知求用，求得一个人真的认识他、欣赏他，真的能够信任他。诸葛亮后来写《出师表》，说先帝"三顾臣于草庐之中，谘臣以当世之事，由是感激，遂许先帝以驱驰"，因为蜀先主真的相信我，真的任用我，所以我真的愿意为他出谋划策。诸葛亮是求知求用的，屈原是失志的。

龚自珍说："陶潜诗似卧龙豪，万古浔阳松菊高。莫信诗人竟平淡，二分梁甫一分骚。"（《舟中读陶潜诗三首》之二）陶渊明本来是希望能够入世的，他不是希望避世隐居，可是那个时代不允许陶渊明实现他的理想，他没有办法，他不能完成他的理想，他就失志，因此有"二分梁甫一分骚"。

陶渊明的诗不完全是隐居的、安静的，而是矛盾的，很早就有人看到这一点了。陶渊明绝不完全是一个隐居的人，他内心有很多不平。龚自珍还有一句诗写到陶渊明，说："吟到恩仇心事涌，江湖侠骨恐无多。"（《舟中读陶潜诗三首》之一）陶渊明有他另外的奋发的一面。

看了龚自珍的两首诗，我们再来看辛弃疾的《水龙吟》。大家都觉得陶渊明这样的躬耕隐逸之士，怎么能够跟辛弃疾这样的英雄豪杰相提并论呢？可是真的是有相似之处，所以辛弃疾写了《水龙吟》："老来曾识渊明，梦中一见参差是。"辛弃疾说我年岁大了，现在真的认识、真的了解了陶渊明。我真是喜欢陶渊明的诗，每天白天都念他的诗，晚上就梦见了他，"梦中一见参差是"，我梦里就看见陶渊明了。陶渊明是不是真的长的是这个样子？这我不敢说，大概差不多，"参差"就是不能够百分之百一样，大概差不多吧！他从梦中醒了，"觉来幽恨，停觞不御，欲歌还止"，梦醒了以后，我满怀的"幽恨"，幽恨是深藏在内心的一种憾恨，这不是痛恨一个人，这是你平生的一种遗恨。我们不是说陶渊明有很多理想都没有完成吗？所以"觉来幽恨"。辛弃疾说当我梦见陶渊明，我醒过来满怀的都是这种说不出的人生的憾恨。"停觞不御","觞"是酒杯,"停"就是我停下来了,"御"就是"用",我这杯酒拿在手里却没有喝下去。陶渊明常常喝酒,但他的目的不是在酒,他都是借着喝酒写他内心之中的很多矛盾、很多的痛苦,尤其是很多的不得已。人生真是很难,你不得已,你没有办法,你也知道这个是你不应该做的,你不要这样做,你不想这样做,可是事情逼迫你到头来不得已这样做了,这是所谓"不得已",真是不得已。"欲歌还止",他也想放声地高歌,可是他还是停止了,因为那种不得已在他的内心千回百转地盘旋,难以表达。

辛弃疾的词写得好,我们都说他是豪放一派,不错,他是英雄豪杰,但是他的词之所以好,也是因为他有很多的不得已、不能说,也说不出来的痛苦。"停觞不御,欲歌还止。白发西风,折腰五斗,不应堪此。"一个人一生一世,我们说"大丈夫能屈能伸",年轻的时候吃一点苦、受一点委屈有什么关系?将来也许就有伸展的一日。可是他说现在,"白发西风",陶渊明当时也老了,辛弃疾现在也老了,面对着西风,西风是秋风,肃杀的风,使一切木叶都黄落的西风。我们古人有两句话,说是"木叶落,长年悲",到秋天树叶黄落的时候,我们年长的人就感觉到生命的短暂无常。我们说年少的时候可以受一点委屈,将来还有希望,可是如果已经满头白发了,你还说什么?何况面对着肃杀的西风!难道这么老的年岁,满头的白发,还要出卖自己吗?还要折腰,为这五斗米的俸禄去折腰侍奉那些贪官污吏吗?怎么能够忍受这种屈辱,"不应"是不应该,"堪"就是承受,真是不能够忍受这种屈辱。

陶渊明为什么让他的妻子、孩子都跟他挨饿受冻？真是不得已，没有办法。你如果能够不屈辱地使你的妻子、孩子得到温饱，那当然是好的，但是到了不得已，你只能够出卖劳力在田里耕作，你有什么好说的？你不干这个就要出卖你自己，你出卖不出卖？所以他说："白发西风，折腰五斗，不应堪此。问北窗高卧，东篱自醉，应别有，归来意。"

陶渊明在《与子俨等疏》中写过，他说我人生的快乐是什么？是夏日"北窗下卧"，在夏天炎热的天气里，在北面的窗户底下睡一场午觉，清风徐来，便自以为是伏羲氏以前的古人了。所以他说"北窗高卧，东篱自醉"，他不是说"采菊东篱下，悠然见南山"吗？难道他人生的快乐、人生的理想就是在夏天北窗底下睡一个午觉吗？他平生的意义和价值就是在菊花底下喝一杯酒吗？他为什么说他的快乐就只有如此了？"应别有，归来意"，他的归隐一定有更深的含义。当然现在时代不同了，你有各种谋生的方法，不像陶渊明的时代了。陶渊明的时代就像大陆的一篇小说：《你别无选择》。

"须信此翁未死"，辛弃疾说我们真应该相信陶渊明还没有死，"到如今凛然生气"，就是千百年到了辛弃疾的时代，读起陶渊明的诗来，还是使辛弃疾的内心汹涌、激动，有这样的感情。读陶渊明的诗，看到他的不得已，所以他说"须信此翁未死，到如今凛然生气"，"凛然"就是非常有精神的样子。他后来自己就以陶渊明自比，说"吾侪心事"，吾侪就是我们这些人。当然你如果是贪赃枉法，已经同流合污了，那就不用说，但是像陶渊明这样的人，像辛弃疾这样的人，真正有理想的、真正关心国家的、真正要做一番事业的人，"古今长在"，我们这个心事是一直长在的。我们的心事有谁知道？"高山流水"，都寄托在高山流水之间。"富贵他年，直饶未免，也应无味"，就算是你出来做了官，而且你很幸运地得到富贵了，有什么滋味？你出卖了自己，就算得到富贵又如何？你出来做官，但不是为了追求富贵，你既然不追求富贵，你就不要出来嘛，辛弃疾说得好："甚东山何事，当时也道，为苍生起。"

我们都说陶渊明隐居就不出来了，可是辛弃疾就比他多写了一段，这就是辛弃疾的感慨了。他说，我们都说不出来就是不出来了，可是"甚东山何事"。这个"东山"是谁？就是晋朝的谢安。谢安本来是隐居在东山，我们说过魏晋之间、晋宋之间，当时天下大乱，你争我夺，所以谢安就隐居于东山。可是后来晋朝从朝廷君主到老百姓都希望他出来，因为那时候北方的十六国越来越强大了，当时大家都说："安石不肯出，将如苍生何？"

安石是谢安的字，跟王安石的名是一样的。所以王安石写过一首诗，说："我名公字偶相同，我屋公墩在眼中。"（《谢安墩二首》之一）我的名跟你的字偶然相同。王安石晚年罢官，被免去宰相的职位，就在南京附近居住。他的居处旁边有一个小山坡叫"谢公墩"，因为当年谢安在那里住过，所以叫"谢公墩"。他说你的这个谢公墩都在我眼中，我每天一打开窗子就看见那个山坡。谢安当然早就死了，所以"公去我来墩属我，不应墩姓尚随公"，现在我来了，这个墩属于我了，就不应该还叫它"谢公墩"，应该叫"王公墩"才对。这是一段有意思的故事。

在五胡乱华的时代，朝廷有危机，大家都说："安石不肯出，将如苍生何？"说谢安石如果不出山，不出来做官，还在那里隐居，那我们老百姓怎么办？我们就只能生活在苦难、战乱之中吗？要找一个很好的人来治理国家，我们老百姓才有点太平安乐的日子。你们这些当官的，每天在那里斗争，我们老百姓怎么活呢？谢安本来是隐居，但是后来他又出仕了。而陶渊明从此隐居，他说"托身已得所，千载不相违"，他决心归隐再也不出来了。可是辛弃疾与陶渊明不同，辛弃疾几次被罢免，被放废十年没有任用，而国家一有了危难就要把辛弃疾叫出来。辛弃疾放不下，就出去了。到六十多岁，已经衰老了，让他出他还是出去，而他一出去就是想为国家做一番事业。辛弃疾说了，他说我不是出来求富贵，"富贵他年，直饶未免，也应无味"，说做官就算是富贵了，对我来说也一点滋味没有。"甚东山何事"，为什么谢安石要出来？"当时也道，为苍生起"，当时他也说过，是为了苍生，所以他就出山了。陶渊明后来真的是不出去了，当然陶渊明的那个时代也更是困难，因为刘裕篡位，两个皇帝都被他杀死了。辛弃疾那时候呢，南宋虽然是偏安，可是偶然表现得还可以，说不定还可以收复失地，有这么一点点、一丝一线的希望存在，所以辛弃疾还出去，还想做出一番事业来。

话说远了，我们还是来看一看陶渊明的《拟古》诗。在陶渊明以前，所谓的"拟古"就是模仿《古诗十九首》，而陶渊明不是。元末明初有一个人叫刘履，写过《选诗补注》，"选"就是《昭明文选》，这本书就是给《昭明文选》的诗做了补注。《昭明文选》里边有陶渊明的诗，他说："凡靖节退休后所作之诗，类多悼国伤时托讽之词。"凡是陶渊明辞官不做以后所写的诗，都是哀悼晋朝的灭亡，哀伤那个时代的祸乱，很多都是托讽。托就是寄托一个东西，写一个什么鸟啊，写一个什么花啊等等，例如"荣荣窗下兰，密密堂前柳"，都是托一个物来表现内心的一种意思。"然不欲显斥"，但是他不愿意明明白白地说出来，"故以拟古、杂诗等目名其题"，所以就管它叫作"拟古"，管它叫作"杂诗"。

陶渊明的拟古跟晋宋之间别人的拟古是不同的，别人的拟古是作诗的练习，就是完全模仿《古诗十九首》，陶渊明的诗虽然名字也是拟古，可是它不是一个练习的作品，不是死板地模仿，他只是用《古诗十九首》的风格写他自己内心的、说不出来的悲慨。

明朝许学夷的《诗源辩体》说："如士衡诸公拟古，皆各有所拟。"士衡就是陆机。说像陆机这些人拟古，他们说拟古就真的是模拟，他说"拟行行重行行""拟青青河畔草"等等，每一首都是在模仿，"各有所拟"。"靖节拟古，何尝有所拟哉！"说陶靖节的拟古哪里是死板的模仿！明朝黄文焕的《陶诗析义》说，"独此诗九首专感革运"，就是指陶诗的《拟古九首》，它们所感慨的都是国运的改变，就是东晋的败亡、刘裕的篡夺，这是最明显的。我们说这首诗是好诗还是坏诗，不是因为它感慨东晋的灭亡就是好诗。感慨晋朝的诗可以有很多，说爱国的诗都是好诗，喊口号的爱国的诗很多，难道都是好诗？不见得。清朝陈祚明的《采菽堂古诗选》说，陶渊明的诗是"情思曲曲，辞旨缠绵"，他的感情、他的诗句真是迂回的、低回的、宛转的，真是缠绵。清朝温汝能的《陶诗汇评》说："《拟古九首》大抵遭逢易代，感世事之多变，叹交情之不终，抚时度势，实所难言，追昔伤今，惟发诸慨。”它里边有很多的感慨。

（江梦川整理）

四

*

陶渊明的《闲情赋》

我们前面讲的主要是介绍陶渊明的时代、介绍陶渊明这个人、介绍陶渊明写诗的背景。一般评赏一首诗的好坏，我们应该怎样去理解它？前几天我在不列颠哥伦比亚大学的亚洲系碰到一个朋友，就谈起来，他说你这个暑假做什么？我说，温哥华的一些朋友让我讲陶渊明的诗。我这个朋友是从香港来的，他说我在香港读书的时候，也读了很多诗，但是我们的老师都没有给我们讲，老师就发给我们很多诗，然后说你们回去写报告，写这个诗怎么怎么样。他说，我们从来也没有接触过这些诗，所以就不知道怎么样写。所以我们应该怎么样去批评、欣赏一首诗？一首诗的好坏是怎么样来判断的？

一般说起来，诗人想写诗的念头，是从两个方面引发的。中国诗歌最早的集子就是《诗三百篇》了，我们尊敬它，把它叫作"诗经"。《诗经》的前面有一篇《大序》，这个《大序》说诗是"言志"的，是"情动于中"然后"形于言"，所谓"动"当然是一种感动，是说先有一种感动，这个就是我在一般讲诗的时候常常用的一句话。我总是说诗人内心之中有一种兴发感动，这就是一个诗人作诗的缘起、诗的开始。是因为内心之中的情意有一种感动，所以想用诗来表达。"情动于中"是诗孕育的开始。

我到国内很多大学去讲过课，我这个人呢，不但是"好为人师"，而且也"好为人弟子"，我也喜欢去学习。比如说我1966年到美国，在哈佛大学还有密歇根大学教书，我除了教书之外，还去旁听他们大学开的英国文学、英国诗歌的课程。我那时英文也不太好，但是我愿意学习，愿意去听。我到大陆去讲课，我也总是要求，说我能不能听你们的老师讲课？我第一次回大陆去访问探亲是在1974年，那个时候"文革"还没有完全过去，所以他们老师一讲起课来，就有很多教条，先要讲这个诗人的出身，他是什么样的一个阶级，他的思想是革命的还是不革命的，他是写实主义还是浪漫主义，他是浪漫的写实主义还是写实的浪漫主义，成套成套的名词。可是他们没有探测到真正的诗的生命的本身，他们从外在的标准来衡量诗歌。一首诗的好坏与作者是农民出身或者资产阶级出身没有必然的联系，农民阶级出身的人可以写好诗，也可以写不好的诗，资产阶级出身的人可以写不好的诗，也可以写很好的诗，所以诗的好坏完全不在它的外表的这些教条，而是在诗歌生命的本身。

后来"文革"过去了，大陆就比较开放了，我还是去听，我到了哪个大学我就要求听他们的老师讲课。我碰到一个老师，讲诗讲得很好，他真的讲的是诗。下了课我跟他谈话，说你讲诗讲得这么好，那你作不作诗啊？他说我有作诗的感动，没有作诗的训练。就是他光"情动于中"，但是没有"形于言"，那个就不是诗，那只是一个没有孕育成形的生命，是孕育的开始。所以诗之形成，是既要"情动于中"，而且要表现出来，要"形于言"。

西方的文学批评理论，从十九世纪前中期开始，有所谓"New Criticism"，即"新批评"。有这么一本书就叫作*New Criticism*，是西方一个学者叫作约翰·克罗·兰塞姆（John Crowe Ransom）写的。这个新批评学说批评东方的某些批评理论，就是现在我们说在大陆革命的时候，它以革命的理论来衡量；在古代，就用中国传统的道德的标准来衡量。杜甫被人推崇赞美，因为是他的诗写得好，因为他所表现的感情是家国情怀。如果你的诗也写得很好，可是你所写的都是私人的感情，写的是私情，大家认为这个就不是很好的诗。

陶渊明，是品性这样高洁的一个人，"托身已得所，千载不相违"，他宁肯付出饥寒交迫的代价，也不肯同流合污。这么样的一个诗人，还有人批评他。为什么批评他？说他写了一篇赋，叫作"闲情赋"。这个《闲情赋》写些什么呢？

其实陶渊明在写这个《闲情赋》之前，他是让自己先站在一个道德的角度，一个伦理道德的角度。他说我为什么写《闲情赋》呢？"初，张衡作《定情赋》，蔡邕作《静情赋》"，东汉的张衡曾经写过《定情赋》，蔡邕，就是蔡文姬的父亲，他作了一篇《静情赋》。"检逸辞而宗澹泊"，检点约束放荡的文辞，崇尚淡泊恬静，就是说所写的虽然表面上看起来是男女私情，但是其实不然。所以他说是"始则荡以思虑，而终归闲正"，他说开始的时候"荡"，"荡"就是动荡、动心。"不知子都之姣者，无目者也。"（《孟子·告子上》），子都是美男子，不能看到、不知道欣赏子都之美的人，除非是没有眼睛的。看到了美好的东西，大家就会欣赏，这是一种本能，就像我们看到美丽的花都会欣赏一样。所以"始则荡以思虑"，那美好的东西使你动心了，可是最终要归于闲正。这个"闲"字就很妙，这个"闲"字有两种可能，它一方面是通"閒"，这个闲情就是不重要的、不正当的、不严肃的一种感情，是闲暇时间偶发的这种感情；另一方面，这个"閒"字又作"闲"，本来是个门，门中间是个木，这是表示门上面的门闩，把这个门关起来了，所以中国字就很妙了。你看见并欣赏美，可是你不能放纵你的感情，你要有理智，所以中国赞成的，是"发乎情，止乎礼"（《毛诗·大序》）。所以这个"闲"是把情封闭起来，你不能任凭你的感情像一匹野马一样横冲直撞地乱跑，这样是不可以的，你还要把你的感情约束起来，所以陶渊明说"始则荡以思虑，而终归闲正"。

"将以抑流宕之邪心"，他说我要用这样的赋做什么？压抑这种流宕的、不正当的心，把它压下去。"谅有助于讽谏"，所以我写这样的赋，是劝告人，就是说虽然你"发乎情"，但是还要"止乎礼"。所以他说"缀文之士，奕代继作"，"奕代"就是累世，所以喜欢写文章的人都接连地有这样的作品。"并因触类，广其辞义"，并且因心思相似而有感受，所以我也是因为他们的触发，才写了跟他们同类的这样一篇赋，"广其辞义"，在内容形式方面加以扩大。"余园闾多暇"，我自己闲居在田园之中，有些空闲的时间，"复染翰为之"，翰就是毛笔，我们说"翰墨"，翰就是毛笔，墨就是墨汁。所以我就把毛笔沾上墨，写了这篇《闲情赋》。"虽文妙不足"，虽然我的文辞也许不够优美深刻，这当然是陶渊明客气了，

"庶不谬作者之意乎"，"不谬"就是不错，他说大概不违背以前的那些作者的意思。

《闲情赋》比较长，我们来简单地看一看。

闲情赋

初张衡作《定情赋》，蔡邕作《静情赋》，检逸辞而宗澹泊，始则荡以思虑，而终归闲正。将以抑流宕之邪心，谅有助于讽谏。缀文之士，奕代继作；并因触类，广其辞义。余园间多暇，复染翰为之；虽文妙不足，庶不谬作者之意乎？

夫何瓌逸之令姿，独旷世以秀群。表倾城之艳色，期有德于传闻。佩鸣玉以比洁，齐幽兰以争芬。淡柔情于俗内，负雅志于高云。悲晨曦之易夕，感人生之长勤。同一尽于百年，何欢寡而愁殷。褰朱帏而正坐，泛清瑟以自欣。送纤指之馀好，攘皓袖之缤纷。瞬美目以流眄，含言笑而不分。曲调将半，景落西轩。悲商叩林，白云依山。仰睇天路，俯促鸣弦。神仪妩媚，举止详妍。激清音以感余，愿接膝以交言。欲自往以结誓，惧冒礼之为愆。待凤鸟以致辞，恐他人之我先。意惶惑而靡宁，魂须臾而九迁。愿在衣而为领，承华首之馀芳；悲罗襟之宵离，怨秋夜之未央。愿在裳而为带，束窈窕之纤身；嗟温凉之异气，或脱故而服新。愿在发而为泽，刷玄鬓于颓肩；悲佳人之屡沐，从白水以枯煎。愿在眉而为黛，随瞻视以闲扬；悲脂粉之尚鲜，或取毁于华妆。愿在莞而为席，安弱体于三秋；悲文茵之代御，方经年而见求。愿在丝而为履，附素足以周旋；悲行止之有节，空委弃于床前。愿在昼而为影，常依形而西东；悲高树之多荫，慨有时而不同。愿在夜而为烛，照玉容于两楹；悲扶桑之舒光，奄灭景而藏明。愿在竹而为扇，含凄飙于柔握；悲白露之晨零，顾襟袖以缅邈。愿在木而为桐，作膝上之鸣琴；悲乐极以哀来，终推我而辍音。考所愿而必违，徒契契以苦心。拥劳情而罔诉，步容与于南林。栖木兰之遗露，翳青松之馀阴。傥行行之有觌，交欣惧于中襟。竟寂寞而无见，独悁想以空寻。敛轻裾以复路，瞻夕阳而流叹。步徙倚以忘趣，色惨凄而矜颜。叶燮燮以去条，气凄凄而就寒。日负影以偕没，月媚景于云端。鸟凄声以孤归，兽索偶而不还。悼当年之晚暮，恨兹岁之欲殚。思宵梦以从之，神飘飘而不安。若凭舟之失棹，譬缘崖而无攀。于时毕昴盈轩，北风凄凄。炯炯不寐，众念徘徊。起摄带以伺晨，繁霜粲于素阶。鸡敛翅而未鸣，笛流远以清哀。始妙密以闲和，终寥亮而藏摧。意夫人之在兹，托行云以送怀。行云逝而无语，时奄冉而就过。徒勤思以自悲，终阻山而滞河。迎清风以祛累，寄弱志于归波。尤蔓草之为会，诵邵南之馀歌。坦万虑以存诚，憩遥情于八遐。

"夫何瓌逸之令姿，独旷世以秀群"，"何"就是多么的意思，"旷世"就是说这个时代没有的，"瓌"是珍奇、美好的意思，"逸"是飘逸、出群、与众不同，"令姿"，美妙的姿态，他说那是多么美好的、与众不同的姿态，"秀群"，"秀"是草木的花开出来，她是在一群人之间，杰出的，特别美好的。

"表倾城之艳色，期有德于传闻"，她表现出来倾国倾城的美丽，她所希望的是"有德于传闻"，不但是容色的美丽，而且希望能够把美好的品德流传下来。

"佩鸣玉以比洁，齐幽兰以争芬"，她身上佩着鸣玉，古人身上都有佩玉，玉代表一种美好的品德，所以我们常常说一个人"守身如玉"，说一个人持守自身的品德，像拿着一块贵重的玉石，不能够让它有一点的瑕疵，你要把自己的品格像一块玉一样地珍重保存，使它有幽兰一样的芬芳。

"淡柔情于俗内，负雅志于高云"，她虽然有那种多情的柔情，可是她的柔情不在世俗之间，不是那种庸俗的、卑下的感情，"负"就是内心怀抱的，她内心怀抱着高雅的志意，像高天上的青云一样。

"悲晨曦之易夕，感人生之长勤"，悲哀生命的短促，"曦"是晨光，晨光熹微，你看早晨的光影，转眼之间就到了黄昏。人生是短促的，她哀感人生是如此忙碌，是"长勤"，是勤苦居多的。

"同一尽于百年，何欢寡而愁殷"，"殷"是厚重，说我们每一个人人生一世不过百年，那百年之中为什么我们的欢笑这样少而悲哀这样多呢？

"褰朱帏而正坐，泛清瑟以自欣"，"褰"就是拉开，他说这个女子拉开她那个红色的帏幔，端正地坐在里面，她凄清的弹瑟的声音就流传出去，"以自欣"，她以这个作为她的喜乐，她喜欢弹奏。

"送纤指之馀好，攘皓袖之缤纷"，弹瑟当然是手指在弹，所以就看她的手指在动，你的眼睛就随着她的手指，留下她美好的手指的姿态。弹的时候她手在动，衣袖也在动，古人不是像我们穿这么紧的袖，古人的袖子都很肥，所以弹琴的时候会从袖中露出手臂，洁白的衣袖"缤纷"，袖子就像飞舞一样。

"瞬美目以流眄，含言笑而不分"，"瞬"就是眼睛这么一动，说一瞬之间，她的美丽的眼睛一动，"流眄"，就流过来看你一下子。"含言笑"，就是她要说话，还是要微笑，你看不出来。她好像有一种表情，可是没有具体的言语，也没有具体的欢笑，就是说表情在似有似无之间。

"曲调将半，景落西轩"，她弹到将近一半的时候，"景落西轩"，这个"景"字通"影"，日光。她弹曲子弹到一半的时候，太阳已经西斜了。刚才不是说人生是短暂的吗？"悲晨曦之易夕，感人生之长勤"，无论有多么美好的本质，无论你要表现什么美好的才能，曲调还没有弹一半呢，而日光已经从西边的窗前落下去了。"轩"就是窗，太阳从西边沉没了，所以光影就从西边沉没了。

"悲商叩林，白云依山"，"商"是一种悲哀的声音。欧阳修的《秋声赋》说，秋天你听那干枯的树叶哗哗的响声，就是"商声也"。不但是太阳西斜了，而且也到秋天了，那悲哀的商声敲响了园林，树上都是一片商声，一片干枯的树叶的声音。

"仰睇天路，俯促鸣弦"，这个女孩子仰望一下高天，她不是"负雅志于高云"吗？她所向往的是高天上的青云。她低下头就把瑟弹出非常急促的声音，因为人生是短促的，光阴也是短促的。

"神仪妩媚，举止详妍"，你看她的精神，你看她的仪态，是如此妩媚，她的举止姿态又是如此安详。我们说有的人你看她就好像老是慌慌张张的、安不下心来的样子，而有的人不管是怎么忙、怎么快的动作，她的精神的表现也是安详的。"妍"是美丽，如此安详而美丽。

"激清音以感余，愿接膝以交言"，所以她就弹奏了那种凄清的声音，而这种凄清的声音就感动了我，我希望能够跟她"接膝"，就是膝盖相接，能够坐在她的对面跟她有一个交谈。

"欲自往以结誓，惧冒礼之为愆"，所以我不但想走到她的对面跟她交谈，还想跟她"结誓"，我要跟她说，我真是欣赏她，我愿意跟她永远地相知。可是我想，我这样走过去就违反了礼法。古代的女子，像李商隐《无题》说的，"十四藏六亲"，女孩子到了十四岁，不用说一个陌生人，就是疏远的亲戚都不可以出来见面了。所以我听到她的音乐这么美好，我愿意跟她对面谈一次话，可是我担忧的是"冒礼"，就是违反了礼法，"愆"就是过错，他说我担心这个恐怕是不合礼法的。

"待凤鸟以致辞，恐他人之我先"，我自己不能去，我就等着，有没有一只像凤凰一样美丽的鸟能够给我传一句话呢？可是那只凤鸟还没有来，我就担心别人会不会比我先去了呢？

"意惶惑而靡宁，魂须臾而九迁"，所以我心中就是如此惶惑不安，我怎么才能够跟她认识？所以我的精神就不能安定，须臾、片刻之间，"九"是极言其多，"迁"就是摇动的样子，表示精神之极度不安定。

所以他就说了，我没有机会跟她见面，也没有人给我传一个消息。后面就是陶渊明最有名的一段话，就是陶渊明的"十愿"，他许下的十个愿望。十个愿望是什么呢？

他说"愿在衣而为领，承华首之馀芳"，他说如果在她的衣服，我就希望变成她的衣领，这个领子就可以承接着她那美好的头发上的芬芳。他的十愿每一个后面都跟着一个"悲"，悲就是落空，其实他所写的十愿就是十个落空。"悲罗襟之宵离，怨秋夜之未央"，所以他说我在衣服就愿意变成她的领子，可是我恐怕到晚上的时候她就把衣服脱下来了。而秋夜是这样寒冷、这样凄清、这样漫长，我就再也接触不到她了，只有等到她明天早上再穿这件衣服，我才能够"承华首之馀芳"了。

"愿在裳而为带，束窈窕之纤身"，裳就是下裳，衣是上衣，裳是她的裙子，如果是在她的下裳的裙子，我就愿意变成她裙子上的一条腰带，我这个腰带围束在她那么窈窕的腰身之上。可是呢，"嗟温凉之异气，或脱故而服新"，随着天气的变化，一下暖一下冷，她就把这个裙子换成了新的。

"愿在发而为泽，刷玄鬓于颓肩"，如果在她的头发上，我就愿意变成她头发上的发膏。"刷玄鬓"，玄是黑色，发膏就刷在她黑色的鬓发之上，然后头发就垂在她的肩上了。"悲佳人之屡沐，从白水以枯煎"，我悲哀美人常常沐浴，她一洗头就要用热水，我便要在沸水中煎熬。

"愿在眉而为黛，随瞻视以闲扬"，如果在她的眉毛上，我就愿意变成她画眉的黛色，"随瞻视以闲扬"，随着她的眼睛看来看去，我这眉毛上的黛色也可以跟着到处扬动。"悲脂粉之尚鲜，或取毁于华妆"，他说我就很担心，虽然脂粉、我的黛色还没有脱落，可是要化一个更美的妆的时候，"华妆"就是艳丽的化妆，"取毁"，她就把我洗掉了。

"愿在莞而为席，安弱体于三秋"，我愿意变成她铺在床上的一张席子，就让她那柔弱的、纤弱的身体睡在我这个席上。可是"悲文茵之代御，方经年而见求"，这个席子是竹席，说三秋她还睡这个竹席，可是我就悲哀到了冬天呢，"文茵"就是皮褥子，"代御"，御就是用，她就换那个厚褥子。我要再见她，"方经年而见求"，只有明年夏天她才会需要我这个席子了。

"愿在丝而为履，附素足以周旋"，如果是丝线，我就愿意变成她的鞋子，我就可依附在她洁白的脚上，随着她周旋，走来走去。可是"悲行止之有节，空委弃于床前"，可是我就悲哀，她有行就有止，"有节"，有一定的节制，有一定的变换，有时候走有时候停，所以到晚上就"空委弃于床前"，就把我脱在床前了。

"愿在昼而为影，常依形而西东"，如果是在白天，我就愿意变成她的影子伴随着她，她走向西，我这影子就跟着她向西；她走向东，我这影子就跟着她向东。"悲高树之多荫，慨有时而不同"，可是我就悲哀，有时候有很浓密的树荫，影子就不见了，我就不能伴随着她了。

"愿在夜而为烛，照玉容于两楹"，"两楹"是两个柱子之间，他说如果是在夜里，我就愿意变成一根蜡烛，照亮她美丽的容颜。"悲扶桑之舒光，奄灭景而藏明"，"扶桑"就是东边太阳出来的地方，那我就悲哀，等到明天早晨太阳的光线照来了，我这蜡烛就被吹灭了，什么都没有了。

"愿在竹而为扇，含凄飙于柔握"，如果是竹子呢，我就愿意做成一把扇子，握在她温柔的手里，给她送上清凉的风。"悲白露之晨零，顾襟袖以缅邈"，我悲哀秋天的白露下来，她就不用这把扇子了，就把我丢开了。这里其实用的是汉朝班婕妤的那首诗，班婕妤说有一块丝绸，裁成一把团圆的扇子，给你送美好的风，可是秋天来了，你就把扇子收起来了，秋扇就见捐了。"缅邈"就是离开你的衣袖很远了。

"愿在木而为桐，作膝上之鸣琴"，如果是木头的话呢，我就愿意变成一段梧桐的木材，就可以做成琴，放在你的膝上弹奏。"悲乐极以哀来，终推我而辍音"，可是人有的时候欢乐完了就悲哀了，所以你就把膝上的鸣琴推开，"辍音"，你就停止了，不再弹了。

这一共就是十个愿望。

"考所愿而必违，徒契契以苦心"，他说我反省了一下，凡是我的愿望都是不能实现的。天下没有永恒不变的东西，所以"拥劳情而罔诉，步容与于南林"，我内心有这么多的感情，为什么说是"劳情"呢？你如果心里怀念一个人，心里老想着一件事情，你的心永远不放松，你的心当然是"劳"了。我心中这样劳苦地思念，可是我没有机会跟你诉说。"步容与于南林"，我就出去散步，"容与"是徘徊不定的样子，我就在南方的那个树林徘徊。

"栖木兰之遗露，翳青松之馀阴"，那个南林里有木兰树，木兰树上有露水滴在我身上，我还走在一棵高大的青松之下，在那个树荫底下。"傥行行之有觌，交欣惧于中襟"，他说我在散步，我就盼望，倘若就在我散步走来走去的时候，我忽然间看见你了，你忽然间在我的路上出现了，那么我的内心又欢喜又害怕。我希望看见你，我又害怕碰见你。

"竟寂寞而无见，独悁想以空寻"，终于没有见到你，竟然又感到寂寞。所以我现在只是我内心的"悁想"，内心的怀念、内心的忧思，白白地寻找了。"敛轻裾以复路，瞻夕阳而流叹"，"裾"就是衣服的下摆，我就把我的衣摆往上提起来，走回我原来的那条路，看到西下的斜阳，我就发出叹息了。"步徙倚以忘趣，色惨凄而矜颜"，"徙倚"是往来徘徊不前行，他说我希望跟那个女子碰见，但是我一直没有跟她碰见，我心里边就是怀着这种思念的感情，在这里走来走去，"以忘趣"，我不知道我要到哪里去，我内心都是我刚才希望遇见又没有遇见的这种感情。所以我的脸色这样悲惨，这样凄惨。

他说这个时候呢，就是"叶燮燮以去条"，不是秋天吗？那个叶子"燮燮"，哗哗哗的叶子的声音，离开它的枝条，都落下来了。"气凄凄而就寒"，天气在太阳落下去以后就越来越寒冷。"日负影以偕没"，太阳带着它的光影消失了，"月媚景于云端"，月亮的光影就出现在白云之上。

"若凭舟之失棹，譬缘崖而无攀"，他说这个时候就好像我本来划着一只船，现在我没有船桨了，我不知道怎么办；又好像我在爬山，发现我没有办法再爬上去了。"于时毕昴盈轩，北风凄凄。炯炯不寐，众念徘徊"，"毕昴"都是星宿名，星星照在我的床前，已经是深夜了，天气很寒冷。"炯炯"是眼睛睁得很大，我还不能成眠。

"起摄带以伺晨，繁霜粲于素阶。"我就起来整理我的衣带，等着第二天早晨的天亮。这个时候台阶上都挂满了繁霜。"鸡敛翅而未鸣，笛流远以清哀"，鸡的翅膀还收着没有打鸣；远方的这个笛子传过来那么凄清的、悲哀的声音。"始妙密以闲和，终寥亮而藏摧"，开始的时候声音这样微妙、这样繁密、这样悠闲、这样和平，最后是发出嘹亮的声音，"摧"，是摧折的、哀悔的声音，所以笛声变得这么悲哀。

"意夫人之在兹，托行云以送怀。"我就想，那个女孩子是不是就在我的附近，我要托天上的流云把我的感情送给她。"行云逝而无语，时奄冉而就过"，但是天上的流云消逝了，不说一句话，而光阴就"奄冉"，逐渐过去了。所以他说我是"徒勤思以自悲，终阻山而滞河"，我白白这么殷切地思念，我自己如此悲哀，可是我跟她最终还是"阻山而滞河"，好像中间隔着一座高山，隔着一条长河，我永远没有办法跟她接近。

"迎清风以祛累"，所以我就迎着早晨的清风，我希望清风把我内心的烦累祛除，吹走。"寄弱志于归波"，我就把我内心这点微弱的志愿寄托在那流水，随清风流水而去。

他最后说了，"尤蔓草之为会，诵邵南之馀歌"，他说我就觉得，"尤"就是咎责，我不赞同这种《蔓草》的聚会。那什么叫作"蔓草的聚会"呢？所以你要知道中国文学的传统。《诗经》中有一首诗就是《野有蔓草》，《诗经》不是有十五国风吗？《野有蔓草》属于《郑风》。《论语》说"郑声淫"（《卫灵公》），因为《郑风》

里边有很多写男女欢会的诗歌。《郑风》的《野有蔓草》是写男女的欢会：

> 野有蔓草，零露漙兮。
>
> 有美一人，清扬婉兮。
>
> 邂逅相遇，适我愿兮。
>
> 野有蔓草，零露瀼瀼。
>
> 有美一人，婉如清扬。
>
> 邂逅相遇，与子偕臧。

就是说野地里有这么多野草，上面有很多的露珠，有一个很美丽的女子，她是如此美妙，我跟她偶然之间相逢了，我们两个人就有一个美好的约会。陶渊明所以责备《蔓草》的这种幽会，就是说随便一见面就欢好了，这是不对的。"诵邵南之馀歌"，邵南，指《召南》，所以我们要歌诵的是十五国风里边的《召南》这种歌辞，《周南》《召南》都是比较雅正的。那《召南》说什么呢？《召南》里也有一首歌辞，叫作"行露"，说："厌浥行露，岂不夙夜，谓行多露。""厌浥"是潮湿的样子，地上有很多的露水，我不愿意走在这么多的露水之上，会沾湿我的衣服。就是说我不随便做一种行为举止而沾惹上任何的污秽。所以陶渊明说"坦万虑以存诚，憩遥情于八遐"，说现在我就把我所有的思念都放下来了，我只是表现我内心的一点忠诚。"憩"就是休止，停止放荡感情。

中国人批评诗，说哪一首诗是好诗，哪一首诗是坏诗，比较注重诗内容的情意。我们说杜甫诗为什么是好的？因为杜甫所表现的感情都是合乎伦理的。杜甫诗里所表现的感情对于国、对于朝廷、对于家、对于妻子兄弟，都完全是合乎家国伦理的感情，那真是博大深厚，他所关心的是广大的人民。李商隐是"身无彩凤双飞翼，心有灵犀一点通"（《无题》），我的身体不能像彩凤，跟你并肩双飞，但是我心里面有一点灵犀跟你相通，这种感情也写得很动人，但是这跟杜甫的合乎伦理的感情是不同的。

我们在讲西方的New Criticism新批评理论时就说，从作者的生平、品格、感情来衡量一首诗的好坏，这是不对的，不是说写忠孝节义的都是好诗。杜甫写忠爱的诗写得好，但是有的人写忠爱的诗就跟喊口号一样，你看那口号、教条都是合乎伦理道德的，但是那不是诗。所以诗一方面是内容的情意，但是这不代表诗的好坏，当然感情深厚博大，那肯定是好的，你只写个人的私情肯定是狭窄的、浅薄的，可是这个不代表诗的好坏。还有就是诗的表现，我们说如果作者的人格、感情是一种"能感之"的因素，那么你写得好不好就是一种"能写之"的因素，所以衡量诗要从这两个方面来看。

陶渊明写了这篇赋以后，昭明太子萧统写了一篇文章，就是他给陶渊明的集子写的一篇序言。萧统是非常欣赏陶渊明的，他后边有一大段话来赞美陶渊明。他说"其文章不群"，说陶渊明的文章跟一般人都不一样，"词采精拔"，他的辞句、他的文采这样精美，这样卓越，"跌宕昭彰"，"跌宕"就是起伏转折，他的文章起伏变化不是平板的，而且写得这么有光彩，是"独超众类"，超过了所有的一般人。然后他就说陶渊明的品格，是"安道苦节"，他安守正道，艰苦地守住他的节义，"不以躬耕为耻"，不以回去躬耕为他的耻辱，宁肯忍耐饥寒。"余爱嗜其文，不能释手"，萧统说我真是爱读陶渊明的文章，我拿起陶渊明的诗就不能够放下来。他说我"尚想其德"，我就推想他这样品德的人，"恨不同时"，我真是遗憾，为什么没有生在陶渊明的那个时代，认识他、跟他做个朋友呢？所以萧统就搜求陶渊明的作品，编了这个《陶渊明集》。这是他给《陶渊明集》写的序言。他说，我真是欣赏陶渊明这个人，文章也好，品格也好，我拿起他的诗来就放不下手。

但是他说："白璧微瑕者，惟在《闲情》一赋。"他说就像一块白玉有了一个瑕疵。那陶渊明的瑕疵是什么？他认为《闲情赋》是陶渊明这块白璧上的一个瑕疵。但是我觉得，就是写了这一篇赋以后，陶渊明的人才完整。陶渊明如果总是讲伦理道德、饥寒交迫、吃苦耐劳、躬耕，那他有没有感情啊？而且他的妻子还不理解他，他说"邻靡二仲，室无莱妇。抱兹苦心，良独罔罔"（《与子俨等疏》），就是说那些坚守道德的人，有没有一种闲情？

明朝有一个学者叫作张溥，编了一本书，叫《汉魏六朝百三家集》。他选了汉魏六朝的一百零三个作者的作品，给每一个人的集子都写了题辞。《汉魏六朝百三家集》里边有一个作者叫傅玄，他给傅玄的题辞有这样的话，他说"休奕天性峻急"，休奕是傅玄的字，他说傅玄的天性是很严格的，脾气比较急躁，说他在朝廷里边"正色白简"，他上朝总是很严肃，喜欢给朝廷上谏书，说朝廷这个政策不对，那个政策不对，这个大臣不对，那个大臣不对，就是

"正色白简"。所以他一上朝是"台阁生风","台阁"就是朝廷的高官们聚会的所在。这个傅休奕一出现,大家都镇住了,不知道他究竟要说什么话。可是"独为诗篇",可是你看一看他写的诗,"新温婉丽,善言儿女,强直之士怀情正深,赋好色者何必宋玉哉"!

我有一篇文章写陈子龙的词。陈子龙跟柳如是有一段爱情故事。这是明末清初的时候,那个时候明思宗已经死了,明朝灭亡了,北京已经被清朝占领了,有几个明朝的宗室在南方成立了偏安的小朝廷,就是所谓的"南明"。当时秦淮河畔有很多的歌女,像李香君、柳如是之类的都是。而这些诗人文士都跟歌女有往来,陈子龙就跟柳如是有过一段爱情。可是陈子龙最后怎么样?陈子龙最后起兵抗清,殉国死难了。这就是张溥所说的,"强直之士怀情正深,赋好色者何必宋玉哉"!所以有些人你看他是很严整的,他是殉节死难的,可是他有他的柔情,有感情的人才能成为忠义的人。陆放翁说"王师北定中原日,家祭毋忘告乃翁"(《示儿》),一心想要收复失地,激昂慷慨,可是你看他写的《钗头凤》,"红酥手,黄縢酒,满城春色宫墙柳"。所以是有真感情的人才有真的节义,也才有儿女之情。那些表面上只管讲口号、教条的人,对什么都没有真感情。

萧统的《陶渊明集序》上还说:"有疑陶渊明之诗,篇篇有酒。吾观其意不在酒,亦寄酒为迹焉。其文章不群,词采精拔,跌宕昭彰,独超众类,抑扬爽朗,莫之与京。横素波而傍流,干青云而直上。语时事则指而可想,论怀抱则旷而且真。加以贞志不休,安道苦节,不以躬耕为耻,不以无财为病,自非大贤笃志,与道污隆,孰能如此者乎?"污"是凹下去,"隆"是高起来。就是说他的生活的起伏都是跟"道"结合在一起的,不管是进退出处,他都是伴随着"道"在一起的。"余爱嗜其文,不能释手,尚想其德,恨不同时。故更加搜求,粗为区目。白璧微瑕者,惟在《闲情》一赋,扬雄所谓劝百而讽一者,卒无讽谏,何必摇其笔端?惜哉!无是可也!"这是萧统不懂得欣赏陶渊明的这一篇《闲情赋》,就跟我说那些美国学生不懂得欣赏李商隐的那首"八岁偷照镜"的美女诗一样,他们不能透过对这个美女的描写而看到他感情上对一种高洁、美好的品德的追求和向往。对比就可以看出来,现实的美女是"脚上鞋儿四寸罗,唇边朱粉一樱多"(秦观《浣溪沙》),完全只是形体的美,可是陶渊明所写的那个"负雅志于高云"的女子,有着这样高雅的品格,不是一个现实的女子,是陶渊明理念之中的一个美好的象征,他所向往的一个象征。

(江梦川整理)

五
*

陶渊明的拟古组诗

荣荣窗下兰

荣荣窗下兰，密密堂前柳。

初与君别时，不谓行当久。

出门万里客，中道逢嘉友。

未言心相醉，不在接杯酒。

兰枯柳亦衰，遂令此言负。

多谢诸少年，相知不忠厚。

意气倾人命，离隔复何有？

我们上次已经说过了，这个"拟古"的题目，以前有很多人都写过，像陆机他们都写过。但是他们写的时候，就是模拟《古诗十九首》，他模拟"行行重行行"，就说"拟行行重行行"，模拟"青青河畔草"，就说"拟青青河畔草"。"行行重行行"是写离别的，所以陆机拟古的"行行重行行"说什么"悠悠行迈远，戚戚忧思深"，也是写离别的感情。可是陶渊明的《拟古》不是模拟《古诗十九首》里边的任何一首，陶渊明的《拟古》是一种精神、一种风格。所以有人说："靖节拟古，何尝有所拟哉！"（许学夷《诗源辩体》）说陶渊明写《拟古》诗，哪里是模拟古诗呢？所以陆机他们凡是拟古的诗，我要说都不是好诗，为什么？刚才我说的，你要"情动于中"然后再"形于言"，你内心里没有"动"，你只是为了作诗才模拟它，它说别离你就说别离，这样不会写出好诗来，这是没有生命的诗。可是陶渊明不是，陶渊明是内心有非常多的感触，就用古诗的风格来写，而不是模拟任何一首古诗。

我们现在来看《拟古》的第一首。写的是两个很好的朋友离别以后，出去的那个碰到另外的人，交了另外的朋友。虽然陶渊明距离我们已经千百年了，可是现在我们社会上还常常会有类似的事情发生。如果有类似的情况发生，你应该怎么样面对呢？陶渊明的诗写得好，我们刚才说了，不只是你"能感之"，你还要"能写之"，这个拟古你要从多方面来看。

《古诗十九首》喜欢用叠字，这是从《诗经》就开始的习惯，我们说"关关雎鸠"，"关关"就是叠字；我们说"桃之夭夭"，"夭夭"也是叠字；我们说"昔我往矣，杨柳依依；今我来思，雨雪霏霏"，"依依""霏霏"都是叠字。这是从《诗经》开始的最简单、最质朴的一种形容词，不用花红柳绿的很多形容，就是两个重叠的字。《古诗十九首》写"行行重行行""青青河畔草""迢迢牵牛星"，都是叠字。从用字上面来说，陶渊明是拟古，"荣荣窗下兰，密密堂前柳"。可是只是说古人用叠字你也用叠字那就好了吗？关于叠字，其实有很大的讲究，当然大家都说用叠字用得最好的，就是李清照的《声声慢》，"寻寻觅觅，冷冷清清，凄凄惨惨戚戚"，一串的叠字。我认为比李清照用得还要好的，是一个名不见经传的女作家，就是贺双卿。总而言之，叠字就看你怎么样用，要有方法才用得好。

陶渊明的《拟古》不只是叠字用得好，还有它的形象也很好，"荣荣窗下兰，密密堂前柳"，他所用的"荣荣""密密"是形容什么？是兰花和柳树。中国有几千年的文化传统，我们所用的很多语言的符号，都已经被古人用过了，所以你一看见这些符号就会想起很多的典故来。兰花，我们说兰花是花中的君子，而且我们还说"兰生空谷，不为无人而不芳"，说兰花生长在没有人的山谷之中，不会由于没有人欣赏它，它就不芬芳，因为它的本质是芬芳的，所以兰花是代表这样一种美好的品质。而这个兰花怎么样？"荣荣"，长得如此茂盛，有这么美好的品质，它长在什么地方？长在邻家的院子？长在植物园里？长在山里面？不是，他说这个兰花就长在我家的窗下。这么茂盛、这么美好、品质高洁的兰花就在我的窗下，写得这么亲密，写得这么美好。

兰花有兰花的高贵品质，而柳呢？你看那柳丝绵长、柳条摇曳生姿，柳永说："今宵酒醒何处，杨柳岸、晓风残月。"（《雨霖铃》）所以柳表现的是缠绵。他用来形容柳的词"密密"，那么缠绵、那么细密，那这是哪里的柳树？河边的柳树吗？不是。那"密密"的是"堂前柳"，是就在我家堂前的柳树，写得真是好。

"荣荣窗下兰，密密堂前柳"，这代表什么？代表我跟你，当你在这里跟我住在一起的时候，我们窗下的兰花如此繁荣茂密，当我们在一起的时候，我们堂前的柳树这样繁密缠绵，"荣荣窗下兰，密密堂前柳"，这是我们的环境，这也是我们的感情啊！

我最近看了一本书，就是中国小说家白先勇的《树犹如此》。这个"树犹如此"处处是文化的语码，它有一个出处，出于《世说新语》。《世说新语》里边说晋朝的桓温，就是我们说过的桓玄的父亲，他北伐时路过金城，见到了自己早年种的柳树在江边枝叶摇落。所以他说："木犹如此，人何以堪！"连没有感情的柳树都衰老了，何况我们有情的人呢？白先勇的《树犹如此》写得很好，他写的是他跟他一个朋友的故事。说白先勇在南加州买了一处房子，房子的西面有一片空地，他说我们怎么办呢？他就跟他的朋友商量，他说种一种高大的柏树，这个柏树长起来一直向上窜，可以长得非常高。他就跟这个朋友一起种了三棵这种柏树，长得非常高大茂盛。有一年莫名其妙地这三棵柏树中间最高的那一棵，忽然间叶子就变黄了。他本来以为是天气干旱，可是没想到后来中间的那棵就死掉了，两边的那两棵一点也没有黄，还是长得很茂盛。而在那一年，他的朋友就得了病，后来就死去了。所以他说现在在我家的西面，就留下这一片空白，是一棵树的空白，也应该是白先勇感情上的一片空白，所以说"树犹如此"。

"荣荣窗下兰，密密堂前柳"，说当年我们在一起有这么美好的感情。用的是叠字，都是写的一些植物的形象，可是这个语言的符号就给我们很多的联想。如此美好的兰花、如此美好的柳树，就是我们当年的感情。可是人都是有别离的，不是生离就是死别，白先勇当然写的是死别，那"树犹如此"，现在真正来到面前的考验不是死别。人们常说盖棺才论定，你整个的品格是在棺材盖上来以后才决定，你只要一天棺材没有盖上，你在人生的旅途上会经过什么样的考验？那个考验来到你面前，你通得过还是通不过？你不知道，没有一个人敢讲。古人说的："周公恐惧流言日，王莽谦恭下士时。向使当时身便死，一生真伪复谁知？"（白居易《放言五首》之三）我前几天还跟朋友谈起来，我看了汪精卫的诗词，写得真的是好。假如他当年就死了，那真是"引刀成一快，不负少年头"（汪精卫《被逮口占四首》之三），可是后来他跟日本人合作，做了汉奸。总之，你人生的考验，要到你的棺材盖上了你才通过，只要你的棺材没盖上，你不知道哪天还有考验，你也不知道你通得过通不过这样的考验。

陶渊明接下来就写到离别，"初与君别时，不谓行当久"，我刚刚跟你离别的时候，我没有想到你会走这么长时间。多少生离的朋友，甚至夫妇，尤其是我们海峡两岸之间，有多少的夫妻兄弟不是都在我们国家的战乱、政治的变化之中分隔了几十年吗？那几十年你说怎么样呢？"出门万里客，中道逢嘉友。未言心相醉，不在接杯酒。"陶渊明并没有责备，就是人的感情啊，我们当年虽然是"荣荣窗下兰，密密堂前柳"的感情，可是你既然走了，"出门万里客"，我们两个分别得这么遥远，你的喜怒哀乐我都不知道，我的喜怒哀乐你也不知道，我的寒温冷暖你不知道，你的寒温冷暖我也不知道，完全隔绝了。而就在出门万里的时候，"中道逢嘉友"，碰到另外的一个好朋友，而这个好朋友吸引了你，"未言心相醉"，跟他一句话都没有说，一见到他就为之倾倒了。你说一见倾心，说倾盖如故，你见过一见就让你动心的人吗？"未言"，不用交谈，你的心就沉醉了，"不在接杯酒"，甚至没有对面喝一杯酒。所以这个人就在外面有了新朋友。陶渊明说得非常温柔敦厚，不是说你背叛，不是说你不应该，你是碰到一个你真的欣赏的、一见倾心的人。而那个留下来的人呢，"兰枯柳亦衰"，当年"荣荣"的那些兰花现在枯死了，当年那茂密的柳树也衰老了，"遂令此言负"，所以我们当年多少的盟誓都辜负了，都背叛了。

我在温哥华讲过女性的词人，在北宋的初期，女性没有人大胆地去写词，因为词都是写爱情的，女子是没有资格谈爱情的，女子结婚就是为了传宗接代、侍养公婆。所以那些写爱情的词，没有一个良家妇女大胆地去写。一直到李清照，就是因为她夫妇两家都看重女子的教育，所以她才得到机会发展她的写作天才。女子一般是不敢写的，什么时候才写？在她的人生之中有了最悲哀、最痛苦的事情发生了，不得已才写出词来。

南宋时候有一个诗人叫戴石屏，他家里已经有了妻子，一个富贵人家看上他了，要把女儿嫁给他，他就隐瞒了他结婚的事情，又跟这个女孩子结婚了。可是他毕竟在家里有妻子的，所以过了几年他怀念他的家了，就告诉了现在的妻子。他的岳父知道了大怒，本来要责罚他，可是他的妻子就谅解了他，说你既然家里有妻子，你应该回去，就给了他很多钱送他走了。临走的时候写了一首词，说"惜多才，怜薄命，无计可留汝"（戴复古妻《祝英台近》），说我真是欣赏你的才华，我又悲哀自己真是薄命，我没有办法把你留下来。所以我现在要写一首为你送别的词。"揉碎花笺，忍写断肠句"，我多少次拿来花笺要写，都把纸揉碎了，因为我不忍写下来这么悲哀的词句。"道傍杨柳依依，千丝万缕，抵不住、一分愁绪"，路边的杨柳依依，千丝万缕，都比不上我的一分的悲哀和忧愁。想到我们结婚的时候，"捉月盟言，不是梦中语"，你指天誓日，说生生世世不相负，你跟我说的那些话，就像梦一样。"后回君若重来，不相忘处"，你走后如果再回到这个地方，如果还记得我，就"把杯酒、浇奴坟土。"

"兰枯柳亦衰，遂令此言负"，我们当年是"荣荣窗下兰，密密堂前柳"，可是你走了，"初与君别时，不谓行当久。出门万里客，中道逢嘉友"。这个还不同，戴石屏是因为他家里原来有妻子，他跟这个女子结婚了，从他家里妻子的角度来说，是戴石屏变节了。现在他的第二个妻子让他回家。总而言之，不管是第一个妻子还是第二个妻子，不幸的永远是女子。我们现在说陶渊明写的"未言心相醉，不在接杯酒"，你在中道碰见一个人，你觉得这个人更吸引你，你对他更是倾倒，对他更是欣赏，所以我在家里边就"兰枯柳亦衰"，兰花也干死了，柳树也衰败了。"遂令此言负"，就让从前的，就是"捉月盟言"，那不是梦中语啊！你所有跟我说的那些永远不相背负的话完全都背叛了。

"多谢诸少年，相知不忠厚"，这个"谢"不是感谢，他说我告诫现在的那些年轻人，你们的相知没有深厚的根基，同时也就是不忠厚。因为他说"未言心相醉，不在接杯酒"，是两个人一见面，一句话都没有说呢，你就为他陶醉了，连一杯酒都没有喝。

所以说到古今的爱情故事，为什么《廊桥遗梦》那部电影我始终不能欣赏？因为我不认为一个摄影师跟他见到的那个人两个人都会有海枯石烂的感情，我不相信这样的事情，因为它没有根基。可是《梁山伯与祝英台》这个戏使我感动，因为他们两个人有三年的同学情，志同道合，有感情基础，所以梁祝的感情让我感动。而现在的很多人都是如此的，就是我们刚才讲的陶渊明的《闲情赋》，你动心或动情，这都是应该有的，但是我认为，就是陶渊明所说的，你应该有节制，应该有礼法，也许这样才是更好的一件事情。现在的年轻人从来都不给感情一个酝酿的机会，不给它这样的生命，所以短促，很多都是莫名其妙。一个女孩子没有结婚就有了孩子，但是他的父亲是谁她根本不知道，她认识的男孩子太多了，她没有给感情的生命一个培养的、成长的时间，所以就是"相知不忠厚"。

　　"意气倾人命"，"意气"是情谊、恩义，如果真是有精神上的结合，你为他付出生命都是值得的，所以"意气倾人命"，梁山伯、祝英台，因为他们有感情的基础。梁山伯说："将来有命终相见，无命今生不相逢，只有向草桥镇上认新坟"；祝英台说："认新坟，认新坟，碑上留名刻两人，梁山伯与祝英台，生不成双死不分"。就是"意气"是"倾人命"的，所以梁山伯为祝英台死了，祝英台也为梁山伯死了。"意气倾人命"，这种真正的感情的精神，你为它付出生命都是值得的。"离隔复何有"，离别算什么？离别有什么关系？如果真是有死生相许、性命相交的感情，不会因为离别就改变了，所以陶渊明所写的这个《拟古》的第一首诗，就是写了这样一种感情。

陶渊明为什么写这种感情？我们说《拟古》这九首诗大概都是写当时的朝代更替的。当东晋灭亡、刘宋新朝成立，有多少人变节了？这就是我花了很多时间讲背景的缘故。孔子曾经讲过"君君、臣臣、父父、子子"（《论语·颜渊》）的伦理，说大家应该维系一个基本的道德，一种基本的感情的原则，所以齐景公感叹说："信如君不君，臣不臣，父不父，子不子，虽有粟，吾得而食诸？"（《论语·颜渊》）"信如"，"信"是果然，"如"是假如。假如果然做国君的不像一个国君，做臣子的不像一个臣子，做父亲的不像一个父亲，做儿子的不像一个儿子，那么就算你有粮食，你能安安稳稳地吃它吗？《论语》上还记载说有人问孔子，说立国的根本是什么？孔子说是"足食"，有足够的粮食；"足兵"，有足够的军队；还有就是"民信之矣"，要老百姓对你相信、拥护你。这个人接着就问，说必不得已的时候，这三个条件取消哪一个？孔子说，军队是不重要的，粮食还是重要的。这个人又问，如果必不得已这两者还要去一个呢？孔子说就把"食"去掉。孔子最后就说了，"自古皆有死"，每个人都是会死的，可是"民无信不立"（《论语·颜渊》）。如果人与人之间失去了诚信，也就失去了立国的根本。孔子还说："大车无輗，小车无軏，其何以行之哉？"（《论语·为政》）诚信是做人的根本，所以陶渊明说"意气倾人命，离隔复何有"，只有诚信是最重要的。

（江梦川整理）

辞家夙严驾

辞家夙严驾，当往志无终。

问君今何行？非商复非戎。

闻有田子泰，节义为士雄。

斯人久已死，乡里习其风。

生有高世名，既没传无穷。

不学狂驰子，直在百年中。

这是陶渊明的另外一面，不是有人说陶渊明是很矛盾的吗？我们说凡是读书人，都有"齐家治国平天下"这样的理想，陶渊明是有过出来做一番事业的理想的，《拟古》的第二首写的就是这个理想。

"辞家夙严驾"，"夙"是很早，"严"就是整理、装束。他说，有一天我要离开我的家，我很早就起来准备我的车马，那我要到哪里去呢？他说"当往志无终"，我想要去的那个地方就是"无终"，无终在哪里？东汉有一个人叫作田畴，就是无终这个地方的人。西汉的都城在长安，东汉的都城在洛阳。东汉末年献帝的时候，董卓要篡位，就把汉献帝从洛阳迁到长安。李公焕注"幽州牧刘虞，欲遣使奔问行在"，幽州当时的州牧叫作刘虞，他想派遣一个使者去慰问被迁走的皇帝。汉献帝本来住在洛阳，被董卓迁到长安了，所以长安就是"行在"。这个幽州牧刘虞表示关心天子，想看一看天子在董卓的胁迫之下现在的情形如何，就想叫一个人到长安去慰问。"无其人"，在战乱之中没有一个人愿意去。"闻畴奇士"，听说田畴是"奇士"，是不一般的一个人，"乃署为从事"，"署"就是给他一个官职，叫他做了从事。田畴就"循间道于长安致命"，中间的"间"在这里念jiàn，"循"就是顺着、沿着，"间道"就是小路。杜甫说"生还今日事，间道暂时人"（《喜达行在所三首》之二），杜甫在安史之乱逃难的时候，是从小道逃走的。田畴就沿着小路来到长安，"致命"就是传达了幽州牧的命令，说我来问候天子。"诏拜骑都尉"，汉献帝就下一道诏命，封他做"骑都尉"。但是"畴以天子蒙尘，不可荷佩荣宠，固辞不受"，田畴说天子现在都在逃难的时候，离开自己的宫殿被挟持到行在，我一个做臣子的不能够接受这种赏赐，所以他就坚决推辞，没有接受皇帝的赏赐。"得还，报"，因为是幽州牧让他去问候天子，那么他得到天子的消息了，就要回来报告幽州牧。"虞已为公孙瓒所灭"，可是刘虞已经被公孙瓒消灭了。在中国古代，有很多的战乱的时候，群雄并起，你杀我、我杀你的互相篡夺，都是如此。这个时候呢，"畴谒虞墓"，田畴就去拜谒刘虞的墓（上述田畴事见《三国志·魏书·田畴传》）。我们说人要讲信用，"意气倾人命，离隔复何有"，不只是对一个活人，就算是这个人死了，你都要对他守信用。

《左传》里边记载了一个故事，说晋献公本来有很多的儿子，一个是太子申生，还有公子重耳和公子夷吾。晋献公有的时候出兵跟一些少数民族打仗。他跟骊戎作战时掳获了骊戎的女子，就把这个女子带到宫中，这就是骊姬。晋献公宠爱骊姬。骊姬生了个儿子叫作奚齐，骊姬想要她的儿子奚齐做国君，就在晋献公面前陷害他别的儿子。太子申生自杀了，公子重耳跟公子夷吾都出奔了。但是到晋献公年纪大了，快要死了的时候，奚齐还很小，所以晋献公就嘱咐荀息，希望他辅佐小儿子奚齐。我们说曹魏的明帝临死托孤给司马懿，可是后来司马氏还不是把曹魏给灭了？晋献公临死把他的儿子奚齐托付给荀息，并且问他，说一个人怎么样才算守信用？荀息说得好，"使死者反生，生者不愧乎其言，则可谓信矣"（《公羊传》），说我们两个人现在都活着，如果中间有一个人死了，你复活回来，发现我这个活着的人没有背叛你，我守了我的信用，这个才真正叫守信用。果然晋献公死了以后就立了奚齐，但是后来奚齐被大臣里克杀死了，荀息又立了奚齐的弟弟卓子为国君。后来卓子也被里克杀死，荀息只能殉节而死，以他的生命保全了他的信用。

《史记》上面还讲了，当时吴国的季札，他有一把宝剑，当他经过徐国的时候，徐国的国君很喜欢这把剑，但是他没有说出来。季札看出了徐君的心思，就在心里说等我这一次出使回来，我就把宝剑送给你。季札就出使了，等他回来的时候，徐君已经死了，季札就到徐君的坟墓上，把宝剑摘下来挂在坟头的树上。这是中国古代所讲究的信义。

我现在要说的是田畴。田畴是接受了刘虞的命令去问候皇帝，他回来的时候刘虞已经死了，他还到刘虞的墓前，"哭泣而去"，说你叫我做的事情我办了，就是你死了，我也要给你一个回报，所以田畴是当时的一个"异士"。

我们现在要说回陶渊明了。陶渊明说我就要离开我的家，我很早就整顿了我的车马，我要到无终这个地方去。"问君今何行？非商复非戎"，有人就问他，你这次出发是为了什么啊？他说我这次出行，"非商"，不是为了做买卖；"非戎"，也不是为了打仗。因为古代不像我们现在坐飞机飞来飞去到处乱跑，古代安土重迁，很少离开家出去，平常人都不出去的，他为什么跑出去呢？他说，我不是为了做生意，也不是为了打仗。那他为什么去无终？因为他"闻有田子泰，节义为士雄"，我听说无终这个地方有一个人叫田子泰，这个人真是有贞节，真是有义气，"为士雄"，是一个杰出人才。但是人家说田子泰是汉朝时候的人，陶渊明到晋朝了，哪里还有田子泰呢？田子泰老早就死了。"斯人久已死，乡里习其风"，虽然田子泰死了，可是田子泰老家那个地方还有他遗留下来的这种风骨、这种作风、这种人格。

"生有高世名，既没传无穷"，田子泰活着的时候有非常高的名声，就是在战乱之中没有一个人敢到皇帝的行在去的，而田畴去了，就算他死了，他的风格还在永远流传。说这样的人怎么样？"不学狂驰子"，他不像那帮"狂驰子"，就是那些像发狂了一样，每天就东奔西跑以求名的人，陶渊明说"不学狂驰子"，因为那些人只知道争名逐利，他们的生命是短暂的，他们死了就什么都没有了。而田子泰呢？虽然是死了，但是"斯人久已死，乡里习其风。生有高世名，既没传无穷"。这是因陶渊明生在危亡变乱的时代，慨叹没有节义之士，没有一个恒久地持守品德的这样的人。

（江梦川整理）

仲春遘时雨

仲春遘时雨，始雷发东隅。

众蛰各潜骇，草木从横舒。

翩翩新来燕，双双入我庐。

先巢故尚在，相将还旧居。

自从分别来，门庭日荒芜。

我心固匪石，君情定何如？

陶渊明这《拟古九首》都是讲到一种变易、一种更改，在变易更改之中你的持守、你的出处、你的去就，他所面对的其实是一个人生的抉择。你每天吃饭睡觉，平平安安地就过去了。当你面对一个人生重大的考验的时候，当你周围的环境有大的变易更改的时候，当国家改朝换代的时候，你是忠于旧的国家、旧的君主，还是趋向新的朝廷、新的君主？你做出了什么样的选择？这是一个人生的大考验，每个人的选择都是不同的。而这种人生的考验从很早的时候就有了，从三代就有了。夏商之际，"汤放桀"，就是成汤把夏朝最后的天子桀王给放逐了；"武王伐纣"，后来周武王又把商朝的最后的天子纣王灭了。这是夏商、商周之际的重大的改变。所以一个臣子在朝代改变的时候，你采取什么样的态度？这是从夏商以来自古有之的一个考验。

所以"兰枯柳亦衰，遂令此言负"，所写的是从东晋到刘裕篡位，晋宋之间改朝换代时陶渊明的选择。从他的立场来说，不变的就是好的，你要守着这种贞操。所以说刘宋以后，陶渊明就再也没有出来做官，就是在朝代的变易之间，陶渊明有一个持守。

可是从三代以来，面对这种考验，不同的人生观，就有不同的态度。孟子说"伯夷，圣之清者也"（《孟子·万章下》），孟子就讲到人的操守，那么一个人始终持守一种什么样的品格呢？这是不同的，所以这种操守，有的是以"清"为好，就是清洁、清白，我不能让我的身体（不是现实的身体）、我的品德、我的心灵沾上一点污秽，那就是"圣之清者"，比如伯夷、叔齐。伯夷、叔齐在武王伐纣的时候，虽然纣王是暴虐无道的，武王要把暴君推翻，是代民伐罪，是革命的，可是武王胜利了，建立了新朝，就是周朝。伯夷、叔齐却不肯吃周朝的粮食。这个粮食也不是说我们每天吃的粮食，就是说不拿周朝的俸禄，他们在周朝就不肯出仕了，所以他们持守的是"清"，就是我一点污秽都不沾，不管时代如何，不管百姓如何，我要保存的是我的清白，所以是"圣之清者"。

孟子还说了一个人，就是辅佐成汤的伊尹。伊尹是帮助商汤革命的人，成汤把夏桀推翻的时候，伊尹是他的宰相。伊尹怎么样？

孟子说他"五就汤，五就桀"（《孟子·告子下》），说伊尹有五次去拜见成汤，希望成汤用他；他也曾经五次拜见夏桀，希望夏桀用他。因为伊尹是以救老百姓为他的职责的，他所关心的不是他一个人的清白，而是天下人民的安乐，所以你们谁用我，我就跟你做事。如果夏桀当年用了伊尹，伊尹就会辅佐夏桀把政治搞好；那么夏桀不用他，他就去找成汤，成汤用了他，他就帮助成汤把政治搞好。孟子说这也是"圣者"，同样是一个了不起的人，伯夷、叔齐是"圣之清者"，伊尹就是"圣之任者"，就是在圣人里面以尽到自己的责任能力为目的的人。他不管自己的清白，"五就汤，五就桀"，你们说我是革命也好，说我是保守也好，我的目的就是要拯救天下的百姓。他是牺牲他自己而成就一件事情，所以是"圣之任者"。

我们一直从陶渊明的立场来讲，他的品格贞洁，他有操守，而且他不肯出去做官，为了自己的选择，付出了躬耕的、挨饿受冻的代价，这是了不起的。孔子说过"躬自厚而薄责于人"（《论语·卫灵公》），"躬"就是自己，说是对自己要严格，对别人要"薄责"，"责"就是责求、求全责备。你对自己可以严格地要求、求全责备，对于别人要宽厚。

陶渊明的诗，表面上看起来都很简单，可是你看他所说的，"荣荣窗下兰，密密堂前柳。初与君别时，不谓行当久。出门万里客，中道逢嘉友"，你是改变了，你交了一个新的朋友，他很严厉地责备了？没有。他认为你碰见的也可能是一个好朋友，"中道逢嘉友。未言心相醉，不在接杯酒"，你这么短暂的时间就对他倾心了，没有说一句话你就对他陶醉了，连对面喝一杯酒都没有，你就倾心于他了，所以你就把我这个老朋友背弃了，"兰枯柳亦衰，遂令此言负。多谢诸少年，相知不忠厚"，就是说你们这些年轻人，"相知不忠厚"，你们交朋友互相了解不深。你一定要注意到这一点，你看陶渊明就是在责备之间，他虽然说"多谢诸少年，相知不忠厚"，但是他对别人的责备也不是很严厉地骂，他是非常温厚的，这就是我们中国说的"温柔敦厚，《诗》教也"（《礼记·经解》）。我们中国讲感情的培养，感情的艺术。

陶渊明的《拟古九首》，都是写的在时代变易、改朝换代的时候，你的持守是什么？第三首诗同样是讲这样的一个问题。

"仲春遘时雨，始雷发东隅"，仲春就是二月。我们中国农历把十二个月分成四季，每一季就是三个月。比如说春天，正月就是孟春，二月就是仲春，三月就是季春，每一季是分成孟、仲、季三个月，所以仲春就是二月。那么当早春二月，不再下雪了，忽然间今天下了早春的第一场雨，一场及时的雨，正在插秧、田地要耕种的时候下了一场及时的雨。"始雷"就是第一声雷，从东边发出了第一声雷响。中国把东南西北中与阴阳五行对应起来，东方就代表春天，代表生发的；西方代表秋天，代表肃杀的。所以是从东方听到了第一声雷响。

当雷响的时候，"众蛰各潜骇"，"蛰"是伏藏，所有的伏藏在地下的，不管是动物也好，植物也好，不管是草木，不管是昆虫，"各潜骇"，还在地下，就惊骇，都惊醒了。就是说第一声雷响把那些伏藏在地下的草木昆虫都惊醒了，"草木从横舒"，那些植物就从泥土里边钻出来了。那些干枯的树枝都发芽长叶了，枝叶都舒展开了。这是说的植物。那动物呢？他后边就说了，"翩翩新来燕，双双入我庐"，"翩翩"是美丽的飞翔的样子，就有翩翩飞翔的新来的燕子，燕子是候鸟，冬天的时候到南方去，春天就回来了。双双对对的燕子来到我家的房檐底下，"庐"就是庐舍，居住的地方，一对燕子来到我住的地方，这个说得也很妙。当天地变易，从冬到春的时候，所有的生物都受了它的影响，而燕子也来到我的家中。表面上写的就是春天到了，可是这个也代表了改朝换代的意思，中国有这样一个传统。

北宋词人周邦彦，遇到北宋的新旧党争。就是北宋神宗任用王安石变法，他们叫作新党。你要知道，任何的政治、任何的组织有一个大的改变的时候，一定是有人说好有人说坏的，一定会引起很多的争论，这是必然的。战国时候，秦孝公任用商鞅在秦国推行变法，使得秦国慢慢强大起来。司马迁的《史记·商君列传》，写到当时变法的时候，朝廷里边很多的大臣都反对，他们说什么呢？说是"利不百，不变法；功不十，不易器"，因为一个改变要经过一段调节的时间，总会发生一些摩擦，所以要慢慢地调节，慢慢地去改变。所以那些人就说，没有一百倍的好处，你不要轻易地改变旧的法则；如果没有十倍的功绩，就不要随便更换你用的东西，就是你用的这个东西很趁手、很方便了，如果没有十倍的功绩就不要更换。王安石有很多很好的想法，当他推行变法时，当然也发生了很多摩擦，所以就有人反对他，就是所谓的"旧党"。因为神宗相信王安石，所以新党就在台上。可是神宗死了以后，因为继位的哲宗年纪还很小，由他的祖母太皇太后，就是高太后辅佐他掌权。老人一般比较保守，高太后觉得新党不好，就把旧党都叫上来，把新党都赶走了。周邦彦以前是赞美新党的，他是新党执政的时候来到朝廷的，旧党一上台就把他从朝廷赶出去了。十年以后，高太后死了，哲宗也长大了，正是年轻的时候，喜欢新的东西，又把旧党赶出去，把新党都叫回来了。这就是北宋的新旧党争。

周邦彦写了一首《渡江云》，"渡江云"是一个词牌。他写的就是春天的到来。他说一个晴朗美好的天气，山上烟霭迷蒙，"晴岚低楚甸，暖回雁翼"，晴天的烟霭低低地笼罩着楚地的平原，天气变暖了。那怎么知道天气暖了？暖和的春天从哪里回来的？从大雁的翅膀你就发现春天回来了。那大雁的翅膀怎么告诉你春天回来了？你看，"阵势起平沙"，这个大雁就排成一个阵势。大雁在天上飞的时候，有时排成一个"一"字，有时排成一个"人"字，所以大雁飞的时候有一个阵势。他说和暖的天气回来了，这个大雁就从平沙之上都飞起来了。"骤惊春在眼"，我忽然间惊喜地发现春天真的来到眼前了。"借问何时，委屈到山家"，不只是楚地的平原上你看到春天来了，天空上你看到大雁飞起来了，忽然间就觉得春天在眼前。而且春天它是什么时候，"委屈"就是走了很多小路，就到了我山中的人家？我虽然是处在山中的一个闭塞的人家，春天现在也来到我家的门前了。

周邦彦这一首词写的是什么？当初旧党上台时把他赶下去，哲宗亲政，新党上台又让他回到朝廷做事，所以他所写的这个春天啦，大雁啦，都是写朝廷的改变。怎见得呢？因为周邦彦这一首词的结尾说了，"画舸西流，指长安日下。愁宴阑、风翻旗尾，潮溅乌纱"，说他们把我叫回去，我坐着船正要回去，可是就发愁了，现在正是宴席的时候，大家都上台来宴饮了，我忧愁有一天宴席散的时候，风一吹就把大旗吹倒了，潮水打上来就把乌纱帽打湿了。我们知道他这首词是用比喻的，因为他的一个"旗"、一个"乌纱"，旗是代表党派的，你今天在台上很风光，一旦政局改变你就下台了，你的乌纱帽就会被打湿。

所以我现在是要说明，春天回来、大雁飞起，这些都是代表朝代的更替和政局的改变，所以陶渊明现在说春天来了，是"仲春遘时雨，始雷发东隅"；是"翩翩新来燕，双双入我庐"，你就知道中国有这么一个传统，这个所象喻的就是改朝换代，说"草木从横舒"，也是代表朝代的改变。所以周邦彦他后边也说到草木，说"涂香晕色，盛粉饰、争作妍华"，春天来了，不但大雁飞起来了，大家都在修饰、装饰，红的花绿的叶，是"争作妍华"，他表现的是什么？是那些人他们争权夺利的样子。所以陶渊明表面上写的是"仲春遘时雨，始雷发东隅。众蛰各潜骇，草木从横舒。翩翩新来燕，双双入我庐"，实际是周邦彦说的"借问何时，委曲到山家"，春天也来到我的家里了，燕子也回到我的家里了。

"先巢故尚在，相将还旧居"，原来的那个巢还在，大家都结队回到旧日的地方去了。"自从分别来，门庭日荒芜"，他说可是我跟你分别以后，自从跟谁分别？如果从这首诗来说，是与燕子分别，说自从去年我跟你分别以后，"门庭日荒芜"，门庭已经是非常荒凉，长满了野草了。

"我心固匪石，君情定何如?"这个"我"是谁? 这个"君"又是谁? 我们从去年讲《古诗十九首》，就说诗有的时候有一种"Ambiguity"，就是说模糊、模棱两可，所以西方的文学批评就有Plural Signification，多重的意蕴，或者说Multiple Meaning，多重的意义。我们在讲《古诗十九首》时说了，"行行重行行，与君生别离"，不错，这是一首离别的诗，那这首离别的诗是用男子的口吻写的呢，还是女子的口吻写的? 是这个远行的人写的呢，还是留在家里的人写的呢? 这就有多种可能性。这就是中国语言的妙处。因为中国的语言没有明白的人称的指称，没有男性、女性的区别，也没有过去、现在、未来的时态，所以就有了多重的可能性。

陶渊明的这首诗也有多重的可能性。可能性在哪里? 就是"自从分别来，门庭日荒芜。我心固匪石，君情定何如"? 他说的是我，还是燕子呢? 说燕子回来了，燕子就问我说，我去年跟你分别后，现在时代已经大变了，你的门庭都荒芜了。我没有改变，"我心固匪石"，"匪石"是一个典故，出自《诗经·邶风·柏舟》："我心匪石，不可转也。我心匪席，不可卷也。"汉朝的郑玄给《诗经》作注，说这是什么意思呢? 说"我心匪石，不可转也"，我的心比石头还坚固，石头还可以转，你还可以推动它，而我的心你转都转不动;"我心匪席，不可卷也"，席子虽然很平，但是可以卷起来，而我的心也不是一领席子，是不能卷起来的。就是表示我的心坚定、平直，永远不会改变。所以这可能是燕子说的，也可能是人，人说燕子你回来了，我的心是"匪石"，你的感情是如何的?

陶渊明的这几首诗，都是写在外界环境改变的时候，你是变还是不变？你对别人的变与不变取什么态度？明朝黄文焕的《陶诗析义》说："始雷发而众蛰各潜骇，天地更变，说得可惧；先巢在而新燕还旧居，物情贞一，说得可爱；再拈荒芜之感作一喷起，燕虽已来，情尚未可知，况飞入他家者哉！所自明者，仅我之自心耳，说得世界竟无一堪信，凄危欲绝。"

清朝邱嘉穗的《东山草堂陶诗笺》说："自刘裕篡晋，天下靡然从之。""靡然"是都倒向那一边了，都跟随刘裕了，"如众蛰草木之赴雷雨，而陶公独惓惓晋室，如新燕之恋旧巢，虽门庭荒芜，而此心不可转也"。

清朝温汝能《陶诗汇评》说："因新感旧，读之令人慨然。"

陶渊明这首诗是用时雨、用雷声、用草木的惊醒写一个时代改变的时候，变与不变的两种情况。但是陶渊明真是"温柔敦厚"，里边没有责备，只是说一个现象，而且改不改那是我的持守。所以陶渊明还有一首诗，是他《饮酒》里边说的，是"且共欢此饮，吾驾不可回"。你们不是来劝我出去做官吗？我不出去，但是我们可以一起喝一杯酒，所以是"且共欢此饮，吾驾不可回"，"吾驾"就是我的车，我的车是"不可回"，我是不会为了你而转变我的方向的。这真是"温柔敦厚"，写在一个大时代的变易之中的持守，是守还是不守的考验。所以这个最好不要把它讲定了，说一定是坚贞、一定是忠贞；也不要这么固执，不一定要这么固执地来讲，就是给我们一种反省，在变易之中，你变还是不变？你改还是不改？你变不变是一个问题，面对别人的变不变你取什么态度？而且变也不一定完全是坏的。我以前讲过王国维,王国维是不变的,所以他后来跳到湖里自杀了;梁启超是变的,他说我常常以今日之我跟昨日之我宣战。我自己就常常变,我用今天的我跟过去的我这样作斗争。所以变与不变没有一定的对错,伯夷、叔齐是"圣之清者也",伊尹是"圣之任者也",我们要"躬自厚而薄责于人"。

在一个大的时代变易的时候,应该不应该变,这个要仔细地衡量。大的变革一定是有好处也有缺点的,所以拿捏分寸是非常重要的,你要衡量轻重,而且要注意你变的手段和方法,如何以最少的摩擦、以最少的缺点来完成这个改变,你应该怎样去做,这是非常微妙、非常仔细的,不能够意气用事。但是中国历代所有的党争最后都发展到失去理性,不是真正从利害得失来考虑。王夫之的《读通鉴论》就这样说过了。"通鉴"就是司马光的《资治通鉴》,讲历代的盛衰,那么王夫之读《通鉴》,就说宋朝的党争,最初是"因政而争",说变法是正当的,是对的,是对国家人民有利的,所以要变,大家所争的,都是"因政而争"。可是后来变成了新旧两党"以争为政",都不管真正的利害得失了,凡是跟我一样的就是对的,跟我不一样的就是错的,不管是好还是坏。这是一个国家最不能走上的一条路,"因政而争"还不失其正,"以争为政"这是最大的危险。所以历史给了我们一面镜子,所谓"通鉴",就是要学历史,不要重蹈覆辙,我们说"前车之覆,后车之鉴",前面的车翻倒了,后面的车就不要走同样的翻倒的路。历史给了我们很多借鉴,人的得失善恶、好坏是非,也不是那么简单就能分别的一件事情。

陶渊明面对的就是一个时代的变革，人生都会遇到很多这样的考验，所以他说到底是变还是不变？这个你要衡量，而且那是很微妙的衡量。我屡次引《论语》上的一句话，说交朋友，有的人你觉得跟他谈得很投机，但是"可与共学，未可与适道"（《论语·子罕》）。"适"就是往，你可以跟他讨论学问，可是你不能跟他一起走在道上，就是在实行上，他不能跟你去实行。"可与适道，未可与立"，有一个朋友可以跟你一起走，你走正道他也能够跟你走，不是空口说的，但是"未可与立"，他不能跟你有一定的持守。"立"就是我们刚才说的"我心匪石，不可转也。我心匪席，不可卷也"。就算有一个人同情陶渊明，说我也不愿意在官场上做这些逢迎苟且的事情，我跟你一起，你归耕我也归耕，但是陶渊明挨饿受冻的时候持守下去了，他持守得住吗？所以可与言的不一定能够适道，可与适道的不一定能够跟你站住脚步。再进一步，"可与立，未可与权"，你站住他也跟你站住了，你挨饿受冻他也挨饿受冻，但是"未可与权"，"权"是什么？就是秤砣，这个秤砣是可以移动的，重的时候它可以过去一点，轻的时候它就过来一点，所以这个"权"是看你所衡量的东西的轻重而移动的，它要保持你那个秤杆的平衡，要因它的轻重而改变，不是在那里不动的。所以你是变还是不变？你要变到什么程度？你用什么样的方法、什么样的路途去变？这个中间是非常仔细、非常微妙的，那真是"权"，一点点、一丝一毫错了，就是"失之毫厘，谬以千里"。所以就是说可以跟你"立"的人，到有变故来临的时候，怎么样来权衡轻重，"未可与权"，他没有这个智慧。我们刚才说可以"立"，你可以立住了，那是一种持守。持守是一种品德，权衡是一种智慧，所以一个人要做到完美不是那么简单的，你有了知识还不够，你是不是有持守的品德的人？有了持守的品德还不够，你在面临真正考验的时候，你有没有智慧去分辨出那个最适当的选择？这个真的是很重要的。

（江梦川整理）

迢迢百尺楼

迢迢百尺楼，分明望四荒。

暮作归云宅，朝为飞鸟堂。

山河满目中，平原独茫茫。

古时功名士，慷慨争此场。

一旦百岁后，相与还北邙。

松柏为人伐，高坟互低昂。

颓基无遗主，游魂在何方！

荣华诚足贵，亦复可怜伤。

陶渊明真是写到人生的大问题。但是你看陶渊明，我们说他《闲情赋》写的那个美丽的女子，是他的想象之中的；他说有一只鸟是"栖栖失群鸟"，这个鸟也不是现实的鸟，都是他想象之中的，所以陶渊明诗里边的那些形象，那些images，都是带着他的理念的色彩的。你如果说"迢迢百尺楼"是哪里的楼，我去考证考证它的名字，这是不行的。

"迢迢百尺楼"，"迢迢"本来是遥远，如果是横的，迢迢就是遥远；如果是直的，那就是高了。"迢迢百尺楼"，这是极言其高。你站在这个高楼上，"分明望四荒"，你就可以向下看，远近四方都收在你的眼底。北宋词人晏殊写过两句词，说："昨夜西风凋碧树，独上高楼，望尽天涯路。"（《蝶恋花》）王国维的《人间词话》引用了它，说它是"古今成大事业大学问"的第一种境界。晏殊所写的是高楼望远，怀念远方的行人。他说，昨天晚上天上有月亮，"明月不谙离恨苦，斜光到晓穿朱户"，那天上的月亮不知道我们离别的痛苦，人别离了，可是月亮是圆的，照了我一夜，让我很伤感。这是昨天晚上。那今天早晨呢？他说是"昨夜西风凋碧树"，秋风把我窗前的绿树的叶子都吹落了，所以我"独上高楼"，我一个人登上这座高楼，"望尽天涯路"，就看到远方，就看到天边那么远。因为我昨天晚上怀念一个人，所以我登高望远，是盼望远方的人回来。可是王国维说那是"古今成大事业大学问"的第一种境界，所以要上"迢迢百尺楼"，才能够"分明望四荒"，井底之蛙能看到什么？什么都看不见，只看见那井里黑的井壁。所以这是"迢迢百尺楼"，能够"分明望四荒"，写得非常高远，有这么开阔的眼界。

"暮作归云宅，朝为飞鸟堂"，这个高楼晚上就做了"归云宅"，云彩晚上回来了就住在这个楼上，这是极言其高，高耸入云中；而白天的时候你就看见很多的鸟到这里。

"山河满目中，平原独茫茫"，你不是望四方了吗？你就看到四方那么广远的地方，山河满目。我们说"满目山河空念远"（《浣溪沙》），这是晏殊的词。"山河满目中，平原独茫茫"，平坦的原野茫茫无际。登高，是"迢迢百尺楼"；望远，是"平原独茫茫"，这样的高，这样的远，怎么样？

他说"古时功名士，慷慨争此场"，古来那些争名夺利的人，"慷慨争此场"，"慷慨"，激昂慷慨的，意气风发的，所争的就是这块地方。我们说秦始皇，他活着就造自己的坟墓还不说，他还要造很多很多的军队，活着时有多少军队，死后也要有多少军队，"古时功名士，慷慨争此场"，所以就是为了争夺，"一将功成万骨枯"（曹松《己亥岁二首》之一）。

"一旦百岁后，相与还北邙"，可是你争夺了这么半天，据说秦始皇造好了坟墓，恐怕有人盗他的墓，就把所有造坟的人都杀死在里面，可是今天秦始皇何在？"一旦百岁后"，人生一世不过百年，"相与还北邙"，一个接一个都回到北邙山上去了。北邙山是洛阳城外的一座山，汉魏以来，王侯公卿贵族的葬地多在于此，是风水最好的坟地。所以大家不但活着的时候要争地，死了还要争一块地，要找一块风水最好的地。最后大家都死了，"贵贱同归土一丘"（薛逢《悼古》），无论贵贱都是一抔土。

不但是成了一抔土，"松柏为人伐，高坟互低昂"，你死了以后，要找一块风水好的坟地，栽上松树、柏树。可是过了一些年，坟上的松柏都被人砍伐。不但人化为尘土了，连你坟前种的松树、柏树都被人砍伐了，只剩下高高低低的一个一个的黄土的坟头。

"颓基无遗主，游魂在何方"，颓坏的那些建筑，没有留下一个主人。明清之际的女词人徐灿，她的丈夫就是陈之遴。徐灿的词集叫作"拙政园诗馀"，拙政园很有名，是苏州的一座园林。在《拙政园诗馀》中收录了文徵明的《拙政园图册》题辞，说当年拙政园的第一个主人建了园，文徵明能书善画，所以他画了画，还写了记，写到他怎么建这个园子。可是这个主人建造了这么美丽、这么大的一个花园，还让文徵明作了图记，等这个主人一死，他的儿子赌钱赌输了，就把园子给卖了。拙政园历经几位主人，后来明朝灭亡，陈之遴就入了清朝，做到弘文院的大学士，他就把拙政园买下来了。买下来不久，陈之遴因罪被放逐到关外去了，拙政园他一天也没有住过。所以说"颓基无遗主"，当时那些经营建造拙政园的人，自己都是花了很多心血的，可是不用说人不在了，千百年以后，连游魂在哪里都不知道。

所以"荣华诚足贵，亦复可怜伤"，这荣华富贵当然是好的，诚然是值得宝贵的，可是也是"可怜伤"，真是可怜，因为到头来一切都是空幻的，什么都没有了。

"荣华诚足贵，亦复可怜伤。"很多人说有了这样的觉悟就出家了，说这都是消极的。其实不然，有的时候你有这种消极的认识，才能做出积极的事业。因为一般人都是"为我"，对我有利的我就去做，可是当你真的把一切都看空了，你就不再为自己了，你才更有牺牲的精神。有的人是对眼前的没有看破，有的人是对后世的声名没有看破。

前些时候我到香港讲课，有个报纸的记者来访问我，我说我的老师说过两句话，我觉得对我有很大的启发。我的老师说过："以无生之觉悟，为有生之事业；以悲观之心境，过乐观之生活。"可是我跟那个记者说了以后，他不懂，就根据录音把这个"生"写成了"声"，他想我总是讲话嘛，所以是"有声的事业"。这个报纸也没有事先给我看一下，让我校对一下，自己就拿去登了。其实我用的是佛家语，因为你有无生的觉悟，知道人生是空幻的，你才能够牺牲自己为人去做一番事业。我去过花莲，见到了证严法师，我问她为什么决志出家？她说因为她父亲去世，她忽然间就因为人的死亡觉悟到人世的空幻。而她现在，以慈济的大爱在世界上、社会上做了那么多好的事情，这真是"以无生之觉悟，为有生之事业"。所以是有"无生之觉悟"，才能够做出来这么有大爱的"有生之事业"。"以悲观之心境"，你认识到人生的短暂无常，人世的一切的缺憾不平，但是要"过乐观之生活"。陶渊明说"荣华诚足贵，亦复可怜伤"，就是因为他有了这样的觉悟，才有了他的操守，所以他宁可挨饿受冻，他都不在乎，因为那都是外表的、短暂的。陶渊明没有做出什么伟大的、博爱的事业，而是坚持他的持守，自我完成。所以一个人总是有一些觉悟，有一些智慧，不管是完成自我，还是完成"有生之事业"，都是有一种觉悟。

（江梦川整理）

东方有一士

东方有一士，被服常不完。

三旬九遇食，十年著一冠。

辛勤无此比，常有好容颜。

我欲观其人，晨去越河关。

青松夹路生，白云宿檐端。

知我故来意，取琴为我弹。

上弦惊别鹤，下弦操孤鸾。

愿留就君住，从今至岁寒。

这也是很妙的一首诗。我们说过，陶渊明诗里所有的image，不管是草木也好，不管是鸟也好，不管是人也好，不管是美女，还是"东方一士"，都是有象喻的性质的，你都不能咬定，说"迢迢百尺楼"在哪里？这"东方一士"是谁？叫什么名字？所以陶渊明的诗真是写得好，都是一种理想的寓言。

"东方有一士",说东方有一个人,"被服常不完",他是个很穷苦的人,身上穿的衣服常常都是破烂的,"不完"就是不完整。不但衣不蔽体,还"三旬九遇食",一旬是十天,说他三十天才吃九顿饭,当然这都是象喻,你不能去考证有没有这样一个人,"三旬九遇食"是极言其贫苦。"十年著一冠",十年就戴着一顶帽子,都没有换。生活真是饥寒交迫。"辛勤无此比","辛勤"就是说生活的艰苦,没有人能够跟这个"东方一士"相比,可是他"常有好容颜"。所以有人说,有的食物是养你的身体的,有的是养你的精神的,而人的容色不是只是身体的,同时也是精神的。所以这是很难说的,他"辛勤无此比",但是"常有好容颜",那种精神气质、那种安详和乐,都不是大鱼大肉可以给你的。陶渊明说有这样一个人,有这么好的修养。

"我欲观其人",我就希望能够跟他见一面,于是我一大早就出门了,"晨去越河关",这个人住得很远,我经过了江河,经过了关塞,这是极言你要找这么一个人,你要达到这样一个境界,那不是一件简单的事情。唐朝的诗僧寒山写过一首诗,说"人问寒山道",就说你要走我的路,你就问我怎么走,"寒山路不通",他说我寒山所走的路跟你们的路是不一样的。"夏天冰未释,日出雾朦胧",夏天了冰还没有化,太阳出来了还是雾蒙蒙的。那么这个路既然是这么难走,我们走不到,那你怎么去了呢?"似我何由届,与君心不同",你问我是怎么到的,是由于我跟你根本在心上有不一样的地方,"君心若似我,还得到其中",如果你的心跟我一样,你自然也会到的。

"青松夹路生，白云宿檐端"，这都是陶渊明的想象，都是他精神的境界，说我走过一段路，两边都是碧绿青苍的松树，屋檐上飘来飘去的都是白云。而这个"东方一士"，"知我故来意，取琴为我弹"，他知道我有心来访问他，所以就拿出一张琴，为我弹奏了几曲。"上弦惊别鹤，下弦操孤鸾"，前面弹的是一个"别鹤"的曲子，后面弹的是一个"孤鸾"的曲子。"别鹤""孤鸾"都是孤独的，因为这条路不是大家都能走的，这种选择不是大家能够做出来的。什么人要过"三旬九遇食，十年著一冠"的生活呢？这个"东方一士"在辛勤无比之中能够保有美好的容颜，这不是一件简单的事情。

陶渊明说我见到他了，我听到他弹的琴了，"愿留就君住"，我就愿意留下来，我就在这里跟你一起住，"就"是趋就、归从。"从今至岁寒"，我要一直跟你住，一直经历了天地之间最寒冷的时候。在艰苦患难之中，你的朋友是谁？在艰苦患难之中，你精神所依赖的是谁？你要找到一个像"东方一士"这样的人，你在艰苦患难之中可以依赖他。所以他说我"愿留就君住，从今至岁寒"，从现在起直到岁寒，直到最艰苦的日子我也不离开。

（江梦川整理）

苍苍谷中树

苍苍谷中树，冬夏常如兹。

年年见霜雪，谁谓不知时。

厌闻世上语，结友到临淄。

稷下多谈士，指彼决吾疑。

装束既有日，已与家人辞。

行行停出门，还坐更自思。

不怨道里长，但畏人我欺。

万一不合意，永为世笑嗤。

伊怀难具道，为君作此诗。

　　南宋的辛弃疾写了一首《水龙吟》，说"老来曾识渊明，梦中一见参差是"，就是说陶渊明的诗真的是很妙。我们大家都说陶渊明是一个躬耕的隐士，但是很多英雄豪杰之士都从陶渊明的诗里边得到过感发。

这真是很妙的一首诗，里面的情意有很多的迂回宛转之处。所以陶渊明的诗有的时候表面上看起来好像是很真淳的，没有雕琢、造作，没有艰深的字样，但是它里边的情意是非常曲折的。而且陶渊明生在东晋跟刘宋之间大变革的时代，他所面对的是很多的考验，有很多的不得已之处，他的这首诗就表现了这种不得已。

陶渊明在写的时候，他从来不是直接地写，而是用了很多的不同的形象，像他在《拟古九首》里边所写的，"荣荣窗下兰，密密堂前柳"，就是兰花跟柳树，他是写的人与人之间的一种感情，一种志意。"辞家夙严驾，当往志无终。问君今何行？非商复非戎。闻有田子泰，节义为士雄"，无终是在北方，在陶渊明的时代，北方已经是五胡十六国了，陶渊明说我要到无终去，他真的能去吗？根本不能去。他写"窗下兰""堂前柳"都是象喻，表面上是写实，但是事实上他这些形象都是象喻，不只物的形象（兰花、柳树都是"物"）是象喻，他所说的田子泰这个人的形象也是一个象喻。所以也可以证明，我们以前讲过的陶渊明的《闲情赋》，说有一个美丽的女子，"负雅志于高云""攘皓袖之缤纷"，那个女子也是一个象喻。那么后来我们所讲的仲春的时雨、双双归来的燕子、迢迢的百尺楼，还有那个三十天才吃九顿饭的"东方一士"，这些都完全是象喻。我们现在讲的这个"苍苍谷中树"也同样是象喻。

"苍苍谷中树，冬夏常如兹"，"苍"是青苍的颜色。有些绿色，像一些油漆的颜色、一些女孩子衣服的颜色，常常带着非常刺目的光亮，可是"苍苍"是暗绿的颜色。说那苍苍的是生长在山谷之中的松树，"冬夏常如兹"，无论是冬天还是夏天，都是一种青苍的颜色，不改变的。这个青松其实也是一种象喻。

关于陶渊明的思想，到底是道家的、佛家的，还是儒家的？陶渊明跟我们中国传统的三种哲学都有过接触。他从小当然是读的儒家的书，他说"少年罕人事，游好在六经"（《饮酒二十首》之十六），"好"当然是爱好，他好读中国的经书。《诗》《书》《易》《礼》《春秋》合称"五经"，加上一个《乐经》就是"六经"。陶渊明说我"少年罕人事"，我年轻的时候没有经历过外面社会的这么多杂事，所以我"游好在六经"，就是喜欢读中国古代的经书。那为什么说"游"呢？这个"游"字其实是非常妙的一个字。孔子曾经说过："志于道，据于德，依于仁，游于艺。"（《论语·述而》）说你的修养，你的立身的根本是"据于德"，"游"就是你欣赏，你看到那个游鱼在水中的那种快乐，那就是"游"，所以他不但是爱好"六经"，是"游好"，他谈到"六经"就像鱼游在水中那么快乐，所以陶渊明是"游好在六经"。

他后来也跟佛教的人交过朋友。当时他在江西的老家，附近有东林寺，东林寺里面有一个有名的和尚，就是慧远，他就跟慧远有过交往。那么同时，在魏晋南北朝的时候，道家思想非常盛行，所以他也有道家的老庄的思想。这样说起来，陶渊明的思想里边有儒家的思想、佛家的思想、道家的思想。可是这里边有一个根本，就是陶渊明的根本思想是什么？根本的思想是儒家，那是从小时候培养出来的。

他现在所写的"苍苍谷中树"，那是一棵松树，而松树在《论语》里边有象喻的一种性质。《论语》里边孔子说过："岁寒，然后知松柏之后凋也。"（《论语·子罕》）你看平常的草木，春夏之间所有的草木都是青苍的，可是到一年最寒冷的时候，在寒天冰雪之中，当众多的草木都变黄了、枯萎了，都凋零了、摇落了，你才知道只有松树跟柏树是不凋零的。

陶渊明的诗里面有很多首都写到松树，而这首写得更好。为什么？因为有的时候，他写松树只是取它"岁寒后凋"的品质，陶渊明写过这样几句诗，他说"芳菊开林耀，青松冠岩列"，"怀此贞秀姿，卓为霜下杰"，陶渊明常常赞美松树，都是受了儒家的影响。《论语》中说："造次必于是，颠沛必于是。"（《论语·里仁》）说你如果有一个道德的操守，在"造次"，皇皇、匆忙紧张之间，在颠沛流离之中，你有你的品格，是不改变的。所以儒家讲"富贵不能淫"（《孟子·滕文公下》），富贵了你还是你，有些人富贵了就忘乎所以，鲁迅说的，"一阔脸就变"（《赠邬其山》）。所以"造次必于是，颠沛必于是"，是你做人有没有一个可以立足、可以站住的地方。儒家一直告诉人"士志于道"，你要找寻到做人的道理，你真的站住脚步不改变了。儒家所赞美的松树，它就不改变，可是我们现在要讲的这一首诗，它就多了一个曲折。

"苍苍谷中树，冬夏常如兹"，下面就说得非常好，"年年见霜雪，谁谓不知时"，你看到它那么绿，你以为这个松树从来没有经历过严霜冰雪吗？你以为它是特别幸运的一棵树吗？是因为它平生没有受过冰雪寒风的打击，所以它才这么绿？完全错了，它是"年年见霜雪"，每年都受到寒霜冰雪的打击，它一生不知道受了多少寒霜冰雪的打击，但是你从外表上看，它仍然是青苍的，没有改变。"年年见霜雪，谁谓不知时"，这话说得非常好，谁说它不知道时节呢？谁说这个松树不知道人间的艰苦？

　　每一首陶渊明诗的后面，都引了很多的材料，比如陶渊明《拟古》的第七首，"日暮天无云"，我们讲说王夫之怎么样说，吴淇怎么样说，这都是陶渊明以后历代的人对陶诗的评价。你知道西方文学批评有"接受美学"（Aesthetics of Reception），就说一件作品，你本身的创作是一件事情，读者怎么样接受是另一件事情。一般人常说，接受美学就是我读一篇作品，这就是我对这个作品的接受；而且按照严格的接受美学说起来，如果这个作品没有被人读过，没有被接受过，那这个作品就只是一个Artifact，就是一个艺术的成品，它没有生命。就算陶渊明的诗再好，李商隐的诗再好，杜甫的诗再好，你给一个刚刚认识几个字的小学生看，他读了以后根本不懂，这个生命就没有读出来。所以文学艺术的创作是谁给了它生命？当然是创作的人给了它生命，可是它的生命什么时候才活起来？是读的人使它活起来，是我们使它活起来的。这就是接受美学，是一个人对一篇作品来说，我读了陶渊明，辛弃疾读了陶渊明，就是他给了陶渊明一个生命。

　　可是我们讲接受美学，如果展开来讲，就不是我们个人对一个作者的接受，是说自从陶渊明的诗在中国文学史上出现以来，它是怎么样被接受的。你要知道，陶渊明的诗，我们现在说它这么好，那么好，我们引了宋朝的人怎么说，明朝的人怎么说，清朝的人怎么说，你看到一个唐朝人怎么说了吗？陶渊明是晋宋之间的人，唐朝就在他的后面，唐朝那么多诗人，唐朝人怎么说他的？唐朝人还不大能欣赏陶渊明。所以现在西方讲接受美学，就不是我一个人读一篇作品的接受，是说接受美学的历史，一个艺术品、一个作品它被接受的一个历史，而通过这个被接受的历史，你可以看到整个的文学的、文化的一个历史的演进。唐朝人为什么不懂得接受陶渊明？宋朝人才懂。为什么？因为唐朝人是比较直感的，是直觉的那种感发，比如说"明月出天山，苍茫云海间"（李白《关山月》），"君不见黄河之水天上来，奔流到海不复回；君不见高堂明镜悲白发，朝如青丝暮成雪"（李白《将进酒》），是直接的、直觉的一种感发，那感发的力量非常强大，但是它不是思想性的。所以陶渊明被接受，是在宋朝以后，因为宋朝以后就比较有思想性，而且喜欢在诗里放进思想。

"苍苍谷中树，冬夏常如兹。年年见霜雪，谁谓不知时"，你看陶渊明的诗还不只是说那些形象好，还有就是说你读书有没有感发，你也读过《庄子》，你也读过《论语》，你也读了这些书，这些书能不能在你心里发生作用？你能不能把心里的那些作用用诗写下来？我说陶渊明的《拟古九首》都是写在一个时代大改变的时候，所以他写得非常迂回宛转。他前面写的是松树，后面就写人了，那就是说在这种变故之中，松树是"冬夏常如兹"，是没有改变的，那么人呢？

他说，在改变之中就有人来劝他出去了，有人劝他出去做官，所以他说"厌闻世上语，结友到临淄"。他说，我就不喜欢听这些世上人的话，都是讲的名利，都是讲的权位，都是讲的竞争，所以我要到临淄去交一个朋友。为什么要到临淄去交一个朋友呢？他说因为"稷下多谈士"。"稷下"是齐国的一个地名，根据《史记》记载，说齐宣王的时候，"稷下"这里有很多的"谈士"（《史记·田敬仲完世家》）。可能就像英国的海德公园一样，可以在那里发表议论。齐国稷下当时就有"谈士"，很多有学问的人、善于辩论的人都到稷下来聚会。所以陶渊明就说了"指彼决吾疑"，在稷下有很多有学问的人，喜欢批评政治、喜欢讨论的人，我就想跟他们商量商量我到底是出去还是不出去。"指"就是赴、趋，我要到他们那里去。"决吾疑"，解决我的疑惑，给我做出一个决定。

后面陶渊明就说得更妙了，那我就要去找这些人了，"装束既有日，已与家人辞"，我已经打算好了要在哪天走，并且整理好了自己的行李，也已经跟家里的妻子小孩道了别了，说我要走了。陶渊明这都是象喻，这是他心里边想我去不去，并不是实际行动。"行行停出门，还坐更自思"，"行行"，迈到门口了，"停出门"，没有出去。所以陶渊明写得非常妙，真的是很妙的诗，他说我回来又坐下了，"还坐更自思"，我自己再考虑一遍。那你为什么不走了呢？你是怕路太远吗？他说"不怨道里长，但畏人我欺"。我不是怕稷下离我这里太远，我只是害怕，我唯一的恐惧，就是恐怕"人我欺"，别人说的话不一定是可信的，恐怕被人欺骗做了不正当的事情。"万一不合意，永为世笑嗤"，如果我出去了，如果我听了他们的话，万一我出去以后"不合意"呢？那就"永为世笑嗤"，就永远要被后世的人所耻笑了。这就是说每个人都不一样，有的人是勇于进的，有的人是勇于退的，所以儒家的道理讲了以后，其实是不容易遵守的，所以你要仔细考虑。

他说"伊怀难具道","伊怀"这两个字用得非常好,他没有说"此意"。我们本来说"此意难具道",我心里的这种想法不容易说出来,我这种彷徨、徘徊,这种斟酌、考量,这种决定,我这一片心意是"此意难具道"。陶渊明说"伊怀",就是说这一种情怀,那种不是思想的是非进退的考量,还有一种感情在里边,你的感情是伴随着你的这种思想的考量,所以"伊怀难具道",就是我这一片情怀真是没有办法具体地跟大家说出来,"伊怀难具道,为君作此诗",所以我就写下了这一首诗。这是很好的一首诗,这首诗是比较复杂的,因为它迂回宛转嘛。

（江梦川整理）

日暮天无云

日暮天无云，春风扇微和。

佳人美清夜，达曙酣且歌。

歌竟长叹息，持此感人多。

皎皎云间月，灼灼叶中华。

岂无一时好，不久当如何？

陶渊明有一篇《感士不遇赋》，说："自真风告逝，大伪斯兴。"这种淳真的、善良的、美好的风俗消失了，弄虚作假的风气现在非常盛行，政治上的弄虚作假、商业上的弄虚作假。"闾阎懈廉退之节"，"闾阎"就是乡里，与后文的市朝对举；"懈"就是懈怠；"廉退"是廉洁、谦让，那种清廉的、谦虚的这样的品节都懈怠了。"市朝驱易进之心"，在市朝之间，大家争逐的是"易进之心"，就是用各种手段巧取名利禄位。"故夷皓有安归之叹，三闾发已矣之哀。""夷"就是伯夷，是"圣之清者"。"皓"就是"商山四皓"，是秦汉之间的四个隐士。是说在这样败坏的社会上，我到哪里去呢？"三闾发已矣之哀"，"三闾"就是屈原，屈原做过三闾大夫。屈原在《离骚》上说："已矣哉，国无人莫我知兮。"陶渊明接着说"寓形百年，而瞬息已尽"，"形"就是我们的身体，"寓"是寄托，我们的身体寄托在世界上，最多也不过一百岁啊！而一百岁其实转眼之间就消逝了。"立行之难，而一城莫赏"，你用这么艰难的代价持守住，建立自己美好的品行，也没有一城之封赏。"此古人所以染翰慷慨，屡伸而不能已者也。""染翰"就是拿起毛笔蘸墨。他说，这就是为什么古人常常拿起笔来写他们内心的感慨，屡次申述而不能停止的原因。为什么古人，不管是辛弃疾，不管是陶渊明，他们写了这么多的诗？就是这种不得已的缘故，所以我们说他是一个"狷者"，他是一个"清者"，所以他就写出这样的诗。

"日暮天无云"，"日暮"，黄昏的时候，天上一片云彩也没有。李白有一首诗，说"牛渚西江夜，青天无片云"（《夜泊牛渚怀古》）。牛渚在西江的旁边。有一天夜晚，李白经过牛渚山下的西江，只看见碧蓝的天空，一片白云都没有。"春风扇微和"，春天暖和的风像扇子扇的风一样吹拂过来，非常温和。

"佳人美清夜，达曙酣且歌"，"美"就是欣赏、赞美，就是说有一个美丽的女子赞美清澄的夜晚，一边饮酒一边唱歌。李白也写过在春天晚上歌吟喝酒，"花间一壶酒，独酌无相亲"（《月下独酌四首》之一）。"歌竟长叹息"，她的歌唱停止了，这么美好的夜晚，这么美丽的女子在唱歌，可是歌唱完了，她就发出长长的叹息。"持此感人多"，这样的环境，这样酣醉跟高歌，这种情境的配合真是使人感慨。

感慨什么？"皎皎云间月，灼灼叶中华。""皎皎"，这么明亮的是云层之间的月亮，"灼灼"，那么鲜明的是绿叶之中的繁花。我也欣赏明月，我也欣赏繁花，我也饮酒，我也唱歌，可是所有的这一切，天上的月亮、树上的花朵、我的沉醉、我的高歌，"岂无一时好"，难道没有一时的美好？可是"不久当如何"。可是不久以后，月亮也会消失了，花朵也会零落了，酒跟歌都会停止的，所以"岂无一时好，不久当如何"。你看那个依附刘裕新朝的人，看起来是美好的，大家都歌颂、大家都赞美、大家都欢喜、大家都快乐，但是"岂无一时好，不久当如何"！

你看陶渊明的这几首拟古的诗，所有他写的其实都有一种象喻的意思，都不是写实。刚才我们讲了"日暮天无云，春风扇微和"，写的是这样一个温和的境界，当然也有他盛衰无常的感慨，就是因为陶渊明生当晋宋易代，所以他就想到，就算现在是美好的，可是"不久当如何"。我们在前面讲《拟古九首》的第二首，他说"不学狂驰子，直在百年中"，那些人只看到眼前的利益，没有看到长久的历史。

生命的目的是什么？我们说"人之所以异于禽兽者几希"（《孟子·离娄下》），人之所以不同于禽兽的，就是那么一点点差别。那个差别是什么？就因为一切的禽兽只有追求生的本能，所以就弱肉强食、优胜劣汰，只是竞争。可是人不是如此的，有思想、有反省，能想到意义和价值的只有人，所以说人是万物之灵，"人之所以异于禽兽者"，就是差在那一点点。有些人，如果没有这种反省，如果没有这种认识，没有这种作为一个人的灵性和持守，那就跟禽兽没有什么分别了。所以陶渊明的这九首诗，是在讲一个大时代的变故之中作为一个人的反省，一个人应该怎么样做。

我们说陶渊明是一个"清者"，是一个"狷者"，所以他归隐了，所以他躬耕了。

（江梦川整理）

少时壮且厉

少时壮且厉，抚剑独行游。

谁言行游近？张掖至幽州。

饥食首阳薇，渴饮易水流。

不见相知人，惟见古时丘。

路边两高坟，伯牙与庄周。

此士难再得，吾行欲何求？

陶渊明难道没有过做一番事业的志愿吗？他说"少时壮且厉，抚剑独行游"，他说我年轻的时候，"壮"是身体强壮；"厉"是性情刚烈。他说，我年轻的时候不但身体是强壮的，而且我的精神也是强壮的，所以"抚剑独行游"，我手里握着一把剑，不是真拿出去怎么样，只是抚，就是手按住这把剑，"独行游"，我一个人就出去远游。那大家又问了，说陶渊明出去远游了吗？这些都是陶渊明想的，都是他精神上的，那他行到了哪里？他说："谁言行游近？

张掖至幽州。"谁说我出去行游只是在近处呢？不是，我不只是在近处的行游，我一直行游到张掖、幽州那么远的地方。张掖在今甘肃，幽州在今河北一带。陶渊明是浔阳柴桑人，他是现在南方江西的人。陶渊明去了吗？以前我说过，陶渊明说"将往志无终"，无终他能去吗？当时北方是五胡乱华，他是不能去的。所以陶渊明所写的都是一种精神的境界，可是这种精神的境界也不是突然的。刘裕在东晋的时代，曾经带兵跟北方作战，到中国北方的燕、秦一带，就是河北、陕西这一带，刘裕北伐曾经到过这些地方。

我们不是说陶渊明曾经出来做过几次官吗？有的时候是为贫穷，我们说"仕非为贫也，而有时乎为贫"（《孟子·万章下》），所以他早年"以亲老家贫，起为州祭酒"，那是为贫；还有他后来说"聊欲弦歌，以为三径之资"（《宋书·隐逸传》），所以就做了彭泽县的县令，这个也是为贫；可是他之间还做过镇军将军的参军，做过建威将军的参军，所以陶渊明有一首《始作镇军参军经曲阿作》，说："弱龄寄事外，委怀在琴书。被褐欣自得，屡空常晏如。"他说我年轻的时候，寄心于事外，就是说对于政治、世俗没有很大的兴趣。"委怀在琴书"，"委"就是安置，我就把我的情怀都放在琴书上面了。"被褐欣自得"，"褐"是粗布衣服，我虽然很贫穷，穿粗布的衣服，但是我心里边非常欣喜，有自得之乐。"屡空常晏如"，"屡空"，空就是贫乏，没有粮食吃了。这是出于《论语》，孔子说颜回，就是他最喜欢的一个弟子，说"回也其庶乎，屡空"（《论语·先进》），说他常常是在饥寒之中，所以是"屡空"。"常晏如"，虽然我的粮食、存粮的仓库都是空的，但是我内心还是"晏如",还是非常安然的。他说,我从前并不急于出来做官,我是喜欢读书的,我也安贫乐道。

可是"时来苟冥会",假如有一个机会来了,"苟"就是假如,"冥"是冥冥的,"会"是遇到,就是无形之中遇到,你不知道怎么样就碰上了,不是我去追求的,所以叫"冥会",你自己有心追求的就不是"冥会"。他说,假如我无形之中遇到一个好的机会,我就"宛辔憩通衢","宛"就是曲折、宛转,我就可以让我驾着这个车的辔辔的这个马,转一个圈子,在那个四通八达的道路上,"通衢"就是大马路,"憩",停止在那里。而四通八达的大马路代表什么?代表的是做官的仕途,所以他说"时来苟冥会",那就是说当刘裕做镇军将军,镇压了当时桓玄的叛乱,而且带兵讨伐北方的时候,陶渊明曾经有过一个理想,认为他如果在刘裕的手下做事,或许他真的能够把中国北方沦陷在五胡十六国的土地收复回来,能够有一番事业。所以他"投策命晨装,暂与园田疏","投"是放下,所以我就丢开杖,让人给我整理好行装,"暂与园田疏",就要暂时跟我的园田告别了。

"眇眇孤舟逝,绵绵归思纡",我就出发了,坐在船上,随着小船越走越远,我对故乡的思念萦绕于心绵绵不断,"纡"就是萦绕,"归思"就是我想念故乡、想念家人的那种心情。他说"我行岂不遥",我走得难道不远吗?"登降千里馀",有的时候要上,有的时候要下,我登山临水走了一千多里路。"目倦川塗异,心念山泽居",我眼睛看着不同的山川道路,心里怀念的还是我在山里隐居的生活。"望云惭高鸟,临水愧游鱼",我看到高空上的飞鸟,在水边看到自由自在游来游去的鱼，我就觉得很惭愧，因为我失去了自由，我现在要出去做事情了，要去做官了。

"真想初在襟"，我原来的那种真淳的想法，原来还是在我的胸中，"襟"就是衣襟，衣襟在胸前，所以就代表在我的胸中。"谁谓形迹拘"，我现在虽然是出去，但形迹不会受拘束。"聊且凭化迁"，我就任凭造化、任从命运的迁转，暂时地出去。可是我最终的目的是"终返班生庐"，我一定要回到我的老家，返回田园。所以陶渊明是曾经出去过，而且刘裕是曾经北伐的。

我只是让大家看，我们来证明陶渊明之所以写《拟古九首》，他说是"少时壮且厉，抚剑独行游。谁言行游近？张掖至幽州"，他说我何尝没有一种远大的志向呢？谁说我走的只是近处？我也走到了张掖和幽州。他身体没有到张掖和幽州，但是他的精神是志在中国能不能统一，能不能把北方完全收复，他曾经有这样的志意。你看他刚才的那首诗，他也说"时来苟冥会，宛辔憩通衢"，我也可以出去。中国古代有一个诗人叫左思，他曾经写过两句诗，说："铅刀贵一割，梦想骋良图。"（《咏史诗八首》之一）他说，我就是一把铅刀（钢刀是很锋利的刀，铅刀是很钝的刀），可是你既然叫作刀，刀就是要割的了，你就算是一把铅刀，你的意义跟价值也在于要有一割之用，人要做出一点东西来，有一割之用，如果你从来没有割过，那你就白白叫作刀了。所以"梦想骋良图"，就是我一直想将来有一天我要做出一番事业。

陶渊明的这首诗就是说人总要有一个想法，可是这个不是我的终老，不是我的终生。辛弃疾说："吾侪心事，古今长在，高山流水。"（《水龙吟》）辛弃疾读了陶渊明的诗以后，说我们这些人的真正的理想，不管是陶渊明所处的晋朝，还是我现在，"古今长在"，我们不管古今，我们的心事长在什么？我们看陶渊明《始作镇军参军经曲阿作》，他是说"时来苟冥会，宛辔憩通衢"，我也希望有一个机会。"铅刀贵一割"，我难道不希望在人生之中完成一些事情吗？所以如果有机会，我何尝不希望呢？可是我真正的理想是是"终返班生庐"，就是辛弃疾说的，"吾侪心事，古今长在，高山流水"，是隐逸的生活，而不是追求名利禄位的生活。可是辛弃疾跟陶渊明是不同的。陶渊明是"狷者"，是"清者"，所以真的就回来了；而辛弃疾后面说了："甚东山何事？当时也道，为苍生起。"他说我们虽然是愿意隐居于高山流水，可是为什么谢安当时也曾经说"为苍生起"？我的理想是高山流水，我的理想是归隐田园，可是有一个机会你岂不应该出来为天下苍生做一番事业吗？

"饥食首阳薇，渴饮易水流。"他说我不是"抚剑独行游"了吗？我在行游的途中，饿了就吃那首阳山上的野菜。吃首阳山上的野菜说的是谁？就是伯夷、叔齐。"渴饮易水流"，渴了喝的是易水的流水。

这个"首阳薇"跟"易水流"代表什么？"首阳"代表伯夷、叔齐，那是"清者"；"易水"是什么？易水代表刺客。我们不是说司马迁写过《刺客列传》吗？就是当你看见世界上有不平，有强权欺压弱小而弱小无力抵抗的时候，你怎么样？《刺客列传》是对弱小的、没有办法正面抵抗的人的同情。在晋宋易代之时，当你看到刘裕把两个皇帝都杀死了的时候，你作为晋朝的臣民，你怎么做？

你能够挽回这种危亡的局势吗？还是你就退隐，不甘心侍奉新朝了？不是说"时来苟冥会，宛辔憩通衢"，"少时壮且厉，抚剑独行游"吗？可是中间真的碰到朝代的改变，碰到这个"闾阎懈廉退之节"，这个"大伪斯兴"的人世，你怎么办？

所以他说"饥食首阳薇，渴饮易水流"，我们说的是身体，我饿了吃这个，我渴了喝那个，你精神上吃什么？你精神上的食物是什么？所以文天祥临死的时候写了《正气歌》，还说过"孔曰成仁，孟云取义。惟其义尽，所以仁至。读圣贤书，所学何事？而今而后，庶几无愧"（文天祥《绝笔自赞》）。你吃的是什么？你身体的营养是什么？你精神的营养又是什么？

他说我一路上"不见相知人，惟见古时丘"。不管你是"首阳薇"的持守也好，不管你是"易水流"的那种激昂慷慨也好，有人理解你吗？有人认识你吗？他说"不见相知人"，我没有看见一个跟我相知的。我们说，人生得一知己就死而无憾，如果有一个人真的能够了解你、欣赏你，知道你陶渊明为什么挨饿受冻。有人说陶渊明你自己挨饿受冻可以，你为什么让你的妻子和小孩跟你一起挨饿受冻？没有人相知，没有人了解他为什么这样做。"不见相知人"，那看见了什么？"惟见古时丘"，一路上我看见的只是古代的那些死者的坟墓。

"路边两高坟"，而路边有两个最大的坟，那是谁的？是"伯牙与庄周"。这陶渊明真的是妙，他为所用的古典赋予了新的意义，这个典故有了新的生命了，这个典故是在你的兴发感动的生命之中活起来，而不是你查了一大堆类书来装点、雕琢的。"路边两高坟，伯牙与庄周"，什么意思？为什么他要提伯牙与庄周？

伯牙就是俞伯牙，是春秋时晋国的大夫，他跟钟子期有一段故事。中国古代一直认为琴有一种心灵的感应，不但是你自己的心灵感应在琴里边，四周的环境也都反映到琴里边了。伯牙很喜欢弹琴，有一天他坐船经过山下，他在船上弹琴。他在弹琴的时候，就觉得有人在听，所以他就去看一看，就看见有一个樵夫模样的乡下人站在那里听，这个人就是钟子期。这个乡下的樵夫也能够懂得我弹琴的心意吗？他就问他，那个人说我听琴我懂得。他说好吧，我就弹一个曲子给你听，你听我琴里边是什么意思。于是俞伯牙就弹了一曲。听琴的钟子期说"巍巍乎，志在高山"，他说你现在弹的这个琴曲里边表现一种非常伟大的精神，你想到的是这个高山。那俞伯牙就知道他真的懂他的琴，就再弹了一曲，问钟子期说我现在心里面想的是什么？钟子期说是"洋洋乎，志在流水"。"高山流水"的知音，就是这个典故。

钟子期有这样的聪明智慧，能够真的听懂俞伯牙的琴，俞伯牙觉得很难得。他们约好一年以后再见面。过了一年俞伯牙回来了，可是钟子期没有来。伯牙说以我所认识的钟子期，是一个守信用的人，他不会不来的，他没有来，一定是有事情发生了。所以俞伯牙就舍舟登岸，带着他的琴顺着山上小路往上走，走到半路上碰到一个白发老人，带着一些酒食的祭奠的东西，他就跟老人打听。老人说钟子期就是我的儿子，我的儿子本来就很劳苦，晚上还读书，更加劳苦，就在不久前死掉了。老人把俞伯牙带到钟子期的坟墓前，俞伯牙就在他的坟前再弹一曲给他听。乡下的人从来没有听过琴，也从来没有看见过琴，就觉得很新鲜，大家包围了一圈，都来听他弹琴。他弹的是对他的好朋友的哀悼，可是那些人不懂得琴里边的感情，以为弹琴就是快乐，所以他弹完了大家就拍手。俞伯牙内心非常痛苦，当下就把琴摔碎了。历史上写故事的还记载有一首诗，说："摔碎瑶琴凤尾寒，子期不在对谁弹！"牙琴上有一种雕琢的修饰，就是"凤尾"，俞伯牙把琴当场摔碎了，是因为世界上再也没有人懂他弹琴了。这就是俞伯牙的故事，所谓知音难觅（《警世通言·俞伯牙摔琴谢知音》）。

庄周又有什么故事呢？庄周有个好朋友，就是惠子。庄周与惠子"游于濠梁之上"，两个人在一个桥上，水里边有鱼游来游去。庄子就说："鲦鱼出游从容，是鱼之乐也。"庄子说这鱼很快乐。惠子说："子非鱼，安知鱼之乐？"你又不是鱼，你怎么知道鱼快乐？庄子说："子非我，安知我不知鱼之乐？"（《庄子·秋水》）

那个是可以听琴的知音，这个是可以谈话的知音。俞伯牙跟钟子期是知音，钟子期死了。庄周有一个知音是惠子，惠子也死了。惠子死了以后，庄周经过他的墓，就讲了一个故事，他说有一个"郢人"，"郢"就是楚国的都城，是很会用刀斧的一个人。还有一个匠石，是凿石头的工匠，他说这个匠石跟这个郢人是好朋友，是知己，互相非常信任。这个匠石跟这个郢人配合得很好，郢人鼻子上沾有一块石灰，这个匠石就"运斤成风"，"斤"就是斧头，他就抡起他的斧头，带着风声砍下来，石灰削下去了，郢人的鼻子丝毫没有受损伤。宋元君听说了，就对匠石说，说你有这么好的技术，就在我的宫殿里表演一下。匠石就说："臣则尝能斫之"，他说我曾经有过这种本领，"臣之质死久矣"，可是现在这个"质"，"质"就是对手，我那个对手没有了，郢人死去了，不在了，我"无以为质矣"（《庄子·徐无鬼》）。

庄子的故事说的是惠子，惠子不在了，他说我是"无与言之矣"，我没有人可以谈话。你有这么一个对手，你有这么一个谈话的对手，能够跟你配合得毫发无差，你有这样的一个知己吗？所以陶渊明说："不见相知人，惟见古时丘。路边两高坟，伯牙与庄周。"没有一个真正的知音、知己，只有古代的两座大坟，一个是伯牙的，一个是庄周的，"此士难再得"，像俞伯牙和钟子期这样的知音，像庄子跟惠子这样的知音，在世界上很难再遇见了。"吾行欲何求？"我就是周游天下，我又能遇见什么人呢？所以这样的知音是千古难遇的。

（江梦川整理）

种桑长江边

种桑长江边，三年望当采。

枝条始欲茂，忽值山河改。

柯叶自摧折，根株浮沧海。

春蚕既无食，寒衣欲谁待？

本不植高原，今日复何悔！

"种桑长江边，三年望当采"，这都是他的比喻，他说我在长江边上种了桑树，希望三年以后可以采，采桑就可以养蚕，养蚕就可以缫丝。"枝条始欲茂，忽值山河改"，我辛辛苦苦地种了桑树，眼看着它长出了茂密的枝条，抽枝长叶了，可是正在这个桑树长得茂盛的时候，忽然间天地山河改变了。因为他种桑在长江的边上，江水边上虽然是陆地，但是有一天江水涨上来了，这个地方就被淹没了。

"柯叶自摧折，根株浮沧海"，"柯"就是树枝，"叶"就是桑叶，都被摧毁了，不但是地上的枝叶被摧折了，连地下的根株都被水冲走了，就随着长江流到大海了。

我种桑树就是为了养蚕，养蚕就是为了缫丝，缫丝可以做衣服，现在桑树没了，所以"春蚕既无食"，春天养的蚕就没有叶子吃了，蚕没有叶子吃，"寒衣欲谁待"？没有吐丝的蚕，你拿什么做寒衣？什么都没有了。

"本不植高原，今日复何悔"，谁让你没有种在一个比较高的土地上？谁让你把桑树种在水边上？所以水一涨你这桑树就没了，你今天后悔已经来不及了，已经晚了。所以很多世事的改变，只因为你当初立足点就是错误的，就"本不植高原，今日复何悔"。

我前面讲了接受美学，就是晋朝的陶渊明的诗，后来人对它是怎么接受的？辛弃疾对它怎么接受的？明清的人对它怎么接受的？明朝的何孟春注的陶靖节的集子，他说："此诗全用鬼谷先生书意。"（注《陶靖节集》）他说这一首诗所用的就是鬼谷子的书里边的意思。《太平御览》记载，鬼谷子是战国时候的人，送给苏秦、张仪一封信，说："二君岂不见河边之树乎？"你们两个没有看见河边的树吗？"仆御折其枝，风浪荡其根。"他说，有的那些赶车的人经过路边就折了它的树枝，还有狂风大浪把它的根都冲毁了。"此木岂与天地有仇怨？"难道是这棵树木的命运特别坏吗？是它跟上天有什么仇怨吗？不是，是"所居然也"，是它所在的那个地方使它落到这样的下场。"子见崇岱之松柏乎？"你看见那高山上的松树跟柏树了吗？"上枝干于青云，下根通于三泉"，上面的树枝一直到天那么高，下面的根一直到九泉之下，它扎根扎得那么深，"千秋万岁，不逢斧斤之患"，千年万年都没有人来砍伐它。"岂与天地有骨肉？"它与天地有恩惠，特别亲近吗？"所居然也"，就是它所处的那个位置是不同的。所以就是说形势有可为有不可为，陶渊明尽管想要维护晋室，可是陶渊明没有这个力量，也没有那个地位，他没有那个能力，他没有办法挽回。"所居然也"，所以他慨叹败亡，慨叹自己的无能为力。

陶渊明的《拟古九首》都是讲在朝代、人世改变的时候种种不同的现象、种种不同的反省，也就是他内心种种不同的反复低回的思量。